Ihre Meinung zu diesem Buch ist uns wichtig!
Wir freuen uns auf Ihre Leserstimme an
leserstimme@hanser.de

Mit dem Versand der E-Mail geben Sie uns Ihr Einverständnis,
Ihre Meinung zitieren zu dürfen.

Wir bitten Sie, Rezensionen nicht vor dem 23. Juli 2018
zu veröffentlichen. Wir danken für Ihr Verständnis.

Julia von Lucadou

DIE
HOCHHAUS-
SPRINGERIN

Roman

Hanser Berlin

1. Auflage 2018

ISBN 978-3-446-26039-9
© 2018 Hanser Berlin in der Carl Hanser Verlag
GmbH & Co. KG, München
Alle Rechte vorbehalten
Satz: Greiner & Reichel, Köln
Druck und Bindung: Friedrich Pustet, Regensburg
Umschlag: Nurten Zeren, zerendesign.com
Printed in Germany

Für Waiteata

The woman is perfected.
Her dead
Body wears the smile of accomplishment,
The illusion of a Greek necessity
Flows in the scrolls of her toga,
Her bare
Feet seem to be saying:
We have come so far, it is over.

Sylvia Plath, *Edge*

Stellen Sie sich die Welt vor.

Stellen Sie sich die Erdkugel vor, wie sie im Weltraum schwebt.

Aus Ihrer Sicht ist die Welt rund und glatt. Genießen Sie diese Gleichmäßigkeit, stellen Sie sich vor, dass sie nur für Sie existiert. Schließen Sie für einen Moment die Augen, atmen Sie tief ein und aus, und wenn Sie die Augen nach einigen Sekunden wieder öffnen, betrachten Sie die Erde noch einmal ganz neu.

Zoomen Sie nun ein wenig näher heran. Sie können Fehler in der Gleichmäßigkeit der Erdoberfläche erkennen, Erhebungen und Senken. Sie bilden ein weiches, wellenförmiges Relief, die Wechsel von Rot zu Blau zu Braun ergeben ein meliertes Muster.

Wenn Sie sich noch weiter nähern, hebt sich aus diesem erdfarbenen Muster ein silberner Fleck ab. Was Sie hier sehen, noch von weitem, aber sich stetig nähernd, ist eine Stadt. Sie glänzt, denn sie ist aus Stahl und Glas erbaut, das können Sie nun sehen. Die Stadt liegt unter Ihnen wie ein Geheimnis, das aufgedeckt werden möchte. Zoomen Sie also ruhig weiter heran, haben Sie keine Scheu, er steht Ihnen zu, dieser Blick.

Es beruhigt Sie zu sehen, dass auch die Stadt einer Gleichmäßigkeit gehorcht, ihre Gebäude folgen einem architektonischen Stil und sind geometrisch angeordnet, in Rechtecken oder sternförmigen Formationen. Die beinahe filigran wirkenden Hochhäuser recken sich nebeneinander in den Himmel und sind nicht voneinander zu unterscheiden.

Die Stadt breitet sich nun unter Ihnen aus, ein schier unendliches Meer. Und doch hat sie ein Ende, einen Rand, dort hinten, wo Wolken aus Staub und Abgasen in den Himmel steigen. Muss das sein, denken Sie, dass die schöne Stadt mit dem Anblick von Dreck entstellt wird, warum muss sie überhaupt irgendwo aufhören? Aber können Sie sich das Meer ohne den Strand denken oder die Klippe oder den Pier? Nein, ohne die Peripherien, ohne ihr abstoßendes Außen wäre die Stadt, wie sie jetzt gerade im orangen Nachmittagslicht schimmert, nur halb so schön.

Konzentrieren Sie sich auf das Zentrum der Stadt. Einer der Wolkenkratzer überragt die anderen um mehrere Dutzend Stockwerke.

Um das Gebäude herum gibt es eine farbliche Abweichung, die zunächst wie ein Bildfehler wirkt, dann aber, beim Heranzoomen, sich als Materie entpuppt, beweglich, lebendig. Sie erkennen zwischen den Häusern eine wimmelnde Ansammlung, dicht gedrängte Köpfe, eine Menschenmenge. Sie vibriert, die Köpfe bewegen sich, und dann sehen Sie, worauf die Menge dort unten wartet: Auf dem Dach des aufragenden Gebäudes befindet sich ein glitzerndes Ding.

In der Nahaufnahme erkennen Sie, dass es sich dabei um eine Frau in einem silbrigen Anzug handelt. Es ist ein Flysuit™, der sich ihren Körperformen anpasst und sie beinahe nackt aussehen lässt, jede Wölbung ihres wohltrainierten Körpers ist erkennbar.

Betrachten Sie das Gesicht der Frau. Was für ein Gesicht, denken Sie, so symmetrisch, als habe man nur eine Gesichtshälfte erschaffen und diese dann gespiegelt. Es ist ein junges Gesicht, die Frau ist vielleicht zwanzig Jahre alt, schätzen Sie, auf dem Höhepunkt ihrer Schönheit, der Körper gespannt, die Augen weit geöffnet. Sehen Sie sich diese Augen genau an, Sie werden keinen Makel entdecken, keine Rötung, keine Trübung der Iris oder ungleiche Pupillendiameter, stattdessen scharfer Fokus, Konzentration. Was Sie sehen, ist eine Leistungssportlerin bei der Arbeit. Jeder Muskel dieser Frau ist unter Kontrolle. Wenn Sie sie bitten würden, das Gefühl in ihrem rechten großen Zeh zu beschreiben, könnte sie dies sehr präzise tun.

In diesem Moment geht ein Ruck durch ihren Körper, sie bewegt sich zum Rand des Daches, es ist so weit. Vielleicht möchten Sie sich nun wieder ein wenig entfernen, aus der Detailaufnahme heraus, und den Blick öffnen auf das, was unter ihr liegt. Die Schneise zwischen den Gebäuden, die eintausend Meter in die Tiefe führt, eintausend Höhenmeter genau, so ist es in den Richtlinien des globalen Komitees für Highrise Diving™ festgelegt.

Als die Frau an den äußersten Rand des Flachdachs tritt, halten die Zuschauer den Atem an. In ihrem Flysuit™ glitzert sie überirdisch. Die Menschen am Boden wie in den Zuschauerboxen des Gebäudes gegenüber, bis hinauf zur Skybox™, recken ihr die Arme entgegen.

Was Sie erleben, ist körpergewordene Euphorie, die zwischen den Häusern pulsiert. Schließen Sie die Augen. Lassen Sie sich anstecken. Spüren Sie in sich hinein bis in die Fingerspitzen, spüren Sie das Pochen Ihres Herzens, wie es sich in Ihrem Körper ausbreitet.

Wenn Sie die Augen öffnen, stürzt sich die Frau vom Hochhausdach kopfüber in die Tiefe.

Im ersten Moment empfinden Sie Schrecken. Ihr Körper krampft sich zusammen, als ob er mit der Frau in die Tiefe fällt. Doch dann sehen Sie die Springerin wie einen Vogel im

Flug. Sie spüren ihre absolute Sicherheit, dass sie den Sturz auffangen wird.

Sie folgen dem fallenden Körper, bleiben dicht bei ihm und sehen, wie er sich in vollkommener Präzision um sich selbst dreht, zuerst horizontal, dann vertikal, sich zu einer Kugel krümmt und wieder streckt, in Sekundenbruchteilen. Im nächsten Moment füllt der Boden Ihren Blick, Ihnen stockt der Atem, sie rast auf ihn zu und droht aufzuschlagen, der sonnenheiße Asphalt scheint schon spürbar, als ihr Körper plötzlich steil nach oben schießt, emporgehoben vom Flugmodus des Flysuit™, ausgelöst im letzten möglichen Moment, Sekundenbruchteile vor dem Aufprall, und Sie hören, wie den offenen Mündern der Menschen die Luft entströmt, ein kollektives Ausatmen.

Die Menge applaudiert, die Springerin schießt als Pfeil in den Himmel. Im Flug lächelt sie, die Schwerelose, in die Kameras.

Stellen Sie sich das Gefühl vor, das diese Frau erleben muss, das Fallen in die Tiefe im unerschütterlichen Vertrauen, dass Sie wieder auffliegen werden. Ohne Angst vor dem Aufprall, der Auslöschung.

Sie genießen die Überwindung der Schwerkraft, der Tod kann Ihnen nichts mehr anhaben. Was für ein Gefühl, die Schwerelosigkeit. Was für ein erhabenes Gefühl.

Nehmen Sie jetzt wieder Abstand, zoomen Sie langsam hinaus, sachte, ohne Wackler, so dass die Bewegung dem Auge angenehm bleibt. Stellen Sie sich vor, dass sich der Körper zwischen den Häusern immer wieder hebt und senkt, auch als Sie ihn bereits nicht mehr als Körper erkennen können, als er nur noch ein Fleck ist in Bewegung und dann ein Punkt, der ein Pixelfehler sein könnte, und dann gar nichts mehr, wenn Sie herauszoomen und die Erdkugel wieder im All schweben sehen, gleichmäßig und still.

Stellen Sie sich den Körper in seiner Unendlichkeit vor, unsterblich, sein Steigen und Fallen ununterbrochen, wie ein Atmen, wie ein Puls, und kosten Sie diesen Gedanken aus, nehmen Sie Zuflucht bei ihm, schöpfen Sie aus ihm Vertrauen. Jetzt, in diesem Moment, da Sie sich langsam aus der Welt zurückziehen, gibt es keinen Tod, nur Leben.

1

So sehe ich Riva heute: mit einem Plastikkreisel spielend wie ein Kind. Die Beine abgespreizt, den Oberkörper vorgebeugt. Ich höre das Kreiselgeräusch ihr Apartment ausfüllen, ein monotones Summen. Dann fällt der Kreisel zur Seite. Ihre Hand greift nach ihm, ich sehe die Hand, höre Drehen, Summen, Stille, Drehen, Summen, Stille, in Endlosschleife.

Ich frage mich, ob man ihr Spiel als Zwangshandlung beschreiben kann. Und wo sie das Spielzeug aufgetrieben hat. Vielleicht erlebt es ein Revival auf irgendeinem Lifestyle-Blog, ein Modeimpuls, der in ein paar Monaten wieder vergessen sein wird.

Ich sehe Rivas lange, weiße, ausgestreckte Beine. Das Sommerkleid klebt ihr am Körper, ihre Brust glänzt vom Schweiß. *Weigerung, die Klimaanlage anzustellen*, notiere ich und in der Kommentarspalte: *Selbstkasteiung / Hinweis auf Schuldgefühle?*

Das Bild ist überbelichtet. Die Nachbarhäuser reflektieren Sonnenlicht durch die breiten Fensterflächen. Ich passe die Helligkeit des Monitors an.

Das Kreiselgeräusch dröhnt mir in den Ohren. Ich spüre eine leichte Übelkeit und einen beginnenden Clusterkopfschmerz ums rechte Auge. Ich konzentriere mich auf meine Atmung, um eine Attacke zu verhindern, ein und aus.

Das Monitorbild verschwimmt vor meinen Augen. Eiswürfel klackern gegen den Rand meines Wasserglases. Ich halte es mir an die Stirn und lasse das Kondenswasser über die Nase herabrinnen.

Die Wettervorhersage für die nächsten drei Tage: Hitze, kein Regen. Air Quality Index schlecht, Feinstaubbelastung hoch.

Kondenswasser läuft mir ins Dekolleté. Ich setze das Glas ab, um Eiswürfel nachzufüllen, und beginne das Spiel von vorne, Stirn, Nase, Mund, Brust.

Plötzlich ein schrilles Benachrichtigungspiepsen. Ich suche nach dem Tablet auf meinem Schreibtisch. Es blinkt stumm. Der Ton ist nicht mein Ton, er kommt aus den Lautsprechern des Monitors, leicht übersteuert. Ich schwenke die Kamera von Riva weg in den Raum hinein, bis ich das Tablet auf ihrem Wohnzimmertisch entdecke.

Riva reagiert nicht.

Nach zwanzig Sekunden beginnt sie den Ton nachzuahmen, sie piept vor sich hin wie eine Maschine.

Meine Schläfe pocht, ich drehe den Lautstärkeregler herunter.

Ihre Stresshormonwerte, hat Master gesagt, sind zu hoch. Sie müssen mehr auf sich achten. Meditation, Entspannungsübungen. Bewusst atmen. Lärm vermeiden.

Auf dem Monitor wird eine Türe aufgestoßen. Aston im Türrahmen. Er rennt zum Tablet und drückt auf den Touchscreen. Das Piepsen bricht ab. Meine Nackenmuskeln entspannen sich.

– Kannst du das verdammt noch mal selber ausmachen!

Ich notiere Rivas abgewandte Körperhaltung, ihren Reflex, die Beine nahe an den Körper heranzuziehen. *Schutzhaltung*, schreibe ich und in die Recherchespalte: *Hinweis auf häusliche Gewalt?* Bisher hat die Datenanalyse hierfür keine Anhaltspunkte geliefert.

Aston stellt die Klimaanlage an. Am Fenster hebt er seine Kamera und blickt durchs Objektiv hinunter auf die Stadt. Seit

Projektbeginn habe ich ihn in der Wohnung nicht ohne Kamera gesehen. Er trägt sie an einem Riemen um den Hals, so dass sie auf Bauchhöhe hervorsteht wie eine Geschwulst.

Beim Fotografieren erscheint Aston am verletzlichsten, am meisten bei sich selbst, der Moment so intim, dass es mir beinahe unangenehm ist, ihm dabei zuzusehen. Sein Mund angespannt hinter dem Apparat, während er fokussiert, halb geöffnet, dann das erleichterte Absinken der Mundwinkel nach dem Auslösen.

In der Aufsicht betrachtet, franst das Wohnzimmer zu seinen Rändern hin strahlenförmig aus. Aston hat Stellwände mit digitalen Fotorahmen rechtwinklig zur Wand aufgestellt, um den Platz bestmöglich auszunutzen. Ständig wechselnde Bilder wie Werbeschleifen auf einem Taximonitor. Es hat etwas Narzisstisches, wie er den wertvollen gemeinsamen Wohnraum zu seinem persönlichen Ausstellungsraum macht. Jede Nacht lädt er neue Fotografien hoch, bevor er ins Bett geht. Die Bilder der letzten Wochen: der immer gleiche Blick aus dem Hochhauskomplex, ameisengroße Köpfe und spielzeuggroße Fahrzeuge aus der Vogelperspektive in verschiedenen Formationen. In meinem ersten Tagesbericht habe ich die These aufgestellt, dass es sich dabei um eine empathische Übung handelt. Den Versuch, sich hineinzuversetzen in seine Partnerin, deren einzige Verbindung zur Außenwelt der Blick aus dem Fenster bleibt.

In der Mitte, auf einer eigenen Stellwand, Astons Opus Magnum Dancer_of_the_Sky™, vier Digiframes à zweiunddreißig Zoll, im Zehn-Minuten-Loop. Es ist die Fotoreihe, die ihn vor vier Jahren über Nacht berühmt machte. Bilder von Riva im Absprung, Riva in der Luft, langgestreckt zwischen den Häuserreihen, den Körper präzise ausgerichtet, die Hände über dem

Kopf ausgestreckt und aneinandergelegt wie eine Balletttänzerin. Ihr Körper silberfarben glitzernd im Flysuit™. Aston hat den Effekt der Lichtspiegelung in den Hochhauswänden durch die Belichtung so manipuliert, dass der Hintergrund um sie herum ausbrennt. Eine sakrale Superheldin, die vom Himmel herabstößt.

Das regelmäßige Klicken des Auslösers von Astons Kamera verbindet sich mit Rivas stetig wieder in Gang gesetztem Kreiselton, rhythmisch konturierte Geräuschflächen, beinahe melodisch. Ein absichtsloses Zusammenspiel.

Ich notiere den Effekt in einer weiteren Protokollspalte. Mit dem Wachsen der Datenmenge wächst auch die Notwendigkeit von Markierungssystemen, einer Ordnung, die die Analyse erleichtert. Erst wenn genügend Informationen erschlossen wurden, wird das Bemerkenswerte sichtbar, subtile Brüche und Widersprüche, die zugrundeliegenden Strukturen, die Triebwerke im Innern.

Es hat etwas von Fabrikarbeit, dieser erste Schritt, das Notieren des Alltäglichen. Meine Beobachtungen wiederholen sich in so regelmäßigen Abständen wie Astons Fotografien in den Rahmen. Riva am Boden, Riva mit dem Kreisel, Riva schwitzend in der Sonne. Aston, der aus dem Studio kommt und die Temperatur anpasst.

– Du weißt, dass das wieder eine Vorladung war, sagt er jetzt, das Tablet hochhaltend.

Meinem Protokoll entnehme ich, dass er den gleichen Satz vor zwei Tagen schon einmal gesagt hat, in derselben Formulierung. Ich frage mich, welche Sätze ich täglich wiederhole, ohne es zu merken.

Aston hat das Tablet zur Seite gelegt und hält seine Kamera an die Brust gedrückt. Die anderen Apparate nutzt er höchstens als Backup. Dieser ist ein Vintage-Modell, hergestellt vor circa zwanzig Jahren. Astons Finanzbewegungen zeigen an, dass er es vor drei Monaten beim zweitgrößten Online-Reseller gekauft hat.

– Für jede unterlassene Rückmeldung zahlst du Strafe. Wir zahlen so lange, bis nichts mehr da ist. Und dann zahlen wir woanders weiter.

Riva tut so, als ob sie ihn nicht hören würde. Sie greift nach dem Kreisel, so dass Aston über das Geräusch hinweg sprechen muss.

– Hast du keine Angst, dass deine Muskeln sich zurückbilden? Irgendwann kannst du nicht mehr aufstehen. Das geht schneller, als du denkst.

Riva zuckt mit den Schultern und greift nach dem Kreisel, unterbricht ihn in der Bewegung, setzt noch mal an. Der rapide Abbau ihres Körpers, der schnelle Muskelschwund und Gewichtsverlust, bereitet mir ebenfalls Sorgen. Riva verweigert sich seit dem Vertragsbruch den Pflichtuntersuchungen, ihren Activity Tracker trägt sie nicht mehr. Es gibt keine Möglichkeit, ihre Fitnesswerte mit Sicherheit zu bestimmen, aber es ist offensichtlich, dass sie sich täglich verschlechtern.

– Dein Körper braucht Vitamin D, sagt Aston in leicht verändertem Ton, fürsorglicher, dringlicher. Mehr natürliches Licht.

Seine Einsatzbereitschaft imponiert mir, die Geduld, mit der er sich ihr täglich widmet, die Annäherung versucht.

– Das ist im Vitaminwasser, sagt Riva mit abgewandtem Gesicht.

Ich setze den Tageszähler ihrer gesprochenen Sätze nach oben. Bisher lässt sich keine grundlegende Verbesserung der Kommunikationsbereitschaft ablesen.

Aston hat sich aus der Position am Fenster gelöst, ohne dass ich es bemerkt habe. Er steht etwa einen Meter vor Riva, geht dann langsam um sie herum. Er betrachtet sie von allen Seiten, legt den Kopf schief, geht in die Hocke. Dann beginnt er, Fotos von ihr zu machen.

– Ich hab eine Idee für ein neues Projekt, sagt er.

Rivas Hand greift nach dem Kreisel. Er entgleitet ihren Fingern zu früh und dreht sich nur kurz.

Ich beobachte einen Stimmungswandel in Astons Gesichtszügen, Ungeduld, offene Frustration.

– Nur weil du deine Karriere an den Nagel hängst, heißt das nicht, dass ich auch meinen Job verlieren muss, sagt er. Du setzt mein Leben mit aufs Spiel.

Von draußen dringt ein Alarmton herein, Polizeisirenen. Kurz weiß ich nicht, ob sie aus dem Lautsprecher kommen oder durch mein Bürofenster.

Im Apartment ist es plötzlich still, Riva hat den Kreisel liegen gelassen. Sie schaut aus dem Fenster, ihr Blick scheint auf nichts Konkretes gerichtet.

Ich höre Aston laut und schnell atmen, drei, vier Mal. Es gibt diese Momente, in denen er kurz die Kontrolle verliert und die Wut sich seines Körpers bemächtigt, die Ungeduld. Seine Gesichtsmuskeln sind verkrampft, der Körper angespannt.

Dann beruhigt er sich, lässt die Schultern fallen, hebt den Arm, um Riva zu berühren. Er fährt mit dem Zeigefinger über ihren leicht gekrümmten Rücken, die Wirbelsäule entlang.

– Du bist zu dünn. Man kann deine Knochen sehen.

Riva bewegt sich nicht.

In meiner Kommentarspalte notiere ich: *Passives Verhalten, Karnovsky fügt sich in Objektrolle.*

– Komm schon, Riva.

Aston greift nach ihrer Schulter, rüttelt sie leicht, aber ihre Reglosigkeit scheint ihn doch zu entmutigen, er hält nicht lange durch.

Er wendet sich ab und geht zurück zum Fenster, greift nach der Kamera am Bauch. Das gewohnte Klicken hallt durch den Raum, beide wieder auf ihren Positionen, mehr Silhouetten als Menschen im Gegenlicht.

Ich lehne mich zurück und sehe ihnen zu, meiner Zielperson und ihrem Partner, rechteckig gerahmt vom Live-Monitor. Daneben mein Arbeitsmonitor, ein Chatfenster blinkt, auf dem Schreibtisch, ebenfalls blinkend, das Tablet, unter dem Tisch ein ausrangierter Flatscreen, zur Abholung bereit.

Ich klicke mich durch die Videofiles im Datenarchiv. Der Analyst hat vier Aufnahmen von Rivas und Astons Apartment aus der Zeit vor Rivas Vertragsbruch hochgeladen, sie stammen von privaten Anbietern. Vier Dateien aus den vergangenen vier Jahren, jeweils am ersten August aufgenommen, als die Sicherheitssysteme in allen Wohnungen des Gebäudes getestet wurden.

Ich öffne die neueste Datei auf dem Arbeitsmonitor. Auf dem Live-Monitor passe ich die Kameraeinstellung so an, dass beide Bildschirme den gleichen Ausschnitt zeigen, eine Totale der Wohnung aus der Aufsicht. Monitor neben Monitor, die Kulisse ist kaum zu unterscheiden, nur einige von Astons Fotostellwänden sind dazugekommen.

Das Archivvideo zeigt zunächst mehrere Stunden lang das leere Apartment. Im Schnelldurchlauf verändert sich nur der Lichteinfall. Die automatische Blendensteuerung der Sicherheitskamera passt die Helligkeit an. Wandernde Schatten der Möbelstücke auf dem glatten Designboden.

Gegen neunzehn Uhr betritt Riva die Wohnung in Trainingskleidung. Sie lässt die Sporttasche fallen, geht zur Küchenzeile und lässt Wasser laufen. Sie testet die Kälte des Wassers mit dem Zeigefinger und wäscht sich dann das Gesicht, streift die Sportkleidung bis auf die Unterwäsche ab.

Für einen Moment steht sie im Zimmer, selbstvergessen.

Geht dann zum Kühlschrank, um sich ein Getränk zu holen. Liger™, ein Sportsdrink. Einer ihrer Sponsoren.

Sie setzt sich ans Fenster, blickt hinunter aus dem vierundsechzigsten Stock. Ihr Körper ist in jeder Hinsicht perfekt, die Wirbelsäule gerade, die Haut schimmernd und glatt. Sie öffnet ihren Pferdeschwanz, ihr Haar fällt über die Schultern, glänzend im Abendlicht. Das Sicherheitsvideo ist fast nicht von einem Werbeclip zu unterscheiden. Es stimmt alles: Ausleuchtung, Positionierung und Model.

Riva sitzt in ihrer hellgrauen Sportunterwäsche am Fenster, nimmt einen Schluck aus der Flasche, sieht hinab. Wahrscheinlich geht sie in Gedanken die Trainingseinheiten des Tages durch, erinnert sich an missglückte und gelungene Manöver, die neuen Sprünge. Das Video endet, als Aston durch die Türe hereinkommt, die sein Studio mit dem Wohnzimmer verbindet. Er sieht seine Partnerin, hebt die Kamera und drückt ab. Riva, das Klicken des Apparats hörend, dreht ihren Blick über die Schulter zu ihm hin und lächelt. Ich habe erfolglos versucht, das Foto in Astons Archiven zu finden. Ich schreibe meinem Assistenten eine Auftragsnotiz, noch einmal nach dem Foto zu suchen, im Anhang ein Screenshot des Videos.

Gerne hätte ich Riva damals schon observiert. Ihr beim Trainieren zugesehen, die Bewegung der Muskeln unter der gespannten Haut, die Kraft und Kontrolle eines wohlgeführten Körpers.

Mit sechs Jahren besuchte ich meine erste Highrise-Diving™-Show. Ich erinnere mich an meine Aufregung, als wir in Zweierreihen aus dem Bus stiegen, mein ganzer Körper zittrig und angespannt.

Es war mein erster Ausflug mit dem Talent-Scout-Programm. Ein Blick in die Zukunft, wenn wir Glück hatten. Ein Motivation Trip™, der uns zu großen Zielen inspirieren sollte. Was willst du werden? Hochhausspringerin. Das Risiko des Falls eingehen, um hoch zu fliegen, wie unsere Career-Trainer sagten. Je näher man dem Tod kommt, desto lebendiger wird man.

Wir hatten billige Tickets. Keine Zuschauerbox, sondern Stehplätze am Boden. Immerhin nicht weit entfernt vom Fall Spot™, der abgesperrten Bodenfläche, der die Springer so nah wie möglich kommen sollen. Ich hatte damals die Videos von Unfällen, von technischem Versagen noch nicht gesehen. Blutbespritzte Zuschauer, Sichtschutzwände, die aus dem Boden fahren, Menschen in orangefarbenen Anzügen aus wasserabweisendem Material.

Damals gab es nur Vorfreude. Eingeklemmt zwischen Erwachsenen, die mich weit überragten. Der Geruch von Schweiß, ein Herdengeruch, der mir fremd war und den ich nicht erwartet hatte.

Die Sprungplattform hoch oben konnte man vom Boden aus nicht sehen. Durch einen Spalt zwischen zwei Männern hindurch blickte ich immerhin auf den Ausschnitt eines Monitors, der das Event aus verschiedenen Kameraperspektiven übertrug.

Ich spürte Schallwellen in meinem Körper. Das Jubeln des Publikums, als die erste Springerin auf der Plattform erschien. Wir streckten gemeinsam die Arme in die Luft, so weit wir konnten.

Dann der Schock, als die Springerin sich fallen ließ, ein Sturz mit unglaublicher Geschwindigkeit.

Der fallende Körper, wie er direkt auf mich zusteuerte. Das Glänzen des Anzugs, die ausgestreckten Finger der Springerin, meine Erleichterung, als sie sich aufschwang, nur Zentimeter über dem Boden.

Unser gemeinsames Aufatmen und dann ihr Aufstieg, unter tosendem Applaus.

Wenn ich es noch nach Hause schaffen will, bevor der Nachtdienst meines Zweitjobs anfängt, sollte ich jetzt gehen. Fünfundvierzig Minuten Heimfahrt, fünfundsiebzig Minuten Abendessen und Mindfulness-Übungen.

Auf dem Monitor hat das Abendlicht eine andere Farbe als in meinem Büro. Das mag am Einfallswinkel liegen. Rivas und Astons Apartment liegt Dutzende Stockwerke höher, der Unterschied in der Beleuchtungsstärke ist messbar.

Meine rechte Hand reibt meine Schläfe. Die Geste hat sich verselbständigt, ist beinahe zu einer Art Tick geworden. Der Kopfschmerz allgegenwärtig, er schwillt an und ab wie die Gezeiten. Eine Folge von Stress, sagt Master. Meditation, Entspannungsübungen. Bewusst atmen. Lärm vermeiden.

Eine ausgewachsene Kopfschmerzattacke auf dem Heimweg wäre schwer zu ertragen. Ich müsste die Fahrt unterbrechen, mich auf die Rückbank legen. Die Augen schließen. Warten, bis sie vorbeizieht. Machtlos wie gegenüber einer Naturgewalt.

Vielleicht sollte ich lieber noch ein paar Minuten bleiben. Den Nacken massieren. Meine Herzfrequenz senken, die auf dem Activity Tracker mit dreiundachtzig angezeigt wird. Tief durchatmen. Lärm vermeiden.

Ich drehe den Lautstärkeregler des Monitors auf null. Riva hat wieder damit begonnen, den Kreisel rotieren zu lassen, und als das monoton schabende Geräusch verstummt, spüre ich eine Welle der Entspannung. Im Hintergrund nur noch das leise Summen meiner Geräte.

Ein grüner Haken im Chatfenster zeigt an, dass mein Assistent noch eingeloggt ist. Ich schicke ihm eine Nachricht.

Are you still there?

Yes.

You can sign off now.

Auf der Dateiliste meiner SecureCloud™ sehe ich, wie Master mein Dokument abruft. Wenn er noch im Büro ist, sollte ich vielleicht auch noch etwas bleiben, Einsatzbereitschaft zeigen. Er könnte aber auch schon vor mehreren Stunden gegangen sein und sich von zu Hause ins System eingeloggt haben, er verabschiedet sich selten. Vielleicht sollte ich unauffällig an seinem Büro vorbeigehen. Aber es ist das letzte Büro auf dem Gang, meine Intention wäre sofort zu erkennen.

Ich kann meinen Nachtdienst auch hier beginnen, warum nicht, zu Schichtbeginn rufen sowieso die wenigsten Klienten an. Abendessen und Meditationsübung kann ich ein wenig nach hinten verschieben, wenn nötig unterbreche ich sie eben für ein Beratungsgespräch.

Die Überstunden werden meine Werte im Mitarbeiterranking steigern. Ich bewege mich im oberen Drittel meiner Abteilung. Meine ersten fünf Berichte hat Master hoch bewertet. Wahrscheinlich, um mir einen Beginner-Boost zu geben. Es hat funktioniert. In Momenten der Müdigkeit motiviert mich der Blick auf meine Aufwärtskurve in der Tabelle mehr als meine Nootropika.

Als ich zum Live-Monitor schaue, sind Aston und Riva noch

auf denselben Positionen. Aston mit seiner Kamera am Fenster, Riva auf dem Boden. Wäre der Kreisel nicht, der sich am Boden dreht, könnte man meinen, das Bild sei eingefroren.

Archiv-Nr: M14_b
Dateityp: M-Message™
Absender: @DomWuAcademy
Empfänger: @PsySolutions_ID5215d

Frau Yoshida,

wie besprochen hier mein Bericht zum erwähnten Gespräch mit Riva, zehn Tage vor ihrem Vertragsbruch. Ich habe versucht, Rivas Aussagen und meine Eindrücke möglichst wörtlich und detailliert zu schildern. Ich kann nicht garantieren, dass alle Angaben, sofern sie meine persönliche Wahrnehmung der Situation betreffen, hundertprozentig korrekt sind. Das Gespräch wurde bedauerlicherweise nicht auf Video, sondern nur als Audionotiz aufgezeichnet. Falls Sie Fragen haben, zögern Sie nicht, mich zu kontaktieren. Wir hoffen, dass Sie Riva schnellstmöglich reanimieren können. Wie ich Ihnen bereits in der Lenkungsausschusssitzung gesagt habe, geht es mir nicht nur um den hohen finanziellen Schaden und den Gesichtsverlust meines Unternehmens und unserer Sponsoren, sondern in erster Linie um die Gesundheit Rivas.

Mit freundlichen Grüßen,

Dom Wu

Anhang: Report_Wu_Karnovsky_I.arc
Das Gespräch fand am 18. Juli um 17 Uhr 30 statt und dauerte knapp zwanzig Minuten. Ich bat Riva in mein Büro, um ihre

aktuellen Scores zu besprechen. Sie hatte in den Wochen zuvor zwar keine Fortschritte, aber auch keine großen Defizite gezeigt, allerdings eine deutliche Veränderung ihrer Natur, d. h. ihres Sozialverhaltens und ihrer Stimmung. Obwohl sie zu allen Trainingseinheiten erschien, kam sie mir unmotiviert vor, was ihrer Persönlichkeit nicht entspricht. Von Beginn ihrer Karriere an war Riva eine sehr ehrgeizige, energetische Person. Sie hatte gute Sozialkontakte zu ihren Teamkolleginnen und beschäftigte sich neben dem Training mit Kunst und Literatur. Sie erschien mir ausgeglichen, weder übertrieben aufgedreht im Sinne des Manischen noch zur Traurigkeit tendierend. Wenn sie Turniere verlor oder im Training schlechte Ergebnisse erzielte, kam sie schnell über die erste Frustration hinweg und wandelte diese in Tatendrang um.

Ich sprach Riva direkt auf ihr verändertes Verhalten an. Sie reagierte ausweichend, versuchte das Gespräch auf die Ergebnisse umzulenken. Ich fragte sie, ob etwas vorgefallen sei. Sie verneinte, vermied aber direkten Augenkontakt.

Ich gebe unser Gespräch wieder, soweit es die Audioaufzeichnung erlaubt:

- – Du kannst mir vertrauen. (Ich)
- – Ich weiß. Ich vertraue dir. (Riva)
- – Wenn dich etwas bedrückt, müssen wir darüber reden. Es schadet deiner Performance, wenn du persönliche Probleme nicht richtig verarbeitest.
- – Ich weiß.
- – Geht es dir nicht gut?
- – Ich hab nur Kopfschmerzen. Ich fühle mich nicht so gut.
- – Warst du beim Arzt?
- – Es ist nicht so schlimm.

Rivas letzte Pflichtuntersuchung war vier Tage zuvor gewesen.

Ihr Vital Score Index™ war hoch wie immer. Riva hat selten mit Verletzungen oder anderen gesundheitlichen Problemen zu kämpfen gehabt. Sie hat einen sehr gesunden Körper.

– Ich mache mir Sorgen um dich. (Ich)

– Das musst du nicht. (Riva)

Ungefähr an diesem Punkt des Gesprächs nahm Riva meine Hand und drückte sie. Wie bereits zu Protokoll gegeben, standen wir uns immer sehr nahe. Riva hat sich mir oft in privaten Dingen anvertraut, und die Tatsache, dass es ab und zu in den Medien falsche Berichte über eine Affäre zwischen uns gab, hat bestimmt auch damit zu tun, dass wir über die vielen Jahre unserer professionellen Zusammenarbeit eine familiäre Nähe aufgebaut hatten, die sporadische Umarmungen und ähnliche Körperkontakte einschloss. Ich fühle ich mich ihr auf beinahe väterliche Weise verbunden, wobei ich mich auf ein altmodisches, romantisierendes Ideal von Bioväterlichkeit beziehe. Es fällt mir aber kein besserer Vergleich ein. Ich begleite Riva seit ihrem neunten Lebensjahr, und auch wenn ich die anderen Mädchen nicht weniger schätze, so ist sie für mich doch immer etwas Besonderes gewesen. Das mag natürlich auch mit ihrer überragenden Leistungsfähigkeit zu tun haben.

Ich drückte ihre Hand und fragte sie noch einmal, was mit ihr los sei. Ich konnte spüren, dass ihr anfänglicher Widerstand sich etwas gelöst hatte. Sie gab mir eine lange Antwort:

– Kennst du das Gefühl, wenn dein Credit-Level gestiegen ist und du höhere Wohnraumprivilegien bekommst? Du ziehst um und kommst in deine neue Wohnung, schaust dir die neue Umgebung an, gehst vielleicht in den Roof Garden. Du siehst das alles zum ersten Mal, und es begeistert dich, deine weiten Fenster, dein Blick über die Stadt, die sauberen Straßen, die schön beschnittenen Buchsbäume im Roof Garden, die kleine Anhöhe mit der Bank und so weiter. Dann siehst du es jeden Tag, dreimal die Woche sitzt du auf dieser Bank und mit jedem Mal verliert das Bild ein bisschen an Farbe, bis dich irgendwann alles – das Fenster, die Straße, der Park – nur noch ankotzt, du kannst es nicht mehr sehen.

– Das ist völlig normal, dass einem die Dinge langweilig werden. Vielleicht solltet ihr noch mal umziehen.

– Darum geht es nicht! Ich meine nicht nur die Wohnung, ich meine mein ganzes Leben. Das Springen, Aston, alles.

– Jetzt übertreibst du aber. Du hast schlechte Laune. Vielleicht nimmst du dir einen Tag frei, unternimmst was Schönes, lässt dich von Aston groß ausführen. Oder ich buche dir ein Glückstraining™. So was.

– Du verstehst nicht, was ich meine.

– Natürlich verstehe ich dich, Riva. Du springst seit fünfzehn Jahren, du machst dir Gedanken. Du langweilst dich. Vielleicht denkst du darüber nach, was du machen sollst, wenn dein Körper irgendwann nicht mehr mitmacht. Aber du bist kerngesund. Du führst alle Bestenlisten an. Die Jüngeren können dir nichts anhaben. Du hast realistische Chancen, die World Championships zu gewinnen.

– Welchen Unterschied macht es, ob ich die World Championships gewinne oder nicht?

Ich versuchte, Riva aufzubauen, aber sie zweifelte alles an, sie erschien mir festgefahren in ihrer Haltung, verbittert. Ich ging davon aus, dass es sich nur um eine Phase handelte, also setzte ich ihr nicht zu sehr zu. Im Rückblick erkenne ich, dass ich vermutlich hätte hartnäckiger sein und ihr das Glückstraining™ einfach hätte verordnen sollen.

Riva beendete das Gespräch. Sie sagte, sie habe Kopfschmerzen und wolle sich hinlegen. Wir gingen noch kurz den Trainingsplan für den nächsten Tag durch, wobei sie sich wieder etwas zu fangen schien.

Ich nahm noch einmal ihre Hand, sie entzog sie mir schnell, lächelte mich dabei aber an.

– Everything's gonna be okay.™ (Ich)
– Das hast du schon lange nicht mehr zu mir gesagt. (Riva, immer noch lächelnd)
– Du hast es schon lange nicht mehr gebraucht.
– Mach dir keine Sorgen, Dom.

Mit diesem Satz verließ sie mein Büro.

Ich ging mit einem guten Gefühl aus dem Gespräch, weil ihr Lächeln mir authentisch vorkam, als hätte sich etwas Grundsätzliches in ihr gelöst.

2

Das Klingeln meines Tablets weckt mich um 2 Uhr 33. Seit ich regelmäßig im Nachtdienst arbeite, brauche ich nur Sekunden, um die Schwere des Schlafs aus den Gliedern zu schütteln. Wie ein Vogel, der nur mit einer Gehirnhälfte schläft.

Ich bin noch im Büro. Ich muss beim Sichten der Archivdokumente eingeschlafen sein. Mein Nacken schmerzt von der unvorteilhaften Schlafposition. Ich habe mit dem Kopf auf dem Schreibtisch gelegen, die Kante meines Tablets hat einen Abdruck auf meiner rechten Wange hinterlassen.

– Was kann ich für Sie tun?

Obwohl sich die Anruferin über die interne Call-a-Coach™-Hotline ihres Arbeitgebers eingewählt hat, werden weder ihre Identifikationsnummer noch ihr Sprachprofil vom System erkannt. Ich verstehe ihren Namen nicht, die Stimme ist verzerrt und wird unterbrochen von Schluchzern.

– Von wo rufen Sie an?

– Von zuhause, ich bin zuhause.

– Von Ihrem Tablet? Ihre Nummer ist nicht registriert.

– Sie ist neu. Es ist ein neues Gerät.

– Okay, verstehe.

– Ist das schlimm?

– Nein. Natürlich nicht. Was ist passiert?

Immer wieder Nasehochziehen. Das Geräusch veranlasst meinen Körper dazu, sich zu versteifen. Muskel für Muskel spanne ich mich in eine Starre hinein, die meine Nackenschmerzen verstärkt. Ich kann das Bild nicht abschütteln, wie der herablaufende Nasenschleim der Anruferin immer wieder nach oben gezogen wird.

– Versuchen Sie, ruhig zu atmen. Ein. Aus. Ein. Aus. Sehen Sie.

– Was soll ich jetzt tun?, fragt sie mit leiser, gepresster Stimme. Was soll ich denn jetzt machen?

– Darf ich Sie bitten, mir die Situation einmal von Anfang an zu schildern? Ich konnte leider Ihren Namen nicht verstehen.

– Talin, sagt sie in unerwartet offiziellem Ton. Omega Talin.

Meine Suchanfrage des Nachnamens liefert fünfzehn Ergebnisse auf der Mitarbeiterliste im Intranet ihres Arbeitgebers, aber keinen mit diesem Vornamen.

– Frau Talin, für welche Abteilung arbeiten Sie?

– Kash Talin, sagt sie mit langsam ausblendender Stimme, als reduziere jemand die Audiolautstärke. Ich bin die Partnerin von Kash Talin, Abteilungsleiter Media Relations App Content.

– Was genau ist vorgefallen?

Sie atmet, schluckt, zieht wieder den Schleim in ihrer Nase hoch.

– Er betrügt mich. Er hat eine andere. Er ist nicht nach Hause gekommen. Ich habe seine Nachrichten gelesen. Was soll ich denn jetzt machen? Wenn er mich verlässt, muss ich zurück in die Peripherien. Wir haben eine Credit Union. Ich habe vor drei Wochen meinen Job verloren. Mein Leben ist vorbei.

Im Online-Feedbackformular verorte ich die akute Suizidgefahr bei vierzig Prozent, korrigiere sie dann aber auf dreißig herunter. Unter Anlass des Anrufs trage ich ein: *Affäre Partner*, unter Next Actions: *Leitung Media Relations informieren*.

Ich tippe eine kurze Nachricht an Kash Talin, Betreff: *urgent!*

– Sind Sie sich denn ganz sicher, dass die Nachrichten echt sind? Frau Talin? Omega?

Ihre Frau vermutet Affäre. Rufen Sie mich an. Ich drücke Senden.

Frau Talin atmet, aus, ein, aus. Ich stelle mir vor, wie ihre Brust sich hebt und senkt unter ihrem dünnen Nachthemd. Feucht vom Angstschweiß, von der körperlichen Anstrengung der Panik.

– Ich weiß nicht. Sie sind an seinen privaten Account … Er ist nicht nach Hause gekommen.

Die Eingangsbestätigung kommt sofort. *Still on the phone with her*, tippe ich die Antwortvorlage an und füge hinzu: *Ich sage Bescheid, wenn die Leitung frei ist.*

– Frau Talin, wir machen jetzt Folgendes. Wir absolvieren gemeinsam eine Entspannungsübung, eine Visualisierung, eine kleine innere Reise. Um Ihrem Körper und Geist ein wenig Ruhe zu gönnen. Um wieder klar denken zu können. Okay?

– Okay.

Ihre Stimme immer noch unter Zimmerlautstärke.

– Wir kriegen das hin.

– Okay.

– Wir kriegen das alles wieder hin.

Nachdem ich aufgelegt habe, spreche ich kurz mit Kash Talin.

– Beenden Sie Ihre Affäre, sage ich, Sie wissen, was das Ende einer Primärbeziehung mit der Produktivität macht. Überlegen Sie sich, zu wie viel Prozent Sie in Ihrer Beziehung bleiben möchten. Wenn es über fünfzig Prozent sind, tun Sie etwas dafür.

Ich schicke ihm Links zu Partner-Coachings und Online-Guides für Langzeitbeziehungen.

Mein Ranking in der Call-a-Coach™-Applikation auf meinem Tablet aktualisiert sich sofort. Ich habe sowohl in der Kundenbewertung als auch bei der Bewertung durch den Auftraggeber im Trackingtool den Höchstwert erhalten. Es wird nur noch wenige Coachings brauchen, bis ich im Profil zum MasterCoach aufsteige. Ich verbringe den Rest der Nacht in einer freien Schlafkoje im RoomOfRest™, weil es sich nicht lohnt, noch nach Hause zu fahren.

3

– Ich verstehe dich nicht, sagt Aston.

Wenn er mit Riva spricht, lässt er in letzter Zeit häufig Lücken, in die Antworten hineinpassen würden. Als ob man sie später noch nachtragen könnte.

– Du hast doch alles, sagt Aston. Uns geht es doch gut. Warum willst du das einfach so wegwerfen?

Er lässt seinen Blick über die Designmöbel streifen, das ausladende, von einem bekannten Innenarchitekten gestaltete Wohnzimmer, das schon mehrfach auf Architekturblogs gefeaturt wurde. In einem der begehrtesten Distrikte, reserviert für VIPs und Bestverdiener. Riva und Aston wohnen nur drei Stockwerke unter dem Penthouse. Ihr Blick über die Stadt ist atemberaubend. Das hereinfallende Licht heute besonders intensiv. Ich muss die Bildschirmhelligkeit ständig anpassen, wenn ich die Kameraansicht wechsle. Ich stelle mir vor, wie das Tageslicht mit jedem Stockwerk unter ihnen langsam abnimmt und im untersten Stock nur noch Kunstlicht existiert.

– Du hast dir das doch alles erarbeitet, sagt Aston. Du hast so hart gearbeitet.

Riva schweigt. Sie sitzt wieder am Boden, heute näher am Fenster, so dass sie hinausschauen kann. Der Kreisel ist nirgends zu sehen. Man kann nicht erkennen, ob sie wirklich nach draußen schaut oder in inneren Bildern versunken ist.

– Was, wenn ich nicht hart arbeiten will, sagt sie irgendwann.

Ich markiere den Satz hellgelb.

– Was willst du dann?

Riva schweigt. Ich setze den Tageszähler ihrer gesprochenen Sätze auf eins.

Dem Beziehungsprofil zufolge, das der Datenanalyst angelegt hat, haben sich Aston und Riva vor knapp fünf Jahren bei einer Matinee kennengelernt, der Ausstellungseröffnung eines Fotografen, der gerade ein Editorial von Riva herausgebracht hatte. Ein ehemaliger Studienkollege von Aston, zu diesem Zeitpunkt erfolgreicher und bekannter als er.

Von ihrem ersten Treffen gibt es viele Fotos, aber verhältnismäßig wenige Papavids™. Nach der Etablierung der Marke Rivaston™ wurde das dürftige Videomaterial in den Lifestyle-Medien und in Rivas Brand-Apps in immer neuen Versionen gepostet, neu geschnitten und kommentiert.

Aston muss sie schon von weitem erkannt haben, Riva Karnovsky, die Hochhausspringerin. Die Pressefotos der Veranstaltung inszenieren sie als Inbegriff von Jugendlichkeit. Lebhaft und ungestüm, wie ein Teenager in einem zu teuren Designerkleid. Ihre Wangen rosig, wahrscheinlich vom Alkohol, den ihr Ernährungsprofil nur für besondere Anlässe erlaubt.

Ein paar Tage später erzählte Riva auf einem Society-Blog von ihrem ersten Gespräch mit Aston, laut Redakteurin mit »glühendem Gesicht«.

Aston hat mir die Hand hingestreckt und mir mit der anderen ein Glas Sekt angeboten. Ich hatte keine Ahnung, wer er ist. Sein Lächeln hat mich umgehauen. Ich komme zu Ihren Auftritten, sooft ich kann, hat er gesagt, Sie sind eine absolut bezaubernde Tänzerin. Ich sagte: Springerin, meinen Sie. Nein, Tänzerin, hat er gesagt – wie Sie sich in der Luft bewegen, das ist Tanz, man vergisst, dass Sie hunderte Meter über dem Boden sind. Wenn ich Ihnen zusehe, höre

*ich in meinem Kopf Musik. Und ich hab gesagt: Vielleicht sollten
Sie mal mit einem Arzt darüber sprechen?*

Die meisten Fotos vom Abend des Events inszenieren die
beiden bereits als Paar. Riva im Zentrum, Aston am Bildrand
und dennoch präsent, breitschultrig. Auf einigen Bildern kann
man die Aufregung in seinem Gesicht sehen. Er muss sich elek-
trisiert gefühlt haben von der öffentlichen Aufmerksamkeit,
die ihm vorher verwehrt geblieben war.

Medienanalysten spekulierten zunächst, dass sie sich bereits
seit Wochen, wenn nicht Monaten kannten. Sie wirkten einge-
spielt in ihren Bewegungen, einander immer leicht zugewandt.
Riva nahm seine Hand, während sie die VJs dirigierte, den Kameras ihr markantes Profil zeigte, Posen variierte, scherzhafte
Statements abgab.

Von Beginn ihrer Karriere an war Riva ein Naturtalent im
Umgang mit den Medien. Sie schaffte es, den Standardantwor-
ten aus dem Interview Guide der Akademie ihre eigene Note
zu geben, so dass sie nie einstudiert oder einförmig klangen.
Nach Wettkämpfen nahm sie sich Zeit für Fans und Presse. Lächelte ihre Erschöpfung weg. Beantwortete die immer gleichen
Fragen mit der Ausstrahlung authentischer Lebendigkeit. Der
Wert ihrer Werbeverträge lag schon vor ihren ersten internatio-
nalen Siegen über dem Branchendurchschnitt.

Aston, der gutaussehende Underdog, wurde im ersten Jahr
ihrer Beziehung vor allem als Rivas Accessoire wahrgenommen,
ein Boytoy in einer Reihe von Boytoys, der sich erst mit der Veröffentlichung seiner Fotoserie Dancer_of_the_Sky™ den Status als eigenständige Person verdiente.

– Was kann ich machen, Riva? Was willst du von mir?

In der gewählten Kameraperspektive, einer Halbtotalen mit

Aston im Vordergrund, wirkt er größer, als er eigentlich ist. Beinahe überdimensional im Vergleich zu Riva, die im Hintergrund am Boden sitzt, vornübergebeugt.

Seine Arme hängen zu beiden Seiten seines Oberkörpers herab wie Fremdkörper. Als wüsste er nicht, was er mit ihnen anfangen soll, wenn sie nicht die Kamera bedienen, die um seinen Hals hängt.

– Nichts, sagt Riva, ich will überhaupt nichts von dir, Aston.

Ihre Tonlage erinnert mich an die Erzieherinnen in meinem Childcare-Institut, wenn sie unsere Fragen beantworten mussten.

Die beliebteste Verschwörungstheorie zu Rivas Ausstieg in den Internetmedien ist die These, dass es sich um ein Liebesdrama handle, Riva Aston für einen anderen verlassen habe und jetzt von ihm gegen ihren Willen festgehalten werde. Ein bekannter Gossip-Blog postet regelmäßig Drohnenvideos von den beiden in ihrer Wohnung, die mutmaßliche Gewaltsituationen zeigen. Die Prüfung hat ergeben, dass die Bilder zwar aktuell sind, aber nachträglich manipuliert wurden. Fans posten täglich Kommentare auf Rivas offizieller Website, in denen sie ihr Mut zusprechen und die Polizei auffordern, Aston festzunehmen. Die Gebäudesicherung meldet Einbruchsversuche von Fans, die Riva »befreien« wollen.

Dom Wu hat im Anamnesegespräch darauf hingewiesen, dass es im letzten Jahr immer wieder Gerüchte um mutmaßliche Affären sowohl Astons wie Rivas gegeben hat. Der Datenanalyst hat alle Blog- und Newseinträge zum Thema getaggt und analysiert. Sein Bericht vermerkt, dass kein brauchbares Foto- oder Videomaterial existiert, das die Gerüchte bestätigt. Bei den Posts handelt es sich ausschließlich um Hörensagen oder Kommentare zu unverfänglichen Aufnahmen öffentlicher

Auftritte, die Aston und Riva in Begleitung von Kollegen oder Fans zeigen.

Allerdings lässt sich nicht ausschließen, schreibt der Analyst, *dass die PR-Abteilung der Akademie verfängliches Material hat entfernen lassen. Direkte Hinweise hierfür gibt es keine. Bisher waren Dom Wu und seine Mitarbeiter in jeder Hinsicht kooperativ und entgegenkommend.*

Verschiedene Quellen unterstellen Wu eine Affäre mit Riva Karnovsky sowie weiteren Schülerinnen der Akademie. Belege für die in den Artikeln zitierten Gerichtsverfahren und außergerichtlichen Einigungen konnten in keiner der juristischen Datenbanken gefunden werden.

Der Datenanalyst hat die betreffenden Posts mit den Metatags *Affäre* und *Dom Wu* versehen. Fotos und Papavids™ der beiden beim Training, in denen Wu Riva berührt. So geschnitten und bearbeitet, dass die Berührung sexuell interpretiert werden könnte.

– Von mir aus kannst du die Credit Union auflösen, sagt Riva.

Ich setze den Tageszähler ihrer gesprochenen Sätze auf drei. *Leichte Verbesserung der Kommunikationsbereitschaft*, schreibe ich in die Kommentarspalte.

Aston reagiert nicht sofort. Er hebt die Schultern. Dreht sich von Riva weg und geht zu einer der Fotostellwände. Mit der rechten Hand berührt er einen der Rahmen. Das Bild stammt aus der Dancer_of_the_Sky™-Reihe. Riva von hinten, auf der Sprungplattform, leicht verschwommen. Der Großteil des Bildes wird vom Dach eingenommen, das sich wie eine Landebahn vor ihr in die Länge streckt. Ein wenig generisch. Der Körper im Flysuit™ könnte auch eine andere Springerin sein.

– Du warst so glücklich, sagt Aston, ohne sich umzudrehen.

Als ich die Fotos gemacht habe. Weißt du noch? Du hast mal zu mir gesagt: Ich bin der glücklichste Mensch, den du je getroffen hast.

Ich zoome an Rivas Gesicht heran, um ihre Reaktion besser zu beobachten. Master hat mir empfohlen, Mimikanalysesoftware für die Analyse zu verwenden. Aber gerade Momente wie diese sind es, die ich an meiner Arbeit am meisten liebe. Momente unvermittelten Verstehens, wie jetzt, wenn Riva ihre Maske apathischer Gleichgültigkeit fallenlässt und ihr Gesicht eine Geschichte erzählt. Die Mundwinkel um Millimeter verschoben, nach oben gezogen, ein kaum wahrnehmbares Lächeln. Nostalgisch. Die Erinnerung an bessere Zeiten. Dann ein Hochziehen der Augenlider, Aufschauen, der Kiefer verkrampft sich, sie beißt die Zähne aufeinander. Ihr Blick wendet sich dem Partner zu, der noch mit dem Rücken zu ihr steht. Die Lippen fest aufeinandergepresst, ein kurzes Einziehen der Unterlippe.

Manchmal kommt mir das Monitorbild mit seiner hohen Auflösung klarer vor als die Realität. Präziser.

Riva dreht sich wieder weg, schaut nach unten, auf die Hände in ihrem Schoß. Ihr Gesichtsausdruck jetzt wieder gleichgültiger, resigniert. Die Gesichtsmuskeln entspannt bis auf die Brauen, die sich leicht gegeneinanderziehen.

– Das stimmt, sagt sie. Das hab ich damals gesagt.

Aston sieht sie nun doch an, lässt den Fotorahmen los. Ich wähle wieder die Kamera, die ihm am nächsten ist, so dass ich ihm über die Schulter sehen kann. Sehe, was er sieht. Riva am Boden im Sommerkleid, die Hände im Schoß, den Kopf gesenkt. Beinahe ein Klischee. Das kleine, zerbrechliche Mädchen. Die Schutzbedürftige.

Aston geht ins Bild hinein, auf sie zu. Er setzt sich neben sie.

Er legt ihr den Arm um den Rücken. Lässt den Kopf auf ihre Schulter sinken.

Sie entzieht sich. Beinahe in Zeitlupe. Bewegt sich langsam von ihm weg, so dass er den Körper in eine aufrechte Haltung bringen muss, um nicht umzukippen.

Egal welche Versuche der körperlichen Annäherung Aston macht, Rivas Reaktion ist immer die gleiche: ein Ausweichen oder Herauswinden. Nie ein Zurückschrecken, das man als Angst oder Ekel deuten könnte. Stattdessen ein neutrales, langsames Zurückziehen, wie eine Schnecke, die sich in ihr Schneckenhaus windet, Millimeter für Millimeter.

In den fünfeinhalb Tagen seit Beginn der Live-Analyse hat es nur einen Annäherungsversuch eindeutig sexueller Art gegeben. Am zweiten Tag der Observation, um 22 Uhr 17. Riva zog sich ins Schlafzimmer zurück. Aston folgte ihr. Im Nachtsichtmodus verfolgte ich, wie Aston sich hinter Riva legte und sie umarmte. Sie bewegte sich langsam von ihm weg in Richtung Wand, er zog nach. Es wurde nicht gesprochen. Man hörte nur das Rascheln der Decke, das mehr Bewegung vermuten ließ, als man sehen konnte. Ich wechselte zur Kamera in der Schlafzimmerwand, auf Höhe des Bettes. Sie zeigte Riva von vorne, mit starrem Blick, dahinter Astons Gesicht, seine geschlossenen Augen. Er küsste ihren Nacken. Sie verharrte in ihrer Position. Vor ihr war kein Raum zum Ausweichen mehr. Er schob ihr Nachthemd hoch. Ihr Blick veränderte sich nicht. Aston drückte sich dichter an sie. Ich hörte seinen Atem lauter werden, schneller.

Dann ließ er Riva plötzlich los. Er setzte sich auf die Bettkante, von Riva weg. Ich konnte keine Veränderung in ihrem Gesichtsausdruck erkennen. Sie zog auch das Nachthemd nicht wieder über den Körper, sondern blieb bis zum frühen Morgen in der gleichen Haltung liegen.

Datei AM217x im Archivordner zu Rivas und Astons sexueller Beziehung ist ein Sextape, das sich im zweiten Jahr ihrer Beziehung über Fanblogs und Sportnachrichtenseiten verbreitete. Es war nicht klar, ob die Veröffentlichung eine PR-Maßnahme oder das Ergebnis eines Hackerangriffs war. Das Video wirkt gleichermaßen inszeniert wie authentisch. Es ist mit zwei Kameras aufgenommen und einigermaßen gut ausgeleuchtet. Trotzdem sind Aston und Riva nicht immer ganz zu erkennen, bewegen sich teils außerhalb des Frames. Das Video dauert fünfzehn Minuten, es zeigt den gesamten Sexualakt. Riva macht den Anfang, sie wirkt verspielt und dennoch souverän. Ihr Gesichtsausdruck beim Timecode 07:32 hat sich mir eigeprägt. Sie hält die Augen geschlossen und lächelt, wie der buddhistische Guru in einem Meditationsvideo, das ich mit sieben Jahren sah und das mich nachhaltig beeindruckte. Das Bild eines Menschen, der auf natürliche Weise im Einklang ist mit sich und seiner Umgebung.

Im gleichen Ordner: Datei KM287a. Ein Papavid™, das nicht direkt etwas mit Astons und Rivas Beziehung zu tun hat, aber mit dem Metatag *sexual content* versehen ist. Der Datenanalyst hat es auf einem obskuren Society-Blog gefunden. Es hat nur knapp über zweihunderttausend Likes und wurde kaum geteilt.

Das Video zeigt Riva in der frühen Phase ihrer Profi-Karriere, mit etwa dreizehn Jahren, in Begleitung von zwei Teamkolleginnen in einem Viewtower™-Restaurant. Die beiden anderen wurden wenig später aufgrund schlechter Ergebnisse ausgemustert.

Die Mädchen halten jedes ein Glas des gleichen bunten Cocktails in die Tischmitte, prosten einander zu, glucksen. Eine eindeutige Regelverletzung.

Ein Mädchen, laut Facetag Mercedes Martinova, sieht sich

im Restaurant um. Verbiegt den Hals in alle Richtungen. Entdeckt eine Gruppe von Männern um die zwanzig und fixiert einen von ihnen. Die Männer kommen der Einladung nach und lassen die drei nicht mehr aus den Augen. Sie senden Drinks an ihren Tisch, kommen dann selbst. Schütteln die kichernd vorgestreckten Hände. Versuchen die weggedrehten Wangen zu küssen.

Riva wirkt jünger als die anderen beiden, schüchterner. Ihr Gesicht sieht noch aus wie ein Kindergesicht. Sie ziert sich, einem der Männer neben sich Platz zu machen, antwortet kaum auf seine Fragen. Zieht sich ihr Kleid über die Knie.

Das Bild wackelt, weil der VJ näher heranzoomt. Er konzentriert sich auf Rivas Gesicht, ihre gesenkten Augenlider. Sieht er voraus, dass Riva diejenige sein wird, die Karriere macht?

Beim Herauszoomen plötzlich ein Stimmungsbruch. Der junge Mann legt Riva erneut die Hand aufs Knie, und sie windet sich nicht weg. Er lässt seine Hand an ihrem schimmernden Bein entlangfahren, haarlos gelasert, damit der Flysuit™ sich direkt auf die Haut legen kann. Eine zweite, verbesserte Haut.

Riva bleibt aufrecht sitzen, beteiligt sich weiter am Gespräch, während seine Hand nach oben kriecht unter dem Stoff, im Digitalzoom verpixelt erkennbar. Sie lacht.

Die Kamera verharrt in einer statischen Einstellung, bis Riva vom Tisch aufsteht, den Mann an der Hand, und sich von der zurückbleibenden Gruppe verabschiedet. Dann folgt die Kamera den beiden den Hotelgang entlang, in dessen wandhohen Spiegeln sie sich, nun schon eng umschlungen, vervielfachen.

Der VJ ist hier im Anschnitt erkennbar. Er bleibt in einem gewissen Abstand, während die beiden an der Rezeption ein Zimmer buchen und mit der Keycard spielend zum Lift laufen. Rivas Schritt wirkt federnd, erwartungsvoll.

Dann verliert der VJ sie hinter sich schließenden Aufzugtüren, das Video bricht ab.

Während ich mich durch die wachsende Menge der Dateien auf dem Server klicke, komme ich mir plötzlich verloren vor, als bewegte ich mich auf nicht kartografiertem Terrain. Was, wenn ich das Wesentliche verpasse, immer nur ein Fragment der Wahrheit betrachte, dessen Bedeutung mir verschlossen bleibt? Je mehr Informationen ich über Riva erhalte, desto weniger bin ich mir sicher, in welche Richtung ich recherchieren soll. Es gibt zu wenige klare Hinweise auf Brüche und gleichzeitig zu viele potenzielle Hypothesen, die man verfolgen könnte.

Der Gedanke, zu versagen, lässt mich rot werden. Ich sehe mich im Raum um, obwohl ich weiß, dass niemand hier ist.

Ich erinnere mich, wie nervös ich war, als ich bei meinem Bewerbungsgespräch Masters Büro betrat. Ihn in der Mitte des Raumes auf allen vieren sah, Hände und Füße am Boden, den Po in die Höhe gereckt in der Position des herabschauenden Hundes. Sein Körper kurz, schmal und drahtig wie eine zu klein geratene Lifesize-Actionfigur. Master folgt einem strikten Trainingsplan, um seinen Körper täglich ein Stück mehr von seiner angeborenen Schuljungenform wegzumodellieren.

– Mindfulness-Training, sagte er, als er mich hereinkommen hörte, ohne den Kopf zu heben oder seine Position zu verändern. Wir empfehlen es allen Mitarbeitern. Ich lade Ihnen das Programm auf Ihren Activity Tracker, wenn wir uns für Sie entscheiden.

Seine Worte lösten Erleichterung in mir aus. Der Ton verbindlich, als sei die Entscheidung zu meinen Gunsten längst gefallen. Trotz meiner fehlenden Erfahrung im Bereich der Datenanalyse, meines noch kurzen Lebenslaufs. Die Leiterin der Wirtschaftsakademie hatte mich persönlich empfohlen.

Während des Gesprächs blieb Master in Bewegung. Auf seinem Bürostuhl sitzend, wippte er vor und zurück. Seine Beine zitterten von stetigen, winzigen Schüttelbewegungen. Seine linke Hand trommelte auf seinen Oberschenkel. Alle sechzig Sekunden checkte er aus den Augenwinkeln seine Fettverbrennung und Herzfrequenz. Laut seines Fitnessprofils in der Mitarbeiterdatenbank verbrennt Master im Sitzen mehr Kalorien als andere beim Gehen.

Beim Handschlag zum Abschied versuchte ich, seine Druckstärke exakt zu imitieren.

– Firm Handshake, sagte Master. I love it.

Als ich sein Büro verließ, konnte ich die Zukunft in meinen Fingerspitzen spüren. Die Karriere, für die ich vorbereitet worden war. Der Creditscore, den man für mich prognostiziert hatte.

Ich hatte den beschämenden, mir selbst unverständlichen Impuls, meine Biomutter zu kontaktieren. Mit einem Link zum Listing auf der Mitarbeiter-Website und dem unterschriebenen Vertrag. *Bist du stolz auf mich?*

Archiv-Nr: PMa1
Dateityp: Urgent-Message™
Absender: @PsySolutions_ID5215d
Empfänger: @dancerofthesky

Riva!
Sie fühlen sich gelangweilt. Sie können die Aussicht aus dem Fenster Ihres Apartments nicht mehr sehen. Sie wollen neue Impulse. Dass sich etwas verändert. Aber Sie wissen nicht, wie. Ich möchte Ihnen dabei helfen.

4

Aston erscheint pünktlich zum Anamnesegespräch. Ich beobachte seinen Gang durch den Eingangsbereich bis zum Empfang. Seinen kurzen Dialog mit der Empfangsdame, die den Arm Richtung Aufzug streckt und ihm das Stockwerk nennt. Er hat ein Jackett über ein einfarbiges V-Neck-T-Shirt gezogen und trägt eine ausgebleichte Jeans. Eine Kombination, mit der er auch bei kleinen Vernissagen auftritt. Bei größeren Events lässt er sich von einem Stilberater ausstatten, der für seine Unberechenbarkeit bekannt ist, alles ist möglich, das ironische Tragen eines schwarzen Rollkragenpullovers mit Baskenmütze genauso wie speziell für den Anlass entworfene Designerkleidung. Bei seiner ersten großen Vernissage von Dancer_of_the_Sky™ ist Aston in einem Drachenkostüm aus Frotteestoff erschienen, das Bild schaffte es in die Aufmacherartikel der meisten Society-Blogs. Aston als hellgrüner Kuscheldrache, daneben Riva lachend im Designerkleid. Die Schöne und das Biest.

Im leeren Aufzug stellt sich Aston in die linke hintere Ecke. Er sieht sich um, dann lehnt er sich, die Kameras auf natürliche Weise vergessend, mit dem Rücken gegen die Wand und lässt sich zu Boden gleiten. Er verharrt in der Hocke, die Hände über den Kopf gefaltet, die Ellbogen auf die Knie gestützt. Erst als der Aufzugston das Erreichen des gewünschten Stockwerks ankündigt, richtet er sich langsam wieder auf, Wirbel für Wirbel, wie am Ende einer Yogaübung. Es ist das erste Mal, dass ich an Aston solches Verhalten beobachte. Eine eindeutige Geste der Verzweiflung und Hilflosigkeit.

Ich muss an Andorra denken. Wie sie im Aufzug des Child-care-Instituts zu zittern beginnt und sich an die Wand drängt. Weil sie plötzlich von der Angst befallen ist, dass wir stecken bleiben. Sie fürchtete sich vor Erdbeben und anderen Natur-katastrophen, war regelrecht besessen von Newsartikeln über Taifune und Überschwemmungen. Auf ihrem Tablet waren sie nach Art der Katastrophe und Anzahl der Toten und Verletzten sortiert abgelegt. Obwohl ihre Sammlung belegte, dass sich die meisten und folgenschwersten Erdbeben in den Peripherien er-eignen, ließ Andorra sich nicht von ihrer Angst abbringen. Sie erzählte mir regelmäßig von einem Szenario, das sie verfolgte: Wir beide im Aufzug des Institutsgebäudes, den wir gerade im vierunddreißigsten Stock bestiegen haben. Dann ein Rucken, die Kabine verharrt. Ein silberner Kasten an Drahtseilen über einem hundert Meter tiefen Schacht. Hin und her schaukelnd, allein.

Astons Verhalten lässt darauf schließen, dass er nervöser ist als gedacht. Seine kurzen Antworten auf meine Gesprächs-anfrage haben nonchalant geklungen und sind schnell gekom-men, ohne lange Bedenkzeit. Jetzt, wo er sich im Gebäude be-findet, macht er sich vielleicht Sorgen, dass er Riva mit dem Treffen hintergeht. Er hat ihr nichts von unserem Termin er-zählt. Das war seine Entscheidung.

Als er aus dem Aufzug tritt, hat sich Aston wieder gefangen. Er sieht sich nicht um, sondern geht geradewegs auf das Thera-piezimmer 9 zu, als habe er den Bauplan des Hauses internali-siert. Er klopft zweimal kurz, ich rufe ihn herein.

Sein Händedruck ist fest. Er erwidert mein Lächeln nicht und setzt sich sofort auf den Therapiestuhl. Ich starte die Kon-ferenzschaltung. Aston begrüßt Master und Beluga Ganz auf den Monitoren mit einem Kopfnicken. Master bevorzugt die

Videokonferenz, wenn er bei Gesprächen einsitzt, anstatt drei Stockwerke herunterzufahren und sich direkt mit ins Zimmer zu setzen. Es verbessere die Gesprächsqualität, behauptet er, wenn der Klient nur mit der Therapeutin direkt konfrontiert ist. Ich wundere mich oft, wie schnell die Klienten im Laufe der Gespräche die Monitore ignorieren und sich mit ihrem Blick ganz auf mich konzentrieren.

– Danke, dass Sie gekommen sind.

Astons Gesichtsausdruck lässt noch keine eindeutige Einstellung mir und der Situation gegenüber erkennen.

– Wir haben Sie heute zu uns gebeten, sage ich dem Gesprächsablaufmodell entsprechend, um mit Ihnen über den Zustand Ihrer Partnerin Riva Karnovsky zu sprechen.

Wieder reagiert Aston nicht auf mein Lächeln.

Ich warte kurz ab, ob er etwas sagen möchte, spreche dann aber weiter, um keine unangenehmen Pausen entstehen zu lassen.

– Wir möchten Sie dabei unterstützen, Riva zu unterstützen. Es geht uns vor allem darum, Riva aus ihrer akuten Belastungssituation – ihrer Krise – herauszuhelfen. Wir machen uns Sorgen um sie.

– Wer ist wir?

Nach unserer bisherigen Kommunikation hätte ich von Aston keine so konfrontative Haltung erwartet. Sein Blick ist angriffslustig. Er sieht mir direkt in die Augen. In seinen Nachrichten kam er mir höflich und kooperativ vor. Ich hatte das Gefühl, dass er für die Einladung dankbar war.

– Hitomi Yoshida, sage ich und halte ihm noch einmal die Hand zur Begrüßung hin.

Er schüttelt sie kurz. Ich lächele so offen wie möglich.

– PsySolutions arbeitet seit Jahrzehnten mit Menschen wie

Riva. Wenn Sie uns helfen, können wir Ihnen versprechen, dass es ihr bald wieder bessergeht.

– Wer ist wir?

Astons Körperhaltung wirkt verkrampft. Seine Stimme klingt angestrengt, die Wiederholung des Satzes hat etwas Aggressives. Ich versuche, meinen Ton so unverfänglich und freundlich wie möglich zu halten.

– Das ist Hugo M. Master, Leiter der Abteilung Sportpsychologie, und das ist Beluga Ganz von der Qualitätssicherung.

Ganz nickt Aston zu, Master scheint mit seinen Gedanken woanders.

– Wir alle wollen Riva helfen, sage ich. Rivas Fans machen sich Sorgen, genauso wie Ihre Fans sich Sorgen machen würden, wenn Sie plötzlich aufhören würden zu fotografieren.

– Und Rivas Fans haben Sie beauftragt?

Aus den Augenwinkeln werfe ich einen Blick auf Masters Monitor. Sein Gesichtsausdruck ist neutral. Er erwidert meinen Blick nicht.

– Nicht direkt, nein. Der Auftrag kommt von der Akademie. Aber wir sehen ihn als direkte Reaktion auf Tausende Anfragen von Fans.

Wieder ein Blick zu Master, den Aston bemerkt und verfolgt. Master deutet ein Nicken an.

– Dom Wu hat Sie beauftragt?

Aston stellt seine Frage an Master gewandt.

– Er ist einer unserer Ansprechpartner bei der Akademie, ja, sage ich schnell.

Da Master nicht reagiert, wendet sich Aston wieder mir zu.

– Dom hat mir nichts davon erzählt, sagt er.

Ich spüre eine Verunsicherung. Eine Neuordnung der Verhältnisse.

– Offensichtlich spricht Riva im Moment mit niemandem über das, was passiert ist, sage ich. Aber Reden hilft, so einfach ist das. Wenn wir es schaffen, dass Riva sich Ihnen oder Dom anvertraut, hat sie die Chance, gesund zu werden.

– Wie meinen Sie das: Was passiert ist? Was ist denn passiert? Was wissen Sie darüber, was passiert ist?

Obwohl er wütend klingt, kommen mir Astons Fragen schon weniger kämpferisch vor.

– Darum geht es genau, das herauszufinden, sage ich. Wir vermuten, dass ein kritisches Lebensereignis ein Auslöser gewesen ist. Ein Schicksalsschlag, wenn Sie so wollen. Haben Sie eine Idee, was das gewesen sein könnte?

Aston antwortet nicht.

Auf Basis meiner Beobachtungen schätze ich ihn als emotional stabil ein. Die Episode im Aufzug ist das erste Anzeichen dafür, dass Rivas Krise auch ihn belastet. An den meisten Tagen arbeitet er ein Pensum von zehn bis sechzehn Stunden in seinem Studio. Auch wenn der Wegfall seines wichtigsten Projekts aufgrund von Rivas Ausstieg ihn zunächst künstlerisch blockiert zu haben schien, ist er mittlerweile dabei, mehrere neue Projekte zu akquirieren. Was sein Output angeht, befindet er sich, allem Anschein nach, in einer kreativen Hochphase.

Aus den Augenwinkeln sehe ich, wie Master den Kopf bewegt.

– Aston, sage ich, Sie befinden sich in einer sehr schwierigen Situation. Sie sind auf sich allein gestellt. Wir möchten Ihnen helfen.

– Ich dachte, ich soll Ihnen helfen.

– Um uns geht es hier gar nicht. Es geht um Riva. Riva und Sie.

Ich sehe Master nicken und spreche weiter.

– Wussten Sie, dass sich der chinesische Begriff für Krise aus den Schriftzeichen für Gefahr und Chance zusammensetzt? Eine Krise ist eine Chance für Veränderung, Aston.

– Sind Sie Chinesin?

– Nein.

Die Frage erscheint mir so absurd, dass ich kurz auflachen muss. Aus den Augenwinkeln beobachte ich, wie Masters Gesichtsmuskeln sich verhärten. Im Einstellungsgespräch hat er mehrfach darauf hingewiesen, wie viel Wert er darauf legt, dass seine Angestellten das Gesprächsablaufmodell bis ins kleinste Detail befolgen. Offen emotionale Reaktionen wie Lachen sind ein No-Go. Es sei denn, der Klient lacht zuerst.

– Riva befindet sich in einer schweren depressiven Phase, sage ich. Soweit wir das von außen einschätzen können, hat sich ihr Zustand in den letzten Tagen stark verschlechtert. Es gelingt ihr im Moment nicht, selbst Hilfe zu suchen, sich anzuvertrauen. Sie sind Riva am nächsten, sie vertraut Ihnen. Wir können Ihnen dabei helfen, dieses Vertrauen zu stärken.

Astons Blick ist auf den Boden gerichtet. Er zuckt mit den Schultern und schüttelt den Kopf. Innerhalb weniger Minuten hat sich sein körpersprachlicher Ausdruck von aggressiver Abwehr zu Hilflosigkeit gewandelt. Ich spüre, dass er seinen inneren Widerstand aufgibt. Während meiner Ausbildung wurde das als Breaking Point bezeichnet: der Moment, in dem eine zuvor unkooperative Zielperson die übergeordnete Rolle des Therapeuten anzuerkennen beginnt.

Bei den meisten Klienten kommt es gar nicht erst so weit: Selbst bei zwangsverordneten Therapiegesprächen sind die Zielpersonen überwiegend kooperativ. Die Offenheit und Ernsthaftigkeit, mit der meine Anrufer bei Call-a-Coach™ die Details ihrer Problemsituationen vor mir ausbreiten, überrascht mich immer wieder. Es ist ihnen wichtig, dass ich alle Informationen habe, um ein qualifiziertes Urteil zu fällen. Wenn sie Dinge verschweigen, dann meist ohne Absicht, aus einer Unfähigkeit zu selektieren, zu klassifizieren. Ich höre zu und sortiere die Bruchstücke ihrer Vergangenheit in verschiedene Spalten: wichtig, eventuell wichtig, unwichtig. Ein Mann Mitte fünfzig, dessen außerpartnerschaftliche Affären seine Arbeitsleistung belasteten, zählte einmal alle Frauen, die ihm etwas bedeuteten, mit Namen auf. Es waren dreiundfünfzig Frauen. Ich ließ ihn reden, notierte Namen für Namen und strich im Laufe mehrerer Folgegespräche diejenigen durch, die er nicht wieder erwähnte. Am Ende blieben drei Namen übrig. Er selbst war vollkommen überrascht von diesem Ergebnis und dankte mir überschwänglich, als habe ich ihn von der Last der Verantwortung gegenüber den anderen Frauen befreit.

– Riva ist bei einem Ausstieg vertraglich zu Coaching-Gesprächen verpflichtet, um eine Arbeitsunfähigkeit festzustellen, sage ich. Wenn sie sich weiterhin weigert, auf unsere Einladungen einzugehen, sind wir gezwungen, Maßnahmen einzuleiten.

– Was für Maßnahmen?

Aston hat den Blick gehoben und sieht mich an.

– Medikationsauflagen. Relokalisierung. Lange werden Sie die Wohnung nicht mehr halten können.

– Sie verlässt das Haus nicht. Sie wird nicht zu den Gesprächen erscheinen.

– Dann machen wir das Gespräch per Video. Oder Audio. Das ist kein Problem.

– Sie würde nicht drangehen.

– Dann nehmen Sie den Anruf entgegen. Unterstützen Sie Riva.

– Wie stellen Sie sich das vor?, fragt Aston.

Er scheint jetzt bereit, zuzuhören.

– Wir arbeiten zusammen, sage ich. Ich helfe Ihnen dabei, mit Riva umzugehen. Und Sie beantworten unsere Fragen.

Aston nickt unmerklich.

– Gab es in den letzten Wochen und Monaten Veränderungen in Ihrem oder Rivas Leben? Hatten Sie zum Beispiel Streit?

– Nicht wirklich, sagt Aston. Sie war vielleicht ein bisschen anders als sonst.

– Wie genau hat sich das geäußert?

– Als es den letzten Unfall gab bei einer Diving-Show, eine jüngere Kollegin, die Riva gut kannte. Da hat sie, als die Nachricht kam, dass sie nicht überlebt hat, aufgelacht. Und gesagt: Ich wäre froh.

– Ich wäre froh?

– Ja. Im Sinne von: Ich wünschte, ich würde auch verunglücken.

– Haben Sie nachgehakt?

– Ich dachte, sie meint das nicht ernst.

Als ich in meine Büroetage zurückkomme, fängt mich Master im Gang ab.

– Wie weit sind Sie mit der Dokumentenanalyse?, fragt er.

– Ich komme einigermaßen voran. Der Analyst ist noch nicht mit dem Data-Mining fertig.

– Machen Sie ihm mehr Druck.

Masters Krawattenknoten sitzt schief. Er muss ihn für einen Moment gelockert und dann vergessen haben, ihn wieder zuzuziehen. Ich überlege, ob ich ihn darauf hinweisen soll.

– Bis zur Deadline Ist-Aufnahme sind es achtundfünfzig Stunden, sagt Master, als lese er die Angaben ab.

Ich nicke.

– Für die Maßnahmen brauchen wir die volle Kooperation von Karnovskys Partner, schiebt er nach. Und lachen Sie nicht mehr. Im Klientengespräch, meine ich. Das untergräbt Ihre Autorität. Sie wollen ja nicht unsicher wirken.

Ich nicke. Master bewegt sich seitlich an mir vorbei, in Richtung seines Büros. Von hinten kann man die verschobene Krawatte nicht erkennen, er sieht auf ordentliche Weise austauschbar aus in seinem dunkelblauen Anzug aus Schurwolle. Ich stelle mir vor, wie er sich zwischen Meetings bei geschlossener Türe in seinem Bürostuhl zurücklehnt und sich den Schlips vom Kragen zerrt, um viermal tief zu atmen.

Als ich das Sitzungsprotokoll auf der SecureCloud™ hochlade, beginnt Master sofort, Korrekturen vorzunehmen. Bei jeder Revision spüre ich einen Stich, als markiere er sie mit einer Nadel an meinem Körper.

5

Ich komme gerne in meine Wohnung. Das Klicken und der helle Entsicherungston, die mein Keyfob im Schloss verursacht, lösen in mir ein Gefühl von Stolz aus. Mein Apartment liegt im vierundzwanzigsten Distrikt, nur vier Distrikte von den ersten Flagship-Buildings entfernt. Seit Beginn meiner Ausbildung an der Wirtschaftsakademie habe ich auf der Warteliste gestanden. Mit dem VIP-Auftrag für PsySolutions wurde ich zugelassen. Jedes Mal, wenn ich durch die Tür trete, bleibe ich einen Moment auf der Schwelle stehen und lasse den Blick über mein kleines Reich schweifen, erfüllt vom Gedanken, auf dem richtigen Weg zu sein.

Bevor ich mein Tablet für den Abenddienst bei Call-a-Coach™ aktiviere, lasse ich mir noch etwas Zeit, an meiner Küchenzeile auf dem Barstuhl zu sitzen. Ein leichtes Abendessen zu mir zu nehmen.

Beim News-Lesen während des Essens hebe ich ab und zu den Blick auf mein Fenster und die erleuchteten Fensterflächen der Gebäude dahinter. Die Bewegungen in den Straßen nur erahnbar, Menschen und Verkehrsmittel im Dunkeln kaum voneinander zu unterscheiden. Im Bürotower gegenüber meiner Wohnung bleiben jede Nacht einzelne Etagen oder Parzellen erleuchtet, dort wird offenbar noch gearbeitet. Ich habe bisher kein einheitliches Muster erkennen können – keine Fenster, hinter denen jede Nacht Licht brennt. Ich merke, dass diese Unregelmäßigkeit mich nervös macht. Als Kind beobachtete ich nachts oft stundenlang die Lichter in den Wohnungen gegenüber. Der Anblick eines erleuchteten Fensters in der Nacht weckte ein Gefühl der Geborgenheit. Ich stellte mir vor, dort zu leben und mit den Menschen, deren Silhouetten ich erkennen konnte, am Tisch zu sitzen. Heute empfinde ich stattdessen das Gefühl einer unüberbrückbaren Distanz. Die Bewohner der anderen Gebäude kommen mir wie Menschen auf Bildschirmen vor, Pixelformationen, die unabhängig von echten Körpern existieren.

Die abendlichen Meditationseinheiten meines Mindfulness-Programms erledige ich meistens am Küchentresen, im Sitzen, mit geöffneten Augen. Ich mag es, wie im Moment der Entspannung die Welt draußen langsam verschwimmt, wie sich mein Blick nach innen wendet. Wie ich statt des Summens der Klimaanlage das Rauschen in meinen Ohren höre, das wie Meeresrauschen klingt, obwohl mir klar ist, dass es durch meinen Blutkreislauf verursacht wird.

Ich bin zuletzt als Kind am Meer gewesen. Mit dem Institut fuhren wir jedes Jahr in das gleiche Resort, es gab dort einen weißgrauen Strand und mehrere Pools. Die anderen Kinder bevorzugten die Pools, das klare Chlorwasser, die Rutschen und Sprungbretter. Aus unerfindlichen Gründen fühlte ich mich vom Meer angezogen. Obwohl es mir peinlich war, ging ich als Einzige jeden Tag zum Strand und setzte mich in eine verborgene Ecke direkt neben die Absperrung, um aufs Wasser zu schauen.

In meinen Visualisierungsübungen nutze ich diese Erinnerung. Wenn ich die Meditations-App gestartet habe und mir ihr Metronomton einen Rhythmus vorgibt, versetze ich mich in Gedanken an den Strand. Wie damals beobachte ich das Meer mit seinen komplizierten Wellenformationen, seiner sich ständig brechenden Oberfläche. Den weißen Schaum, die Algengewächse und Hölzer, die von weitem aussahen wie Arme von Ozeantieren.

Andorra war die Einzige, die ab und zu vom Pool herüberkam und sich neben mich setzte. Minutenlang saßen wir im Schneidersitz, so nah, dass sich unsere Knie berührten. Aber das Sitzen wurde ihr immer schnell langweilig, sie wollte lieber hinein ins Meer. Manchmal ließ ich mich dazu überreden, bereute es aber jedes Mal. Einmal darin eingetaucht, verlor das Meer alles Erhabene, war plötzlich kalt, salzig und schmutzig und blieb noch lange an mir kleben, auch nachdem ich mir Haut und Haare ausgiebig gewaschen hatte.

Das Meditieren will mir nicht gelingen. Meine Gedanken schweifen ab. Riva drängt sich mir auf, wie sie störrisch auf dem Boden ihres Apartments sitzt und sich weigert zu sprechen, sich zu erklären, zu essen, zu trinken. Ich sehe ihre schmale Gestalt an Substanz verlieren. Ich sehe sie durchlässig werden, so dass ihr Skelett unter der Kleidung und der Haut hindurchschimmert.

Ich versuche, mich auf meinen Ruheort zu konzentrieren. Aber Riva erscheint wie ein Pixelschatten neben mir am Strand. So dicht, dass ich ihren verkrampften Körper spüren kann. Ihre Anspannung geht auf mich über wie ein Virus.

Ich schüttele mich, rutsche auf meinem Stuhl hin und her, um mein Gleichgewicht zu finden. Dann starte ich die App neu, beginne die Übung von vorne, doch wieder schweifen meine Gedanken ab, drängen sich ungewollte Bilder auf. Ich schaffe es nicht, sie loszulassen.

Ich gehe die To-do-Liste des Abends durch. In fünfundneunzig Minuten bin ich mit einem Mann verabredet, der mir von einer Vermittlungsstelle empfohlen wurde. Es macht mir keine Angst, einem potenziellen Partner zu begegnen, aber jetzt gerade ist mir der Termin lästig. Ich bin nicht in der richtigen Stimmung. Mein Kopf schmerzt, mein Körper fühlt sich verspannt an. Der Mann wird mir den misslungenen Meditationsversuch anmerken.

Ich erwäge, ihm eine Absage zu schreiben. Aber die Vermittlung verbucht Absagen als Minuspunkte im Profil, wenn man nicht auf ein ärztliches Attest verlinkt.

Ich habe noch nicht viele Nachrichten mit dem Mann ausgetauscht, sein Screen-Name will mir nicht einfallen, aber das Profil, das die Agentur anhand seiner Personendaten von ihm erstellt hatte, kam mir sympathisch vor, solide. Wie ich hatte er sich die Mühe gemacht, das automatisch generierte Profil zu ergänzen und mögliche Lücken zu schließen. In der Rubrik *Besonderheiten* erwähnte er eine Ablehnung alles Übersinnlichen, was mich ansprach. Ich könnte keine Beziehung mit einem esoterischen oder abergläubischen Menschen eingehen.

Die Dinge, über die wir in unseren kurzen moderierten Chats sprachen, waren vor allem organisatorischer Art: die Zeitplanung des ersten Treffens im Abgleich mit unseren Arbeitszeiten, unseren sexuellen Präferenzen und generellen Vorstellungen vom Sexualverkehr. Der Austausch unserer STD-Tests und Sterilisationszertifikate. Unsere Vorlieben in Bezug auf Geschenke. Als Beziehungszielform wurde uns eine langfristige Partnerschaft vorgeschlagen, ohne notwendige Zusammenlegung des Wohnraums. Individuelle Unabhängigkeit steht auf unseren jeweiligen Wertelisten weit oben.

Ich starte die Meditations-App noch einmal. Ich atme tief ein, lasse die Umrisse meiner Wohnung vor meinen Augen verschwimmen. Wende mich noch einmal meinem Ruheort zu, stelle mir das Meer vor, den Sand, das Möwenrufen.

Wieder spüre ich eine Person neben mir, hoffentlich ist es diesmal Andorra. Ihre kindliche Gestalt taucht häufig in meinen Visualisierungen auf. Sie verstärkt das Gefühl der Geborgenheit. Als ich mich zu ihr hindrehe, ist es Riva, die mich ansieht, durch mich hindurchsieht, als ob ich nicht da wäre. Als wir Kinder waren, sah Andorra mich manchmal auf diese Weise an.

Ich fragte sie dann, woran sie denke.

– An nichts, sagte sie. An dich, wie ich mit dir spreche.

Ich vermutete, dass sie log, dass ihr Mund einfach geplappert hatte und ihr Gehirn bei etwas völlig anderem gewesen war. Vielleicht bei einem Jungen.

– Lüg mich nicht an, sagte ich.

Andorra war beliebt bei den Jungen im Institut. Nicht nur, weil sie schön war mit ihren vollkommen symmetrischen Gesichtszügen und ihren schwarzen, kräftigen Haaren, die sie jeden Morgen in unzählige schmale Zöpfchen flocht. Wo immer sie hinging, bündelte sich die Aufmerksamkeit, auch die der Erwachsenen. Die Erzieherinnen unterstellten ihr oft, dass sie die kleinen dramatischen Szenen selbst inszenierte, die sich in ihrer Nähe abspielten. Ihre überbordende Energie schien sich zu übertragen wie Strom. Auch ich fühlte mich von ihrem Tatendrang angesteckt. Ohne Andorra hätte ich meine Kindheit wahrscheinlich in großer Langeweile verbracht, ohne es zu merken.

Aber je älter wir wurden, desto mehr wurde mir bewusst, wie verschieden wir waren. Daran, wie unterschiedlich man mit uns umging. Während die anderen aus dem Institut kaum ein Wort mit mir wechselten, rief Andorras bloße Anwesenheit bei ihnen extreme Reaktionen hervor. Die einen drängelten sich darum, mit ihr zu sprechen oder zu spielen, und kratzten ihren Namen in die Wände der Toilettenräume. Andere versteckten sich vor ihr. Dass manche Kinder Angst vor ihr hatten, erfuhr Andorra von mir.

– Jemand hat auf dem Klo erzählt, dass du Mordpläne schmiedest und letztes Jahr Bentley in der Putzkammer verhauen hast, sagte ich.

Wir lagen nachts nebeneinander in ihrem Bett und sprachen im Flüsterton.

– Das stimmt nicht, sagte Andorra.

– Ich weiß.

Andorra und ich schliefen oft in einem Bett. Wir sprachen leise miteinander, bis Andorra Augen und Mund zufielen. Ich sah ihr dabei zu, wie sie in die Welt des Schlafes herübergetragen wurde. Zu Beginn zuckte sie, als würde sie fallen. Dann begann ihr Atem ruhiger zu werden. Wenn sie träumte, bewegten sich ihre Lippen und später, wenn ich lange genug wach blieb, die Augäpfel unter ihren Lidern. Wenn sie so dalag, strich ich ihr oft übers Haar und stellte mir vor, eine Biomutter zu sein, die über sie wachte.

Ich breche die Meditationsübung endgültig ab und räume meinen Teller in die Geschirrspülmaschine. Nun habe ich mehr Zeit als geplant, mich auf das Treffen vorzubereiten. Zu duschen, Make-up aufzutragen, Haar- und Körperspray. Ich habe mir schon am Morgen ein Outfit bereitgelegt, das ich mir nach dem Duschen mit schnellen Bewegungen überziehe. Obwohl ich mit meinem Körper grundsätzlich zufrieden bin, empfinde ich es als unangenehm, nackt oder nur in Unterwäsche zu sein.

Ich habe ein graublaues Kostüm mit weißer Bluse gewählt,

kein Kleid, als Signal, dass ich heute noch keinen sexuellen Kontakt will. Es soll ein kurzer Abend werden, an dem wir uns etwas besser kennenlernen, um uns dann bis zum nächsten Treffen Gedanken über eine mögliche Beziehung machen zu können.

Der Mann trägt ebenfalls ein Business-Outfit, einen Maßanzug mit weißem Hemd und Krawatte. Wir lächeln uns erleichtert an. Er stellt sich als Royce Hung vor. Wir geben uns die Hand und dann zwei angedeutete Küsschen auf die Wange. Er riecht gut, nach einem Designerparfüm, dessen Name mir nicht einfallen will. Das Restaurant wurde von der Vermittlung nach unseren Vorlieben ausgewählt und gefällt uns beiden gut. Es ist ein rotierendes Viewtower™-Restaurant. Royce macht einen Kommentar über die Schönheit der Stadt, und wir stoßen an, er hat Champagner bestellt.

Um den spontanen Charakter eines ersten Dates aufrechtzuerhalten, lese ich meistens nicht alle Informationen im Profil meines potenziellen Partners. Ich versuche mir vorzustellen, was Royce Hungs Beruf sein könnte, wahrscheinlich hat er eine mittlere Führungsposition in einem mittelgroßen Unternehmen. Unsere Creditscore-Level sind äquivalent, das ist in der Vermittlungsanfrage vermerkt gewesen.

– Was machen Sie beruflich?, frage ich, um das Gespräch in Gang zu bringen.

– Abteilungsleiter der Public Relations für Demi & White.

– Die Kosmetikfirma?

– Genau.

– Kriegen Sie viele Pröbchen?

Er lächelt und nickt.

– Nächstes Mal bringe ich Ihnen welche mit. Schicken Sie mir eine Wishlist.

Er schenkt mir nach, ich habe zu schnell getrunken und merke, wie meine Wangen sich röten.

– Und Sie?

– Wirtschaftspsychologin.

– Ah, sagt er. Da möchte ich lieber keine Pröbchen. Das soll ja eine spannende Branche sein.

Ich lache, um ihm das Gefühl zu geben, dass er das Richtige gesagt hat.

– Nicht immer, sage ich. Das kommt auf den Klienten an. Können Sie sich vorstellen, wie es ist, mit einem Buchhalter über seine Arbeitsabläufe zu diskutieren?

Royce lacht nun ebenfalls, er hat ein schönes Lachen, beinahe gurrend. Es scheint tief aus seinem Körper hervorzubrechen.

Ich verwende den Satz vom Buchhalter häufig als Eisbrecher, obwohl oder vielleicht weil er nicht der Wahrheit entspricht. Meine bisher einzige Live-Videoanalyse eines Buchhalters während meiner Ausbildung habe ich sehr genossen. Ich hätte ihm jahrelang dabei zusehen können, wie er Zahlen in Rechentabellen eintrug. Als Kind habe ich gerne Dinge geordnet. Säcke mit verschiedenfarbigen Plastikperlen, die ich der Farbe nach in Fächer einsortierte, weil die Wiederholung der Denkprozesse und die Herstellung einer sichtbaren Ordnung mich beruhigten.

– Wo haben Sie studiert?, fragt Royce.

– Bowen Institute of Business.

– Nicht schlecht. Sie waren bestimmt eines dieser Überfliegerkinder, das direkt beim ersten Casting einen Ausbildungsplatz in der Stadt bekommen hat.

– Ich bin nicht in den Peripherien aufgewachsen.

– Was?

Er sieht mich ungläubig an. Ich kann seinen Verstand die ungewohnte Information verarbeiten sehen. Ich hätte lügen sollen. Es ist mir einfach so herausgerutscht. Das Schamgefühl, einen Fehler gemacht zu haben. Ich nehme einen großen Schluck Champagner und versuche zu lächeln.

– Wow, sagt er dann. Ich dachte, das wären Gerüchte. Arbeiten Ihre Eltern für die Regierung?

– Lobbyisten für S&P.

– Haben Sie dann etwa mit Ihren Eltern zusammengelebt?

– Nein!

Ich breche in Lachen aus, was ich sofort bereue. Der Alkohol beeinträchtigt meine Kontrollmechanismen. Royce Hungs Blick hat sich verändert, ich kann die Distanz spüren, die sich zwischen uns ausbreitet.

– Ich war in einem Stadtheim, sage ich, aber meine Mutter hat mich manchmal besucht.

Meine Biomutter, die in den Besucherraum des Instituts tritt, immer eine halbe Stunde zu spät, weil ihr Meeting länger gedauert hat, in neutraler Zimmerlautstärke in ihr Tablet sprechend. Und ich, für den Anlass in ein Besuchskleidchen gesteckt, zwei Schleifen im Haar, wie ein Geschenk.

Hübsch sieht sie aus, sagte meine Mutter jedes Mal zur Erzieherin, bevor sie sich mir näherte, mich erst betrachtete und dann die Arme zu beiden Seiten ausstreckte. Auf diesen Moment wartete ich, seit man mich im Besucherraum platziert hatte. Ich musste mich zügeln, nicht mit Anlauf in sie hineinzuspringen und stattdessen gemäßigten Schrittes auf sie zuzugehen und mich in die angebotene Körperfläche zu lehnen. Die schmalen Arme zu spüren, die sich um mich schlossen. Zu diesem Zeitpunkt hatte die Betreuerin das Zimmer bereits verlassen. Wenn es keine anderen Besucher gab, waren wir alleine.

Ich stellte mir vor, wir würden in diesem Zimmer gemeinsam leben, meine Mutter und ich, sie wäre gerade von der Arbeit nach Hause gekommen und nun beginne der Tag erst wirklich. Mit Spielen und Gesprächen und dem Trainieren meiner Lieblingsdisziplinen.

– Ein Stadtheim. Das muss ja unglaublich viele Credits gekostet haben, sagt Royce in mein Schweigen hinein.

Ich zucke mit den Schultern und lächele. Ich wünsche mir, das Gespräch auf ein anderes Thema umleiten zu können, aber ich spüre, dass seine Neugier nicht abzuwehren ist. Das ist meine Schuld.

– Aber es gibt doch ohne Arbeitsvertrag gar keine Wohnzulassung für die Stadt?, fragt er.

– Wir waren alle mit Ghost-Adressen in den Peripherien registriert und sind jedes halbe Jahr zu den Pflichtcastings gefahren.

– Das muss die Aufsicht doch mitkriegen.

Wieder muss ich lachen. Ich habe Angst, er könne glauben, ich lache ihn aus, und berühre mit der Hand seine Fingerspitzen auf der Tischplatte.

– Natürlich weiß das die Aufsicht. Deshalb kostet es ja so viel, sage ich in möglichst vertraulichem Ton, meinem Arbeitston.

Sein Blick fordert mich auf, weiterzureden.

– Wenn die Eltern es sich nicht mehr leisten können, fliegt man auf. Ich habe einige Kinder gesehen, die von einem Tag auf den anderen abtransportiert wurden. Und dann schaffen sie und ihre Eltern es wegen des Strafverfahrens nicht wieder zurück. Meiner Mutter ist dieses Risiko zu Beginn nicht bewusst gewesen, denke ich. Sie hat es oft bereut und riesige Angst gehabt, dass sie in die Peripherien zurückmuss. Das hat sie mir nicht verziehen.

– Das heißt, Sie haben Kontakt zu Ihren Bioeltern?

– Zu meiner Mutter. Aber selten.

Ich kann mich nicht genau erinnern, wann ich zuletzt die Stimme meiner Biomutter gehört habe. In der Erinnerung verschmilzt sie mit der Stimme ihrer Assistentin. *Sie ist in einem Meeting. Aber ich richte es ihr aus.*

– Ich kann mir gar nicht vorstellen, sagt Royce, wie das ist. Die Bioeltern kennen.

– Es ist eigentlich auch nichts Besonderes. Man hat einfach bessere Karrierechancen, wenn man in der Stadt aufgewachsen ist. Sie haben es ja auch so geschafft.

Er lacht, wir lachen gemeinsam, wir haben einen Rhythmus gefunden. Unsere Fingerspitzen berühren sich in der Mitte des Tisches. Fast bereue ich es, das Kostüm und kein Kleid angezogen zu haben. Aber ich ändere meine Pläne ungern.

Die Regeln eines erfolgreichen Dates schreiben vor, dass Royce nun an der Reihe ist und ich ihm Fragen zu den Anfängen seiner Karriere stelle, seinen ersten Casting-Erfahrungen. Dass er von seinem LCM™ erzählt, dem Life-Changing-Moment™, als er bis zum Ende auf der Bühne bleiben durfte und in eine Stadtakademie aufgenommen wurde. Von der Größe seines Apartments und dem Prestige der Distrikte, in denen er gewohnt hat, und schließlich von seiner Arbeit, seinen Verantwortlichkeiten, den VIPs, mit denen er arbeitet.

Ich versuche, mich auf ihn zu konzentrieren, auf seine kurzen, effizienten Sätze, nie eine Silbe zu viel. Aber ich merke, wie ich innerlich abdrifte, wie meine Gedanken zurück zum Besucherraum des Instituts wandern, in die Stille, bevor sich die Türe öffnet und meine Mutter erscheint. Bevor sie die Arme ausbreitet und ich mich in sie hineinlehnen darf.

Royce küsst mich, bevor ich ins Taxi steige. Es ist ein kurzer, angenehmer Kuss. Seine Haut ist frisch rasiert und weich, seine Lippen sind schmal, aber warm. Im Wagen kann ich nicht anders, als im Dunkeln zu lächeln und mich in das Polster zu schmiegen, als wäre es ein Mensch.

Archiv-Nr: PMa2
Dateityp: Urgent-Message™
Absender: @PsySolutions_ID5215d
Empfänger: @dancerofthesky

Riva!
Sie sind verzweifelt. Wenn eine Ihrer Kolleginnen verunglückt, erwischen Sie sich bei dem Gedanken: Ich wäre froh, an ihrer Stelle zu sein. Aber denken Sie an das kleine Mädchen, das Sie einmal waren. Stellen Sie sich vor, wie es einsam und verloren in den Peripherien steht. Denken Sie an den Staub und die Hitze, die ihm den Schweiß auf die Stirn treibt. Den Dreck, der sich mit seinem Schweiß vermischt. Erinnern Sie sich daran, wie Sie sich nichts mehr wünschten, als endlich sauber zu sein. Das Kind, das sie einmal waren – was würde es jetzt zu Ihnen sagen, wenn es Sie so sehen könnte, am Boden Ihres Luxusapartments, tatenlos. Was würde es wohl tun? Es würde Sie doch schütteln und Sie anflehen: Nutze die Möglichkeiten! Wirf unseren Traum nicht fort! Bitte schicke mich nicht wieder zurück in den Schmutz und die Bedeutungslosigkeit!
Riva, Sie haben bisher keine Ihrer verordneten Coaching-Sitzungen wahrgenommen. Dies berechtigt Ihre Vertragspartner, ein Strafverfahren gegen Sie einzuleiten. Denken Sie nicht, dass es eine bessere Lösung wäre, nach der dargebotenen Hand zu greifen und Hilfe zuzulassen?

6

Wie die Stadt daliegt mit ihren übereinanderliegenden Brücken, die labyrinthisch wirken und doch den Verkehr ordnen und leiten. Die rollenden Wagen in gleichmäßiger Geschwindigkeit, mit immer gleichem Abstand, fächern sich auf an den Schnittstellen der Straßen und sind bereits im nächsten Moment wieder auf Kurs. Wie Perlen, ordentlich aufgereiht. Am Verkehrsknotenpunkt, den man von meinem Büro aus sehen kann, sind es acht Zubringer. Der höchste reicht den benachbarten Hochhäusern beinahe bis zur Mitte. Die Brücken winden sich in alle Richtungen, oval, achtförmig und dann wieder geradeaus.

Ich fahre jeden Streckenverlauf mit meinem Blick ab, eine Übung in Aufmerksamkeit, und kehre am Ende zurück zur linear verlaufenden Hauptstraße, die sich als Sichtachse fast durch die ganze Stadt zieht, ein Nadelöhr.

Das Büro summt. Normalerweise fällt mir das Brummen der Servertürme nicht mehr auf, es ist in meinem Wahrnehmungsapparat als peripheres Hintergrundgeräusch abgespeichert. Aber heute liegen meine Nerven frei. Ich habe schlecht geschlafen, in Gedanken ging ich immer wieder das Date mit Royce Hung durch, Wort für Wort. Im Rückblick wurden mir meine Fehler immer bewusster, die Wahl der abweisenden Kleidung, meine Erwähnung des Stadtheims, die lange Zeit, die ich verstreichen ließ, bevor ich Royce über sich reden ließ. Seine Bewertung des Dates wird schlecht ausfallen. Er wird mir vielleicht zwei Sterne geben, höchstens drei.

Ich konnte nicht aufhören, an den Moment zu denken, in

dem er mich küsste. An die Wärme des Taxis auf dem Nachhauseweg.

Der Nachtschweiß klebt noch an mir, trotz Dusche, trotz frisch gewaschener Kleidung und Lüftungsanlage. Ich habe seit Auftragsbeginn meistens das empfohlene Schlafpensum von sechs Stunden erreicht, aber letzte Nacht waren es laut Activity Tracker nur zweihundertzweiundfünfzig Minuten.

Ich versuche, meine Gedanken auf einen Punkt zu konzentrieren, halte mich mit dem Blick an einem silbrigen Wagen fest. Als er unter einer Brücke hindurchfährt, verliere ich ihn aus den Augen.

Der Benachrichtigungston von Rivas Tablet klingelt seit dreißig Sekunden. Wie hält sie dieses Geräusch aus? Riva steht am Fenster und blickt hinaus, als ob der Ton nicht aus ihrem, sondern aus meinem Zimmer käme.

Nach genau vierunddreißig Sekunden stürmt Aston ins Zimmer. Er greift nach dem Tablet und wirft es gegen die Wand. Einer seiner Fotorahmen fällt zu Boden. Riva zuckt zusammen und dreht sich zu ihm um.

– Das war die sechste Vorladung, Riva.

– Ist es kaputt?

Aston nimmt das Gerät vom Boden, tippt darauf herum, schüttelt den Kopf.

– Wenn du nicht hingehst, wenn du nicht wenigstens antwortest, schmeißen sie uns aus der Wohnung.

Ich versuche mich in Aston hineinzuversetzen. Ich wähle die Kamera, die ihm am nächsten ist, und zoome, bis ich ihm über die Schulter sehen kann. Riva hat sich wieder umgedreht und schaut aus dem Fenster. Ihr Körper im Gegenlicht wirkt aus diesem Blickwinkel wie eine Figur aus Pappe, ein Werbeaufsteller von Riva, wie es ihn in Onlinefanshops zu kaufen gibt.

Obwohl ich sie erst etwas mehr als eine Woche observiere, bestimmt das Bild auf dem Monitor bereits meine ganze Wahrnehmung von Riva. Ich kann die Newsvideos und Papavids™ in meinem Datenarchiv, die Bilder von Riva im Freien, im Flug oder in Bars und Restaurants, nicht mit der Frau am Fenster in Einklang bringen. Zwischen beiden scheint keine Verbindung zu existieren, auch wenn sie sich oberflächlich ähneln. In keinem der gespeicherten Videointerviews finde ich Hinweise auf Unzufriedenheit. Noch zwei Tage vor ihrem Vertragsbruch ist Riva im Videochat mit Fans zu sehen. Sie scherzt und lacht, beantwortet die Fragen ihrer Personal Brand entsprechend.

Nur in einem einzigen Interview zwei Wochen vor ihrem Ausstieg gab es eine Art Eklat. Riva antwortete auf die erste Frage eines VJs lächelnd im antrainiert süßlich forschen Sprachduktus:

– Ob ich mich über den Sieg freue? Fällt Ihnen nichts Originelleres ein? Stellen Sie eigentlich nur Fragen, die Sie auch selbst beantworten könnten? Ich finde es beschissen, zu gewinnen, ehrlich gesagt. Fuck winning.

Dom zog sie am Arm aus der Pressezone. Schon wenige Minuten später wurde das Video zur Meme, millionenfach geteilt und bearbeitet, Fuck-winning-Songs, Fuck-winning-T-Shirts, Fuck-winning-Klingeltöne. Man munkelte, dass es sich um eine geplante virale Marketingkampagne der Akademie gehandelt haben könnte.

– Eine Psychologin, sagt Aston, hat dir drei Messages geschickt.

Er hat Rivas Tablet vom Boden aufgehoben und scrollt durch ihre ungelesenen Nachrichten.

– Du könntest ja wenigstens einmal hingehen, um zu sehen, wie es ist. Mit irgendjemandem musst du ja reden.

Auf meinem Arbeitsmonitor werden neue Dateien angezeigt. Einträge eines Fanblogs von User @gokarnovsky. Bilder und Listen von Dingen, die er oder sie in Rivas Abfalltonne gefunden hat. Hashtag: *Mit dem Müllmann geflirtet.*

Die Listen wurden über einen Zeitraum von zwei Wochen hochgeladen. @gokarnovsky hat jeden Tag Updates gepostet. In Rivas Abfall findet sich nichts Auffälliges. Verpackungen, alte Zusatzbatterien, ein defektes Ladekabel, ein halb verbrauchter Lippenstift, leere Medizinpackungen. Vitaminwasserflaschen. Fruitshot- und Power-Bar-Hüllen. Ich nehme an, dass die Lebensmittelverpackungen von Aston stammen.

Seit Projektbeginn sind neun Tage vergangen. Laut Zeitplan sollten innerhalb von acht Tagen die grundlegende Datenanalyse abgeschlossen und erste Maßnahmen eingeleitet sein. Masters Ton in meinen Performance Reviews hat sich verändert. Ich öffne sie nicht mehr sofort, wenn sie im Benachrichtigungsfenster angezeigt werden. Es gelingt mir immer weniger, das Gefühl, nicht zu genügen, abzuschütteln und die Selbstzweifel in Arbeitsenergie umzuwandeln, wie ich es meinen Klienten rate. Auch wenn ich mir alle Mühe gebe, Masters Feedback so gut und schnell wie möglich umzusetzen, werden seine Kommentare negativer. Auf Ratingportalen wird seine Führungsstrategie als positiv verstärkend und non-invasiv beschrieben. Ich frage mich, ob er nur mich so heftig kritisiert. Ob ich mich selbst als Anomalie betrachten muss. Ob ich auffällig schlechter bin als meine Kollegen.

Während meines Studiums musste ich für ein Whitepaper einmal die Vor- und Nachteile von Mitarbeiterbestenlisten und Vergleichsportalen analysieren. Ich argumentierte, dass der Motivationseffekt eines objektivierten Leistungsvergleichs am Arbeitsplatz das Risiko einer möglichen Demotivierung bei schlechten Ergebnissen weit übersteige. Ohne den Drang, die eigene Leistung zu steigern, um die Rangliste anzuführen, seien Mitarbeiter weniger produktiv. Unternehmensstudien zeigten, schrieb ich, dass ein datenbasierter und somit möglichst objektiver Wettbewerb die Angestelltenleistung verbessert.

Ich gebe mir Mühe, Masters Feedback konstruktiv zu betrachten, dankbar zu sein, auch wenn die Kritik mich unerwartet trifft. Er wirft mir vor, bei meiner Recherche willkürlichen Impulsen zu folgen. Im Bewerbungsgespräch hat er mich gerade für meine intuitive Therapiestrategie gelobt. Im Laufe des Einstellungsverfahrens hatte er eine große Zahl meiner Call-a-Coach™-Gespräche an- und sogar mitgehört. Dass er an die vertraulichen Aufnahmen gekommen war, imponierte mir. PsySolutions ist namhaft für seine guten Kontakte zu Privatunternehmen aller Branchen.

– Eine Herausforderung dieses Jobs ist, sagte Master im Einstellungsgespräch, sich an die Gesprächsvorgaben zu halten und gleichzeitig spontan auf die Situation zu reagieren.

Seit Auftragsbeginn pocht er stattdessen nur noch auf Standardisierung und Systematisierung. *Ihre Protokolle sind zu unübersichtlich*, hat er in meiner letzten Review geschrieben. *Mehr Visualisierungen! Nutzen Sie die Grafikabteilung. Wir müssen den Investoren etwas vorlegen, das sie auf einen Blick verstehen. Wir brauchen eine Vorstellung davon, wie es weitergeht!*

Manchmal befürchte ich, dass mein Datenarchiv eine Version Rivas zeigt, die nicht mehr am Leben ist und nicht reanimiert werden kann. Riva, wie sie jetzt existiert, ist eins geworden mit ihrer Wohnung: eine weiße, bewegungslose Gestalt. Mehr Umriss als Person. Riva, die Hochhausspringerin, erscheint mir wie eine Fiktion. Was ich auf dem Live-Monitor sehe, ist Riva ohne

Eigenschaften, ohne Ziele. Weder in den Archivdaten noch in der Gegenwart finde ich Hinweise auf eine Verletzung, die ihren Zustand rechtfertigt.

Wie wir uns ein Leben wie ihres gewünscht haben, Andorra und ich. Wenn wir zwischen den anderen Kindern vor unseren Monitoren saßen, vor Aufregung wippend, schon eine halbe Stunde bevor der Livestream der Castings für Highrise-Diving™ einsetzte, um auf keinen Fall etwas zu verpassen. Dann endlich das gewohnte Bild des Bühnenaufgangs, des Vorhangs von hinten. Beine, die unruhig auf der Stelle treten. Blendenflecke vom Scheinwerferlicht. Ein unscharfer Mädchenkörper in einem pinkfarbenen Tutu. Dazu die Intromusik, die wir mitsummten, den Beat auf unseren Beinen trommelnd. Die Moderatorin, die ans Mikrofon tritt: Willkommen bei *Casting Queens™*.

Andorra und ich teilten uns ein *Casting Queens™*-Fanshirt. Wir schliefen abwechselnd darin. Andorra hielt manchmal in einem der Schlafzimmer ein Judging ab, auf dem Bett stehend.

– Stellt euch in einer Reihe auf. Nummer 7, du bist raus, du hast ausgesehen wie ein verschrumpelter Ballon. Disappointing. Nummer 23, deine Performance war gut, aber du hast keine Präsenz, keine Star Quality, schau, wie du dastehst mit deinen herabhängenden Schultern. Und Nummer 3, was sind das für Klamotten, deine Betreuerin würde dich aus einem Line-up nicht herauspicken können, wenn's um ihr Leben ginge.

Alte Folgen der Sendung liefen nonstop auf dem Flatscreen im Aufenthaltsraum, niemand wollte etwas anderes sehen. Es gibt eine Folge mit Riva, aber ich erinnere mich nicht daran, dass sie mir damals aufgefallen wäre.

Warum würde jemand freiwillig ein solches Leben aufgeben? Meine erste These war, dass es sich um einen körperlichen Auslöser handeln musste, eine hormonelle Beeinträchtigung. Aber Rivas medizinische Daten zeigen keinerlei verdächtige Werte, die auf eine Veränderung hinweisen. Ihr Vital Score Index™ war bei jeder Pflichtuntersuchung hoch, sehr hoch sogar. Ein paarmal war ihr Performance-Level eingeschränkt, weil sie sich mit harmlosen Infektionskrankheiten angesteckt hatte, die in der Akademie herumgingen und nicht sofort eliminiert werden konnten. In ihrem ersten Jahr hatte sie mehrere Stürze ins Trainingsnetz, und einmal brach sie sich den Arm, doch sowohl Dom Wu als auch Rivas Akademiearzt haben mir offiziell bestätigt, dass es mit Rivas Gesundheit bis zu ihrem Vertragsbruch keine gravierenden Probleme gab.

Aston tippt sich durch die Nachrichten auf Rivas Tablet.

– Triff dich doch wenigstens mit Dom, sagt er, das bist du ihm schuldig.

Riva geht zur Küchenzeile und schenkt sich ein Getränk ein. Man kann Eiswürfel gegen Glas klackern hören. Sie sieht zu Aston herüber.

– Wenn dich das glücklich macht, sagt sie.

Sie trinkt in kleinen Schlucken. Gin. Wenn sie überhaupt noch Flüssigkeit zu sich nimmt, ist es meistens harter Alkohol. Vor ihrem Ausstieg trank sie höchstens, um ihren Signature Drink Flydive™ zu promoten.

Sie steht jetzt wieder am Fenster, so nahe, dass die Scheibe von ihrem Atem beschlägt. Die Ventilation des Serverturms setzt ein. Wieder klicke ich mich durch bereits gesichtete Videodateien und Archivfotos. Obwohl sie mir in diesem Moment erscheinen, als wären sie frei erfunden, erinnern sie mich doch daran, worum es hier geht: um Genesung und die Reaktivierung von verlorengegangenem Potenzial.

Ich logge mich in mein Vermittlungsprofil ein, um zu sehen, ob Royce Hung bereits eine Bewertung unseres Dates abgegeben hat. Auf meiner Startseite werden zwei neue Partnervorschläge angezeigt, die ich wegklicke, ohne sie aufzurufen. Royce hat weder eine Bewertung noch eine Nachricht geschrieben, sein letzter Login war am Nachmittag vor unserem Date. Wahrscheinlich zögert er sein Feedback hinaus. Ich selbst warte immer mindestens zwei Tage, bevor ich eine Bewertung schreibe, um einen objektiveren Blick auf das Treffen zu haben und mir mit meiner Rückmeldung hundertprozentig sicher zu sein.

7

Mein Arbeitsrhythmus ist nicht ideal. Wenn ich gerade nicht am Monitor sitze, habe ich das Gefühl, etwas Wichtiges zu verpassen. Bei jeder Rückkehr ins Büro scrolle ich mich zuerst durch das Log der vergangenen Minuten oder Stunden. Erst dann kann ich mich wieder auf die Gegenwart konzentrieren.

Ich versuche, meinen Tag-Nacht-Rhythmus dem von Riva anzupassen. Aber er ist unregelmäßig. Manchmal steht sie bereits um vier Uhr auf, an anderen Tagen schläft sie erst am frühen Morgen ein und bleibt dann bis zum Mittag im Bett. Auf den Nachtsichtvideos sehe ich sie oft minutenlang im Wohnzimmer im Kreis gehen.

Ich habe Aston mehrfach Rezepte für Schlaf- und Beruhigungsmittel geschickt und ihn gebeten, Riva zur Einnahme zu motivieren. Laut seinen Finanzbewegungen hat er die Medikamente abgeholt. Bisher hat er Riva noch nicht darauf angesprochen.

Mein Activity Tracker zeigt 1 Uhr 17. Ich müsste bereits seit einer Stunde schlafen. Im grauen Licht rücklings auf dem Bett liegend, denke ich an Riva, wie sie auf ihrem Bett liegt. Die Beine und Arme zu den Seiten ausgestreckt, den Blick zur Decke gerichtet. Die Haut von plötzlichem Schweiß überzogen, der häufig bei Schlafbeschwerden auftritt, weil sie die Temperaturregulierung des Körpers behindern. Ihr früher muskulöser Körper schlaff, gescheitert.

Ich frage mich, ab wann der Verlust der Muskelmasse eine

75

Rehabilitation nicht mehr rentabel macht. Wie viel Zeit mir bleibt.

Die früheste Aufnahme, die der Analyst von ihr finden konnte, stammt von einem Allroundcasting. Es steht allerdings nicht fest, dass es sich dabei wirklich um Riva handelt. Im Videotag taucht ihr Vorname auf, aber ein unbekannter Nachname. Riva ist höchstens sechs Jahre alt, kleiner als die anderen Mädchen in ihrer Alterskategorie. Ihr Blick in die Kamera ist unsicher. Ihr Körper angespannt, der Nacken verkrampft. Sie tritt in verschiedenen Kategorien an, in keiner ist sie besonders gut.

Sie fällt trotzdem auf, sticht heraus. Als alle anderen Kinder abgegangen sind, bleibt sie auf der Bühne stehen. Zweimal die Durchsage, alle Kandidaten würden gebeten abzutreten, mit freundlicher Bestimmtheit. Sie reagiert nicht. Sie steht da, regungslos, stumm. Auf die gleiche Weise, wie die erwachsene Riva auf dem Boden ihres Apartments sitzt.

Der Unterschied ist, dass mir Riva in der Castingaufnahme nicht bockig vorkommt. Ihre gefrorene Gestalt formt sich nicht zum Widerstand. Es ist, als ob sie vergessen habe, wo sie sei und was sie tun solle. Als ob sie zeitweilig die Kontrolle über ihren Körper verloren habe. Ich frage mich, ob das auch jetzt der Fall ist. Müsste man ihr nur über einen Lautsprecher mitteilen, was sie zu tun hat?

Riva, sagt die Stimme im Video schließlich, wahrscheinlich nachdem der Sprecher ihren Namen auf der Liste der Kandidaten nachgesehen hat. Riva, bitte gehe von der Bühne ab, damit die nächste Gruppe auftreten kann. Und Riva, plötzlich wieder wach, geht von der Bühne. Kurz darauf ertönt der Jingle, und die erste Kandidatin der nächsten Gruppe betritt die Bühne. In der Großaufnahme sieht man ihre Unterlippe zittern.

Meine Augen schmerzen und kommen mir geschwollen vor. Ich habe bereits drei Schlaftabletten genommen. Laut Packungsbeilage ist dies das absolute Maximum. Ich kann nicht aufhören, an Riva zu denken, an die Deadline, die nächste Lenkungsausschusssitzung, das noch zu sichtende Material, das sich bis zum Morgen im Archivordner gesammelt haben wird.

Widerwillig mache ich Entspannungsübungen, die mich nur noch mehr aufreiben. In Halbstundenabständen stehe ich auf und gehe durch mein Apartment.

Um 3 Uhr 17 klicke ich die App eines Parentbots. Ich verwende entsprechend meinen vertraglichen Vorschriften zusätzlich zu den üblichen Sicherheitsmaßnahmen einen Scrambler. Während des Gesprächs habe ich trotzdem das ungute Gefühl, von einer Stimmanalysesoftware identifiziert zu werden.

– Hallo, mein Schatz, sagt der Bot.

Ich habe die Mutteroption gewählt. Die Stimme simuliert eine etwa fünfzigjährige Frau mit einem warmen, dunklen Stimmton und einem ruhigen, beinahe behäbigen Duktus.

– Hallo.

– Was ist los, Kleines?

Es wundert mich immer noch, wie schnell man während des Gesprächs vergisst, dass man mit einer Maschine spricht. Stimme und Reaktionsfähigkeit sind praktisch vom Menschen nicht unterscheidbar. Für meine Abschlussarbeit habe ich das Phänomen unter technisch schlechteren Bedingungen untersucht. Bereits damals haben die Probanden nach wenigen Sekunden Symptome eines basalen Vertrauens gezeigt, wie man es gegenüber Freunden empfindet. Selbst wenn sie sich mithilfe der Erinnerungsfunktion ihres Tablets einmal pro Minute bewusst auf die Tatsache konzentrierten, dass sie mit einem Bot sprachen, vergaßen sie es im Laufe der nächsten Minute wieder.

– Ich kann nicht schlafen, sage ich.

– Das tut mir leid. Hast du eine Tablette genommen?

– Ja.

– Denkst du an etwas Bestimmtes, was dich wach hält?

– Meine Arbeit.

Die Stimme am anderen Ende lacht.

– Du arbeitest also schon wieder zu hart, mein Schatz.

– Ich komme nicht weiter.

– Gerade musst du ja auch gar nicht weiterkommen.

– Das stimmt.

– Ich bin stolz auf dich, ob du weiterkommst oder nicht, sagt die Stimme.

Ich lasse ihre Worte in mir nachhallen. Ich fühle mich schon ein bisschen besser. Vielleicht kann ich doch noch einschlafen, wenn ich noch eine Weile mit ihr rede.

– Aber du kannst nicht aufhören, daran zu denken?, fragt sie in mein Schweigen hinein.

– Ich kann nicht aufhören, daran zu denken.

– Würde es dir helfen, wenn wir darüber sprechen?

– Ich denke schon.

Einen Moment lang höre ich der Stille in der Leitung zu, dann sage ich:

– Sie macht mich wütend.

– Wer?

– Meine Zielperson. Sie sollte mich nicht wütend machen, aber sie macht mich wütend.

Die Mutter macht ein bestätigendes Geräusch. Ich bin froh, ihre Stimme zu hören. Nachts habe ich oft das Gefühl, dass sich mit der Dunkelheit ein Audiofilter zwischen mich und die Umgebung legt. Plötzlich ist es, als wäre außer mir selbst niemand mehr auf der Welt. Die dumpfen Geräusche, die ich durch die

Wände und Decke meines Apartments höre, kommen mir vor wie Spukgeräusche, ein Nachhall von Toten. Das leise Surren der Kühlwand. Ein vibrierendes Brummen in den Wänden. Ein Knacken. Nur wenn mein Tablet klingelt und ich die Stimme eines Klienten am anderen Ende der Leitung höre, habe ich das Gefühl, wieder mit den Lebenden verbunden zu sein.

– Es ergibt keinen Sinn, sage ich, dass eine so erfolgreiche Frau, bekannt für ihren Leistungswillen, plötzlich alles wegwirft, was sie sich erarbeitet hat.

– Ich verstehe, sagt die Stimme, die ein bisschen wie meine eigene Mutter klingt, wenn ich mich richtig erinnere.

Nur die Stimmfärbung ist anders, aufmerksamer.

Wir haben uns auseinandergelebt, sagte meine Biomutter, bevor sie aufhörte, auf meine Anrufe und Messages zu reagieren. Meine guten Scores hatten sie nie wirklich beeindruckt, sie schien etwas Grundlegenderes an mir zu beanstanden, das ich nicht ausmachen konnte.

Ich hatte gehofft, dass du weiter kommen würdest, sagte sie bei unserem letzten Gespräch. Dass du mehr machen würdest aus deinem teuren Stück Leben.

– Ein so teures Stück Leben, sage ich zum Bot.

– Das Leben ist wertvoll, antwortet die Stimme, da hast du recht, mein Schatz. Das Leben ist das Wertvollste, was wir haben.

Und was, wenn es doch eine echte Frau ist, die da mit mir spricht? Was, wenn da jemand am anderen Ende der Leitung in einem dunklen Zimmer sitzt? Jemand, der sich wirklich um mich sorgt?

– Was genau macht dich denn wütend?, fragt die Frau.

– Ich bin mir nicht sicher, sage ich. Vielleicht, dass sie undankbar ist. Ein trotziges Kind, das einen Lolli bekommen hat

und ihn auf den Boden schleudert, weil er nicht die richtige Ge-
schmacksrichtung hat. Man möchte sie rütteln und anschreien,
dass es uns noch nie so gut ging wie heute.

– Da hast du recht, sagt der Bot. Ich bin froh, dass aus dir so
eine vernünftige Frau geworden ist. Was habe ich dir als Kind
immer gesagt? Wir sollten uns glücklich schätzen.

– Ja, sage ich. Genau, Mama. Wir sollten uns glücklich schätzen.

Das Gespräch hat mich beruhigt. Mein Körper fühlt sich wär-
mer und schwerer an als zuvor. Ich lege mich wieder ins Bett
und versuche eine Visualisierungsübung, um den Übergang in
den Schlaf zu erleichtern. Ich stelle mir vor, in meinem Kinder-
bett im Childcare-Institut zu liegen. Obwohl ich weiß, dass Erinnerungen unzuverlässig sind, kommt mir meine Erinnerung
an den Schlafraum des Instituts so klar und echt vor wie eine
Virtual-Reality-Projektion.

Ich sehe mich im Raum um, unserem Zweibettzimmer. Ich
höre Andorras leisen Atem neben mir. Sie liegt auf der Seite,
mir zugewandt. Ihre Hand hängt aus dem Bett bis knapp über
dem Boden, von der Schlafenden vergessen. Ich greife nach ihr,
nehme sie in meine, hebe sie mir dicht vors Auge. Ich betrachte
die winzigen Linien in ihrer Haut, ihre Fingerabdrücke, fahre
mit meinem Finger darüber.

– Hey, sagt Andorra und zieht ihre Hand zurück, was machst
du da mit meiner Hand, du Perversling.

Ich muss lachen. Was machst du da, wiederhole ich leise in
meinem Bett in meinem Apartment. Sehe Andorras vom Kis-
senabdruck verknittertes Gesicht. Ihre gespielte Wut, die thea-
tralisch heraufgezogenen Brauen. Was machst du mit mir,
während ich schlafe. Andorra, die den Kopf schüttelt und von

ihrem Bett auf mein Bett herüberspringt. Die auf dem Bett springt, bis sie müde ist, und dann neben mir einschläft. Ich lache über mich selbst, wie ich nach der Hand der Freundin greife im Schlaf. Mich nicht traue, sie im Wachen anzufassen, wenn sie laut ist und springt. Nicht auf diese Weise.

Archiv-Nr: PMa3
Dateityp: Urgent-Message™
Absender: @PsySolutions_ID5215d
Empfänger: @dancerofthesky

Riva!
Sie sind bisher keiner unserer sechs obligatorischen Gesprächseinladungen nachgekommen.
Sie lassen nicht nur sich selbst im Stich, sondern auch die, die immer für Sie da waren. Ihr Vertragsbruch bringt Dom Wu und die Akademie in eine prekäre Situation. Dom macht sich große Sorgen um Sie. Er versteht nicht, warum Sie ihm nicht sagen, was los ist.
Erinnern Sie sich daran, wie Sie als junges Mädchen an die Akademie kamen. Denken Sie daran, wie einsam Sie waren in den weiten Räumen. An Ihre Angst zu versagen. Zurückgeschickt zu werden. Und wie Dom Ihnen das Gefühl gab, dass Sie nicht alleine sind. Wie er Ihnen jede Trainingseinheit, jede Sprungfigur geduldig erklärte.
Schulden Sie den Menschen, die ihre Zeit und Liebe in Sie investiert haben, nicht auch eine Erklärung?
Werfen Sie das, was Sie sich hart erarbeitet haben, nicht einfach so weg. Wenn Sie es nicht für sich selbst tun, tun Sie es wenigstens für Dom und Aston.

8

– Frau Yoshida.

Als ich in Masters Büro eintrete, bemerke ich sofort die Veränderung. Eine einzelne Topfpflanze in der Mitte des ansonsten leergeräumten Schreibtisches. Alle elektronischen Geräte sind verschwunden, keine Monitore, keine Server, keine Kabel. Auch die Einrichtung kommt mir spartanischer vor. Soweit ich mich erinnern kann, gab es zuvor neben dem Schreibtisch und den zwei Sesseln mehrere Regale, kleine Tische und Dekoelemente.

Hugo M. Master steht am Fenster, gegen das Licht.

– Digital Cleanse, sagt er aus seinem Gesichtsschatten heraus.

Alle Steckdosen sind mit Isolierband verklebt. Der Raum schweigt, keinerlei Brummen, nur Masters Atmen und seine Stimme.

– Computer sind fucking anstrengend, sagt Master. Ich fühle mich besser, seit ich den ganzen Mist ins Büro meiner Assistenten gestellt habe. Sie sollten sich auch intensiver mit den Mindfulness-Prinzipien auseinandersetzen, Frau Yoshida. Das würde Ihnen guttun.

Ich nicke. Er bedeutet mir, mich auf einen der Sessel zu setzen. Er selbst bleibt mir gegenüber stehen, mustert mich.

– Wofür brennen Sie, Frau Yoshida?

– Wie meinen Sie das?

– Was treibt Sie an? Was machen Sie am liebsten? Was ist Ihre Leidenschaft?

– Die Psychologie?

– Allein die Tatsache, dass Sie Ihre Antwort als Frage formulieren, zeigt mir, dass die Psychologie nicht Ihre Leidenschaft ist. Warum haben Sie diesen Beruf gewählt?

Die Wahrheit ist: Weil ich im Eignungstest am Institut eine hohe Punktzahl im wirtschaftspsychologischen Bereich erhalten habe.

Was denkst du, was du wirst, hat Andorra mich einmal gefragt.

Wir saßen auf dem Dach des Institutsgebäudes. Andorra hatte sich auf dem Beton ausgestreckt, unter der ungefilterten Sonne. Ich saß unter einem UV-Schutzschirm und betrachtete sie, meine Beine an den Körper gezogen. Der Beton auf dem Dach war fleckig und uneben. An manchen Stellen hatten sich kleine Pfützen gesammelt vom Regen.

– Keine Ahnung, sagte ich. Meine Scores in Wirtschaft und Mathe sind im oberen Bereich. Wahrscheinlich werde ich für die Wirtschaftsakademie zugelassen.

– Und was ist mit dem Springen?

– Dafür habe ich die Werte nicht.

Eine Taube landete nicht weit von uns entfernt. Sie trank aus einer der Pfützen. Sie stieg ganz in die Pfütze hinein, so dass ihre Beine im Wasser verschwanden.

– Ich komme wahrscheinlich auch auf eine Wirtschaftsakademie, sagte Andorra.

– Dann studieren wir zusammen.

– Aber ich habe keine Lust auf Wirtschaft.

Die Taube stand regungslos im Regenwasser. Sie beobachtete uns, als würde sie jedes Wort verstehen.

– Die Taube belauscht uns, sagte ich.

Andorra sah zu ihr hinüber und brachte sich in Pose, als würde die Taube ein Foto von ihr schießen.

– Man kann nicht immer haben, was man will, sagte ich. Fürs Springen hätten wir schon längst an einer Sportakademie genommen werden müssen.

Andorra drehte ihr Gesicht in die Sonne, von mir weg. Sie hatte die Augen geschlossen.

– Wir müssen wieder runter.

Andorra blieb liegen. Die Taube machte ein paar Schritte aus der Pfütze heraus und flog fort, als hätte ich mit ihr gesprochen.

Ich ging zu Andorra, legte ihr meine Hand auf die Schulter. Sie öffnete ihre Augen und setzte sich auf.

– Macht es dich nicht wütend, fragte sie, dass wir nichts selbst entscheiden können?

– Sie versuchen ja nur, unser Potenzial zu erkennen und zu fördern. Du kannst ja immer noch nein sagen.

– Wen kennst du, der schon mal nein gesagt hat?

– Aber sie zwingen dich nicht.

Andorras Bluse war vom Liegen auf dem Beton am Rücken staubig. Ich klopfte ihr den Schmutz ab.

– Sie zeigen uns nur die bestmögliche Version unserer selbst, sagte ich.

– Bist du dir sicher?

Ich frage mich, was für eine Antwort Master hören möchte. Vielleicht würde es ihn beeindrucken, wenn ich sagte: Ich bin Wirtschaftspsychologin, weil ich gute Aufstiegschancen und Aussicht auf eine hohe Gehaltsrate habe.

Ich habe mit meiner Antwort zu lange gewartet. Master sieht mich kritisch an.

– Im Rekrutierungsverfahren haben mich zwei Dinge an Ihnen beeindruckt, sagt er. Das eine war Ihre Fähigkeit, Menschen über die Distanz einer Audioverbindung augenblicklich einzuschätzen. Ich habe mir einige Ihrer Beratungsgespräche für Call-a-Coach™ angehört. Das war ein bisschen wie Dompteurkunst, wie Sie diese Leute innerhalb kürzester Zeit von einer emotionalen Erregung von zehn auf fünf heruntergeredet haben. Ein Fall ist mir besonders in Erinnerung geblieben. Ein Mann aus der dritten Führungsebene. So ein klassischer Topmanager, der eine steile Karriere hingelegt hatte und auf dem direkten Weg zur Unternehmensleitung war. Ein echter Go-Getter. Ich habe die Stimmlage sofort erkannt, die präzise, besonnene Art, mit der er jedes Wort an die richtige Stelle setzte, selbst in diesem Moment, in dem er vollkommen am Ende war. Am absoluten Tiefpunkt seines Lebens. Er behielt immer noch etwas Autoritäres, eine grundlegende Souveränität. Er beeindruckte mich. Ich fragte mich, ob ich in seiner Situation dieselbe Prägnanz an den Tag legen würde.

Masters Augen sind immer noch auf mich gerichtet, aber sein Blick scheint durch mich hindurchzugehen.

– Dieser Mann sagte, als Sie das Gespräch annahmen: Ich habe eine Pistole auf meine Schläfe gerichtet und meinen Hals in einer Schlinge. Ich muss nur noch vom Stuhl springen oder den Abzug drücken. Aber ich kann mich nicht für eine Todesart entscheiden. Und Sie sagten im gleichen sachlichen Ton: Dann machen wir doch gemeinsam eine Pro-und-Kontra-Liste. Ha! Erinnern Sie sich?

– Natürlich erinnere ich mich.

– Sie wussten sofort, dass das funktionieren würde.

– Ja.

– Das hat mich beeindruckt.

– Danke.

– Natürlich gingen Sie davon aus, dass ein suizidaler Mensch sich bereits in dem Moment, in dem er zum Tablet greift, gegen den Suizid entschieden hat.

– Nicht unbedingt.

– Ich jedenfalls hätte nicht gedacht, dass er es sein lässt. Ich habe ihm sein Selbstbewusstsein abgenommen. Ich habe gedacht: Wenn ich er wäre, hätte ich das von langer Hand geplant und würde es jetzt auch durchziehen.

– Sie hätten es dann vielleicht auch gemacht.

– Glauben Sie?

– Ich kann es nicht mit Sicherheit sagen.

Master schweigt. Die Frage scheint ihn ernsthaft zu beschäftigen. Er wäre der Letzte, bei dem ich suizidale Tendenzen vermuten würde. Interessant, dass er sich mit einem Mann so stark identifiziert, mit dem ihn außer seiner beruflichen Stellung nichts verbindet.

– Wissen Sie, was heute aus ihm geworden ist?, fragt er.

– Nein.

– Sie haben es nicht recherchiert?

– In diesem Fall ging es ja nur um die akute Intervention.

– Aber hat es Sie nicht interessiert?

– Er wurde von der Unternehmensleitung in eine psychiatrische Einrichtung überwiesen. Es war nicht mehr meine Aufgabe.

– Ich muss zugeben, dass ich ein bisschen recherchiert habe, sagt Master in beinahe entschuldigendem Ton.

Unsere Gesprächsdynamik hat sich vollkommen gewandelt. Ich fühle mich entspannt, beinahe heiter. Noch nie hat sich Master mir gegenüber so entgegenkommend gezeigt.

– Es trieb mich um, verstehen Sie. Ich konnte die Stimme dieses Mannes nicht vergessen. Ich habe ihn schnell gefunden. Er sitzt mittlerweile in der Unternehmensleitung, so wie ich es mir gedacht hatte. Er hat seine kleine Krise offensichtlich schnell überwunden.

– Ging es Ihnen besser, das zu wissen?

– Auf eine gewisse Weise schon, sagt Master. Aber es wurmt mich, dass ich nicht herausfinden konnte, was ihn überhaupt dazu motiviert hat. Vielleicht war es auch einfach ein Fall von Suchtmittelmissbrauch. Eine falsche Medikamentendosis.

– Vielleicht.

– Aber Sie haben nichts herausgefunden?

Masters Ton klingt plötzlich wieder distanziert und kritisch. Ich spüre, dass seine Frage sich nicht mehr auf Call-a-Coach™ bezieht, sondern auf Riva Karnovsky.

– Herr Master, es tut mir leid, dass die Datenanalyse länger dauert als geplant. Ich hätte nicht damit gerechnet, dass es so schwierig sein würde, den Auslöser der Belastungssituation zu ermitteln. Die Daten geben nicht genug her. Die Psychografik gibt keine Hinweise auf Krisensituationen. Aber ich bin zuversichtlich, dass –

Master gebietet mir mit der flachen Hand, zu schweigen.

– Wenn wir den Zeithorizont nicht einhalten, springen die Investoren ab, sagt er.

– Ich weiß, Herr Master, aber das werden wir. Ich bin nah dran, es dauert nicht mehr lange. Ich verspreche Ihnen, dass ich schnellstmöglich ein Ergebnis vorlegen werde.

Das unangenehme Gefühl, das ich zu Beginn des Gesprächs hatte, ist zurück.

– Was war denn das Zweite?, versuche ich das Gespräch umzulenken.

– Was meinen Sie?

– Sie haben gesagt, dass Sie im Rekrutierungsverfahren zwei Dinge an mir beeindruckt haben.

Ich bereue sofort, die Frage gestellt zu haben. Master sieht mich mit einem enervierten, abwesenden Gesichtsausdruck an.

– Ihr Artikel auf businesspsychology.corp über die emotionale Wirkung von glatten Flächen in der Architektur, sagt er dann. Decluttering. Das hat mir gefallen. Ich habe das auch schon am eigenen Körper erlebt, dass der Anblick einer glatten, spiegelnden Fläche mich beruhigt. Das ist auch ein Grund, warum ich mich für den Digital Cleanse entschieden habe.

Er macht eine Armbewegung durch den Raum.

– Ich fühle mich geehrt, sage ich.

Masters Gesicht verfinstert sich.

– Vielleicht ist es nicht die richtige Herangehensweise, sagt er, im Fall Karnovsky unbedingt den Grund der Krise ermitteln zu wollen. Sie sollten den Fokus auf die akute Krisenintervention setzen wie im Fall des Managers.

– Ich glaube nicht, dass eine rein am akuten Verhalten orientierte Therapie langfristig zur Reintegration führen kann, sage ich. Vor allem nicht, wenn die Zielperson nicht kooperiert.

– Dann bringen Sie sie zur Kooperation.

– Sie ist sehr resistent. Ich habe das Gefühl, dass ich sie erst zur Kooperation motivieren kann, wenn ich den Auslöser kenne.

– Überlegen Sie sich eine neue Strategie, Frau Yoshida.

– Okay.

– Ich meine es ernst.

– Ich verstehe.

– Und arbeiten Sie auch an Ihren eigenen Gesundheitswerten. Die Zahlen der letzten Tage sehen nicht gut aus. Sie schlafen nicht genug, Sie bewegen sich nicht genug, Ihrer Ernährung fehlt Eisen. Ein schlechter Vital Score Index™ wirkt sich direkt auf Ihre Performance aus.

– Ich weiß.

– Machen Sie Ihre Mindfulness-Übungen. Und lassen Sie sich einen Hometrainer vor den Monitor stellen, so dass Sie Ihr Bewegungsminimum erfüllen.

– Okay.

– Ich möchte mehr Maßnahmen sehen. Zwingen Sie Karnovsky zur Kooperation.

– Okay.

– Kommen Sie in zwei Tagen wieder rein.

– Okay.

– Bis dann, Frau Yoshida.

– Bis dann.

Als ich ins Büro zurückkomme, liegt meine Herzfrequenz bei siebenundachtzig.

Meinen Klienten rate ich oft, sich zur Beruhigung in Belastungssituationen Bilder anzusehen, die sie mit Gefühlen von Geborgenheit verbinden. *Quiet room*, gebe ich in die Suchmaske meines Browsers ein, *meditation images, introspection*. Die angezeigten Bilder erscheinen mir generisch und redundant. Ohne nachzudenken, tippe ich *happy family* und klicke ein Foto an, das einen Jungen zeigt, circa zwölf Jahre alt, der zwischen zwei Erwachsenen auf einer Couch sitzt und lacht. Er hat etwas Androgynes an sich mit seiner ebenmäßigen dunklen Haut und seinen feinen Gesichtszügen. Aus der Bildsuche werde ich auf einen Blog weitergeleitet, *familymatters.org*. Ich speichere das Bild in meinem privaten Ordner und klicke mich durch die Blogeinträge.

Die meisten Postings sind Videodateien, in denen eine meist statische Kamera eine Biofamilie in ihrer Wohnung zeigt. Beim Essen, Kochen, Putzen oder Sprechen. Das Bild, das ich abgespeichert habe, scheint ein Thumbnail eines dieser Videos zu sein. Der Blog wird seit acht Jahren von dem Jungen im Bild betrieben. Sein Username ist Zarnee. In der Personendatenbank ist sein Facetag mit dem Namen Zarnee Kröger verlinkt. Seinem Geburtsdatum nach müsste er gerade siebzehn Jahre alt geworden sein. Der Timestamp des Fotos liegt drei Jahre zurück. Auf dem Foto ist er also vierzehn gewesen, nicht zwölf.

Im letzten Jahr ist Zarnee immer häufiger alleine vor die Kamera getreten, um seine Gedanken zu teilen und Fragen von Fans zu beantworten. Besonders viele Likes haben Videos mit dem Hashtag *family blast*, kurze Beschreibungen des Alltags der Familie und Rückblicke, Erinnerungen an die frühe Kindheit. Ich finde Tausende Reposts, Links und Reviews auf Social-Media-Seiten und Blogs.

Zarnees Profil in der Personendatenbank gibt als Arbeitgeber die Agentur Family Services™ an. Aus meinem Studium sind mir solche Agenturen bekannt, bei denen man sich für bestimmte Zeitspannen Kinder zwischen null und achtzehn Jahren und Liebespartner anmieten kann, um das Leben in einer Biofamilie zu simulieren. In der Ausbildung haben wir die Nutzung solcher und ähnlicher Serviceleistungen als Indikatoren für psychische Instabilität und Teil einer Subkultur durchgenommen, die in der Literatur generell unter dem Label Nostalgietrends, umgangssprachlich auch Nostalgia-Porn, behandelt wird.

Auch Zarnees Blog zeigt eindeutige Merkmale einer Nostalgie-Ästhetik. Die Videos wurden entweder mit obsoleten Geräten aufgenommen oder die Bildqualität nachträglich mit Filtern herabgesetzt, und die eingebetteten Closed-Caption-Untertitel sind fehlerhaft, als wären sie mit einer stark veralteten Software erstellt worden.

Zarnee arbeitet seit acht Jahren für Family Services™ in der Kategorie Kind, genauso lange wie er seinen Blog betreibt. Er ist eine der gefragtesten Einsatzpersonen.

Zarnees Blog hat über die Jahre stetig an Userzahlen zugelegt. Ich wundere mich, dass ich vorher noch nie von ihm gehört habe. Vor fast genau einem Jahr hat er die Grenze zum Superfollowing überschritten.

Meine emotionale Reaktion auf den Blog beunruhigt mich. Obwohl ich weiß, dass es sich um Nostalgia-Porn handelt, lösen die Videos eine seltsame Entspannung in mir aus. Die Senkung meiner Herzfrequenz ist nicht zu leugnen. Mehrere Minuten lang kann ich mich nicht dazu bringen, die Seite zu schließen, klicke mich durch Bild- und Textdateien, bevor ich schließlich die Browser-App beende und das gespeicherte Foto sowie meine Nutzungsdaten aus dem Log lösche.

Mediennutzungsprotokoll Archiv-Nr: Bc4
Mitarbeiter/in: @PsySolutions_ID5215d (Hitomi Yoshida)
Nutzungsinhalt: familymatters.org
Medientyp: Blog
Sicherheitskategorie: unbedenklich
Angaben zur Nutzungshistorie: Erste Nutzung

Closed-Caption-Track »Ein ganz normaler Morgen.srt«
Also ihr wollt bestimmt wissen wie so ein Tag aussieht in einer Bio Familie ich fange jetzt mal mit dem morgen an also meine Bio Mutter kommt morgens an meine Schlafkoje und weckt mich mit einem Lied sie singt also jeden Morgen bis ich aufwache manchmal tue ich so als würde ich noch schlafen damit sie länger singt meine Mutter hat keine besonders gute Stim-

me bei den sing Castings ist sie immer als erste durchgefallen aber ich mag es trotzdem gerne wenn sie für mich singt das ist so ein schönes Gefühl sie singt immer das gleiche so ein altes Volkslied aus ihrer Kindheit jedenfalls frühstücken wir dann alle zusammen also mein Bio Vater meine Bio Mutter und meine Bio Schwester und ich morgens ist die einzige Zeit wo unsere Parzelle Sonnenlicht bekommt deswegen mögen wir den morgen eigentlich alle am liebsten wir sitzen dann alle solange wir können am Frühstückstisch und wollen gar nicht aufstehen

9

Die Akademie für Highrise Diving™ liegt im Zentrum der Stadt, im zweiten Bezirk. Die Stadtplaner haben versucht, den Flagship-Buildings der zwanzig inneren Distrikte mit ihrer aufwendigen Innenarchitektur durch eine Variation in der Farbcodierung der Stahlstreben auch äußerlich eine Ausstrahlung von Relevanz und Rang zu verleihen.

Von der Straße aus kann man nicht ausmachen, was hinter der Fassade der Akademie liegt. Das Training findet im nicht einsehbaren Teil der Anlage statt, über dem fünfeckigen Innenhof, der sich aus der Anlage der fünf Hauptgebäude ergibt.

Dom Wu ist das Aushängeschild des Unternehmens. Sein Porträt ist in allen Eingangshallen angebracht. Das Foto, aufgenommen vor der Greenscreen in Astons Studio, zeigt Wu mit forderndem Blick, einen Pokal der Highrise Diver World Championships™ hochhaltend. Weit in den Hintergrund hat Aston Riva einkopiert, als fallende, nicht identifizierbare Menschenform zwischen Häuserfassaden.

Dom Wus Büro befindet sich im Penthouse von Gebäude 3 und erstreckt sich über den gesamten Stock. Eine riesige lichte Halle mit nur wenigen Möbeln, vollständig verglast. Er kann den gesamten Trainingsbereich überblicken sowie die Ausläufer der Stadt zu allen Seiten. Hier oben ähnelt er einem Fluglotsen, der die Bewegungen in der Luft dirigiert und dessen Unaufmerksamkeit undenkbare Folgen haben kann.

Sie sitzen sich gegenüber, Riva und Wu, nahe am Fenster in zwei der für Besprechungen vorgesehenen Sesseln. Kreisrund um einen Glaskubus arrangiert, der gleichermaßen als Monitor wie als Tisch fungiert.

Riva ist gekommen. Sie hat auf meine Vorladung reagiert. Master hat die Maßnahme im Trackingtool gelb markiert, wenn das Gespräch gut läuft, kann ich mit Grün rechnen. Ich habe Rivas Gang aus dem Gebäude über den Skycam-Zugang von PsySolutions verfolgt, jeden Schritt zum Taxi aus der Vogelperspektive, dann die Taxifahrt entlang der schnellsten Route, wie sie ausstieg und ins Gebäude rannte, von den VJs weg, die mit gezückten Kameras vor dem Eingang auf sie warteten.

Wu beobachtet die fallenden Körper vor seinem Fenster, zählt Sekunden. Sein Zeigefinger pocht auf die Sessellehne. Riva hat den Blick von den Trainierenden abgewendet, schaut ins Innere des Raumes.

– Wie geht es dir, Riva?

– Ich bin mit dem Taxi da. Es wartet unten.

– Ich bestelle dir später eins, wenn du gehen willst.

– Wie lange muss ich bleiben?

– Solange du willst. Es zwingt dich niemand, hier zu sein.

Riva lacht auf und wendet sich Dom zu, um ihm direkt ins Gesicht zu sehen.

– Du hast mich vorladen lassen. Wenn ich nicht komme, muss ich Strafe zahlen.

Wu ist kein offen emotionaler Mann. In den Medien ist er für seine starre Miene bekannt, die keine Regung preisgibt, weder bei Verlusten noch Gewinnen. Auch jetzt lässt er sich nichts anmerken, keine Irritation, keine Ungeduld.

– Valentina hat PanAsia gewonnen, sagt er.

Riva schweigt. Sie hat Gesicht und Körper wieder von Dom weggedreht.

– Sie war gut, sagt er.

Ich stelle mir vor, wie Wu Riva jetzt sieht, den Blick abgewandt, trotzig. Vielleicht erinnert er sich an Riva als Kind, frisch aus den Peripherien. Wie sie im Training Fehler machte, sich seinen Anweisungen verweigerte, wütend wurde.

– Sie war nicht so gut wie du, sagt er.

– Ich komme nicht zurück, Dom.

– Okay.

– Kann ich jetzt gehen?

– Du wirst deine Privilegien verlieren, deine Wohnung, Aston, alles. Das geht schneller, als du denkst.

Im Briefing habe ich Wu geraten, Riva mit einer Mischung aus Verständnis und Autorität zu begegnen. Es muss ihr die Bandbreite ihrer Entscheidung bewusst werden, habe ich zu Wu gesagt. Die drohenden Konsequenzen. Und sie muss wissen, dass Sie der Einzige sind, der das verhindern kann. Dass Sie auf ihrer Seite sind.

Riva steht auf, nicht übereilt, aber entschlossen. Sie streckt Wu die Hand entgegen über den Glaskubus hinweg. Er greift danach, umfasst sie mit beiden Händen.

Riva dreht ihren Körper in Richtung Tür, macht einen kurzen Schritt. Hängt fest. Wu hat mit der rechten Hand ihr Handgelenk fest umschlossen, sein Gesichtsausdruck immer noch regungslos.

– Dom.

– Riva.

– Lass mich los.

– Überleg's dir gut, Riva.

Sie entzieht ihre Hand mit einem Ruck seinem Griff, aber er hat bereits losgelassen, so dass sie für einen Moment aus dem Gleichgewicht gerät.

Als sie an der Türe ist, dreht sie sich noch einmal um. Einen Moment lang scheint sie nachzudenken, dann sagt sie:

– Ich hab mich letztens an unsere Museumsbesuche erinnert, weißt du noch? Du hast früher manchmal die Mädchen mit den besten Scores ins Museum mitgenommen.

Dom nickt.

Ich notiere *Karnovsky erwähnt Museumsbesuch* in meiner Recherchespalte. Dann diktiere ich eine Nachricht an meinen Assistenten: *Bitte recherchieren Sie, welche Museen Riva in ihrer Akademiezeit besucht hat und ob es darüber Berichte gibt.*

– Machst du das noch mit den Mädchen, diese Sonntagsausflüge?, fragt Riva.

Sie hat sich ihm doch noch einmal ganz zugewendet, ihre Körperhaltung suggeriert eine plötzliche Offenheit.

Dom Wu schüttelt den Kopf.

– Erinnerst du dich noch, als wir in diesem Museum waren, mit dieser Plastik, dieser nackten Frau, und ich konnte nicht aufhören zu weinen?

– Ja, sagt Dom, ich erinnere mich.

Der Assistent schickt mir mehrere Dateien, unter anderem einen Wochenbericht aus den Archiven der Akademie. Eine Textpassage ist gelb markiert: *Riva verhält sich nach dem Vorfall im Museum am Wochenende auffällig zurückhaltend. Auf meine Fragen antwortet sie nur kryptisch. Ich habe für sie einen Termin bei der psychologischen Aufsicht vereinbart. Ihre Scores scheinen nicht beeinträchtigt.*

– Wie alt war ich da?, fragt Riva.

– Ich weiß nicht, vielleicht vierzehn.

Bitte versuchen Sie zu dem genannten Vorfall Videomaterial aus dem Museum zu finden, diktiere ich.

– Ich musste oft daran denken in letzter Zeit.

– Warum?

– Ich hab es selbst nicht verstanden. Das Weinen, meine ich. Ich konnte einfach nicht anders. Als ob ich keine Kontrolle über meinen Körper hätte. Und du hast mich nie gefragt, warum.

Das Video, das der Assistent mir schickt, zeigt einen Ausstellungsraum des Museums für Moderne Kunst, eine weite Halle, an deren Wänden verschiedene Kunstobjekte, vor allem Fotografien, ausgestellt sind. In der Mitte der Halle befindet sich eine Plastik aus Silikon: *Liegende Frau auf Matratze*™.

– Du dachtest, sie sei echt, sagt Dom. Du hast dich erschrocken, weil du dachtest, dass es eine echte Frau ist, die da nackt auf dem Boden liegt. Es war dir unangenehm. Du hast dich geschämt.

Aus der Aufsicht der Überwachungskamera ist die Puppe wirklich nicht von einem lebenden Menschen zu unterscheiden. Sie liegt seitlich auf einer knapp meterbreiten Matratze und scheint zu schlafen. Ein Bein ist an den Körper gezogen. Man kann ihre Schamhaare erkennen. Ihre Haut erscheint leicht gräulich oder schmutzig. Fahl. Ihr Körper wirkt unförmig, der Body-Mass-Index viel zu hoch. Dort, wo ihr Fleisch besonders fest auf der Matratze aufliegt, weitet sich ihr adipöser Körper, als würde er auslaufen.

– Ich hab mich nicht geschämt, sagt Riva. Das war es nicht. Das hab ich jetzt endlich verstanden. Ich hab viel verstanden in letzter Zeit.

Riva betritt die Halle um 11 Uhr 54. Sie hat sich für den Ausflug hübsch gemacht, trägt ein eng geschnittenes blaues Kleid mit weißem Saum. Ihre Haare sind zu zwei Zöpfen geflochten und dann in einen Dutt hochgesteckt.

Kurz hinter dem Eingang bleibt sie abrupt stehen, als habe

man einen Stoppknopf gedrückt. Die Besucher hinter ihr müssen abbremsen und dann umständlich um sie herumgehen. Rivas Körperhaltung ist starr und verkrampft. Ihr Blick löst sich nicht vom nackten Körper in der Raummitte.

– Dann erklär's mir, Riva, sagt Dom.

Seine Stimme klingt weicher als zuvor, väterlich.

– Sie hat mich an die Peripherien erinnert, sagt Riva. Ihre Fettleibigkeit, die nackte schmutzige Haut, ihre ganze unangenehme Anwesenheit. Einen solchen Menschen gibt es nicht in der Stadt. Einen solchen Menschen hatte ich zuletzt in den Peripherien gesehen. In meiner Heimat.

Im Video beginnt Riva zu weinen. Ihr Gesicht bleibt dabei ausdruckslos, der Mund leicht geöffnet, keine der Gesichtsmuskeln angespannt. Die Tränen rinnen ihr über die Wangen. Wie versteinert steht sie da, während die Besucher um sie herum strömen wie ein Fluss um ein Hindernis in seinem Bett. Sie sieht so verloren aus, als gehöre sie an einen vollkommen anderen Ort. Als Dom die Halle betritt, sie sieht, ihr den Arm um die Schulter legt und mit ihr gemeinsam an die Puppe herantritt, atme ich auf.

– Deine Heimat, Riva?

Doms Stimme ist wieder härter geworden.

– Hier ist deine Heimat. Die Peripherien waren nie deine Heimat. Du wolltest dort immer weg, du warst glücklich, als du es endlich geschafft hattest.

– Das stimmt, sagt Riva.

Im Video sieht man Dom auf sie einreden, ihre Hand nehmen und sie vorsichtig auf die Haut der Frau legen. Riva, zuerst zögerlich, streicht dann immer wieder über die Oberfläche, als müsse sie sich der Realität der Situation vergewissern. Aus der Totale der Überwachungskamera wirkt die Frau am Boden so echt, dass es unangenehm ist, dabei zuzusehen, wie das Mädchen die nackte Haut immer wieder berührt. Obwohl ich weiß, dass das Silikon in Wirklichkeit kühl und unbeweglich ist, meine ich aus der Distanz eine Bewegung der Haut zu erkennen, ein Zurückzucken. Ich kann den Gedanken nicht abschütteln, dass sich der Körper beim Berühren weich anfühlt und widerstandslos wie Teig.

– Es muss eine unterbewusste Sehnsucht gewesen sein, sagt Riva, die ich selbst nicht verstanden habe. Trauer um einen Verlust, den ich gar nicht wahrgenommen hatte. Der aber noch in meinem Körper steckte. In meinem Körper steckt.

Ihre Haltung hat sich entspannt. Sie steht noch im Türrahmen, aber nicht mehr in Fluchthaltung, sondern gerade, entschlossen.

– Ist das das Problem, Riva? Dass du dich plötzlich nach den Peripherien sehnst? Dann fahr doch ein paar Tage hin. Finde heraus, wie es sich anfühlt.

Riva schüttelt den Kopf und lächelt.

– Nein, sagt sie, das ist nicht das Problem. Ich habe kein Problem. Du bist derjenige, der das Problem hat, Dom. Früher wollte ich springen und jetzt nicht mehr. Früher wollte ich Glamour und Credits und Fame, jetzt nicht mehr. Und das kannst du nicht akzeptieren.

Es dauert eine Weile, bis sich Riva im Museum beruhigt. Sie und Dom stehen lange vor dem nackten Körper, bis sie bereit ist zu gehen. Dom führt sie schließlich aus der Halle wie eine Blinde, den linken Arm fest um ihre Schultern gelegt.

– Du bist gut zu mir gewesen, Dom, sagt Riva. Du hast mich früher immer irgendwie verstanden.

– Warum hörst du dann auf?

– Warum machst du immer weiter?

Rivas Taxi wartet am Haupteingang. Sie steigt ein, ohne sich umzusehen.

Als das Fahrzeug sich in den gleichmäßig fließenden Verkehr einreiht, sind die Society-Blogs schon voll von Einträgen zu Rivas Auftritt in der Akademie. Unter der Headline *Liebeszwist?* ist ein geleaktes Überwachungsvideo aus Doms Büro zu finden, allerdings mit einer stark verrauschten Tonspur, so dass man vom Gespräch beinahe nichts verstehen kann – eine beliebte Strategie der VJs, um Papavids™ aufzuwerten, deren Dialoge zu wenig Skandalpotenzial bieten.

Kurzer Freigang vom Hausarrest?, titelt ein anderer Blogartikel. *Die schockierenden Details von Riva Karnovskys Geiselhaft in ihrer eigenen Wohnung.*

Dom ruft mich sofort an, nachdem Riva sein Büro verlassen hat.

– Ich bin nicht zu ihr durchgedrungen, sagt er.

– Sie ist gekommen, sie hat sich auf ein Gespräch eingelassen, das ist ein echter Fortschritt.

Meine Stimme fügt sich wie von selbst in einen Therapieton hinein. Verständnisvoll, unterstützend.

– Was machen wir jetzt?

– Schreiben Sie ihr, dass es schön war, sie zu sehen. Schreiben Sie ihr, dass sie sich bei mir melden soll.

– Okay.

– Sie haben das gut gemacht, Dom.

– Es tut mir weh, sie so zu sehen, verstehen Sie. Die vielen Jahre Training. Es ist eine solche Verschwendung.

– Ja, das stimmt, sage ich und wünsche mir, dass er in diesem Moment mein Gesicht sehen könnte, meine echte Anteilnahme.

Ich fühle mich Dom plötzlich sehr nahe. Ich sehe ihm zu,

wie er einen Abschiedsgruß in sein Tablet spricht und dann unseren Anruf beendet.

Mein Kopf schmerzt. Ich nehme zwei Tabletten und schließe für einen Moment die Augen. Dann vibriert mein Tablet mit einer neuen Nachricht. Das muss Royce Hung sein, der sich endlich meldet.

Die Nachricht stammt nicht von Royce, sondern wurde automatisch vom Serversystem verschickt. Hugo Master hat mein Protokoll des Treffens zwischen Riva und Wu mit dem Tag *zu überarbeiten* markiert.

Ich logge mich in mein Profil bei der Vermittlungsagentur ein. Royce Hung hat keine Bewertung unseres Dates abgegeben. Vielleicht sollte ich meine Bewertung zuerst schreiben. Vielleicht wartet er aus Höflichkeit. Ich beginne, das Formular auszufüllen. Fünf Sterne erscheinen mir zu enthusiastisch, das könnte er als übereifrig interpretieren. Ich entscheide mich erst für vier Sterne, klicke aber kurz vor dem Abschicken doch fünf an. Alles andere wäre unhöflich.

Es fällt mir schwer, das Bild der nackten Frau im Museum abzuschütteln. Ihr krankhaft adipöser Körper. Ich muss an meinen ersten Besuch der Peripherien denken, zum ersten Pflichtcasting. Hinter der Mauer nach dem Zoll erwartete uns eine andere Welt. Wir drückten unsere Gesichter ans Busfenster und zeigten auf die schlechten, staubigen Straßen, die grauen Blockbauten. Innerhalb von Minuten war unser Bus von Menschen umgeben, die uns zuwinkten. Erwachsene und Kinder in einer unkontrollierten Meute. Klebrige Menschen, die schlechtes, ungesundes Essen in sich hineinstopften, während sie uns Grimassen schnitten. Eine Frau fiel mir besonders ins Auge. Ich hatte noch nie einen so fetten Menschen gesehen. Das Trägerkleid, das sie trug, konnte ihren Körper nicht umfassen, ihr Fleisch drang zu allen Seiten in Rollen daraus hervor. Mir wurde übel. Während die anderen im Bus lachten und auf die Menschen zeigten, drehte ich mich vom Fenster weg und sah zu Boden, bis wir aussteigen mussten.

10

Um Rivas Redebereitschaft auszunutzen, die sie mit Dom demonstriert hat, habe ich Aston gebeten, ein telefonisches Coaching-Gespräch zu organisieren. Als er die Verbindung hergestellt hat, hält er Riva das Tablet hin.

– Riva?, sage ich in möglichst offenem, fürsorglichem Sprachduktus, können Sie mich hören?

Riva antwortet nicht. Sie sitzt auf dem Sofa und hat ihren Blick fest auf die Wand gerichtet, die ihr gegenüberliegt, als müsse sie dort eine unsichtbare Botschaft entziffern.

– Riva, Sie kennen mich nicht. Ich verstehe, dass das seltsam ist. Aber manchmal kann es hilfreich sein, mit jemandem zu sprechen, der nichts mit einem zu tun hat. Ich möchte einfach nur mit Ihnen sprechen. Von Mensch zu Mensch. Ich möchte Sie verstehen. Können Sie mir helfen, Sie zu verstehen?

Aston hält das Tablet so, dass die Lautsprechermuschel direkt in Rivas Richtung gedreht ist. Er steht neben dem Sofa. Seine Körperhaltung drückt Unsicherheit aus. Ich habe ihm geraten, sich nicht direkt neben Riva zu setzen oder das Gerät abzulegen, weil sie es dann ausschalten könnte.

– Stellen Sie sich vor, wie es für Dom sein muss, sage ich. Er hat eine enge Vertraute verloren, eine Kollegin, eine Tochter gewissermaßen. Und er versteht nicht, weshalb. Wir möchten Sie zu nichts zwingen, darum geht es nicht, Riva. Aber geben Sie uns doch wenigstens die Chance zu verstehen, warum Sie Ihren Vertrag gebrochen haben. Nicht mir, vergessen Sie mich, mich kennen Sie nicht. Aber Aston. Dom. Ihre Kolleginnen.

Sie haben es nicht verdient, hilflos zusehen zu müssen. Ihre Fans.

Riva lacht kurz auf, der erste Hinweis darauf, dass sie zugehört hat.

– Sie glauben nicht, dass Ihre Fans es verdient haben, Ihren Ausstieg zu verstehen? Warum nicht, Riva?

Riva antwortet nicht. Ihr Gesichtsausdruck ist steinern. Ihr Blick klebt an der gegenüberliegenden Wand. Sie hat Aston nicht angesehen, als er aus dem Studio ins Wohnzimmer gekommen ist und die Audioverbindung gestartet hat.

– Stellen Sie sich vor, wie es für Sie wäre, wenn Aston von einem Tag auf den anderen plötzlich nur noch auf den Händen laufen würde. Von morgens bis abends. Würden Sie nicht wissen wollen, warum? Und in Ihrem Fall, Riva, ist es eine viel extremere Situation, weil er sieht, weil alle sehen, alle, die Sie gernhaben, dass es Ihnen nicht gutgeht. Und alle sorgen sich um Sie, Riva. Alle wollen Ihnen helfen. Aber dazu müssen Sie uns erklären, was passiert ist. Wir wollen, dass es Ihnen wieder bessergeht. Wollen Sie das nicht auch?

Riva bewegt die Mundwinkel, ihre Unterlippe zittert. Sie sieht Aston an, sein Arm, mit dem er ihr das Tablet entgegenhält, hat leicht zu zittern begonnen. Rivas Blick ist kühl, beinahe herablassend. Aston erwidert ihn unsicher, geht einen Schritt auf sie zu. Mit einer schnellen Handbewegung hat sie ihm das Gerät aus der Hand geschlagen. Mit einem Knall prallt es auf dem Boden auf und bleibt mit der Rückseite nach oben liegen. Aston weicht zurück.

– Riva?, rufe ich und höre meine Stimme abgedämpft in ihrer Wohnung widerhallen.

Riva beugt sich über den Sofarand herunter.

– Riva, ich kann Ihre Wut verstehen, sage ich. Ich möchte –

Bevor ich weitersprechen kann, hat sie die Verbindung beendet. Sie lehnt sich im Sofa zurück, ihrer Mimik ist keine Emotion abzulesen.

Aston schüttelt den Kopf, zuckt mit den Schultern und verlässt dann das Wohnzimmer, um in sein Studio zu gehen. Die Tür fällt laut ins Schloss. Riva regt sich nicht.

Kein gutes Ergebnis, schreibt Master in die Protokolldatei. Die Farbe der Maßnahme verändert sich nicht.

Immerhin hat sie eine emotionale Reaktion gezeigt, will ich zurückschreiben. Aber ich möchte nicht uneinsichtig wirken.

Um meine Enttäuschung loszuwerden, suche ich im Netz nach Ablenkung. Nach mehreren Newsportalen finde ich mich plötzlich auf *familymatters.org* wieder.

Mediennutzungsprotokoll Archiv-Nr: Bc8
Mitarbeiter/in: @PsySolutions_ID5215d (Hitomi Yoshida)
Nutzungsinhalt: familymatters.org
Medientyp: Blog
Sicherheitskategorie: unbedenklich
Angaben zur Nutzungshistorie: Nutzungsfrequenz niedrig, durchschnittlich 1 Mal pro Tag.

Closed-Caption-Track »Geschenke.srt«
Mein Bio Vater kauft immer Geschenke für uns wenn er genug Credits hat gestern hat er mir zum Beispiel diesen Clown geschenkt den kann man so aufziehen und dann lacht er und schüttelt den Kopf haha genau so meine Bio Schwester hat geweint und Angst gehabt ihr bringt mein Vater eigentlich immer nur Süßigkeiten mit weil dass das einzige ist was sie mag sie stopft die sich dann immer alle gleichzeitig in den Mund so

dass ihr ganzes Gesicht voller Schokolade ist ich habe versucht mit ihr mit meinem Clown zu spielen aber sie hat nur geweint sie hat gesagt dass sie einen Hund will wahrscheinlich bringt mein Vater dann also nächstes Mal einen Hund mit er macht eigentlich alles was wir wollen weil er uns so lieb hat.

11

In den letzten vierundzwanzig Stunden hat Riva drei Mal ihr Tablet verwendet. Ein Durchbruch. Ihrem Mediennutzungsprotokoll entsprechend hat sie mit dem Schlagwort Peripherien im Internet nach Bildern gesucht und einzelne heruntergeladen. Generische Fotografien von Straßen und Häuserzügen, typische Betonblöcke. Aber auch mehrere Einzelporträts von Kindern, die im Freien spielen. Eines der Bilder wurde bei Nacht aufgenommen. Es zeigt ein Mädchen im Alter von ungefähr drei Jahren, das von einem Lichtkreis umgeben ist. Der Bildeffekt scheint nicht nachträglich hinzugefügt, sondern natürlich entstanden zu sein, indem sich das Mädchen mit brennenden Fackeln in den Händen im Kreis drehte. Ich habe über die Gesichtserkennung keine Verbindung zwischen den abgebildeten Personen und Riva feststellen können.

Bei der Überprüfung des Tablets hat der Datenanalyst eine Entdeckung gemacht. In der Installationshistorie ist eine Tagebuchapplikation aufgetaucht, die kurz vor Rivas Vertragsbruch gelöscht wurde. Der Analyst hat mir zugesagt, den Account schnellstmöglich wiederherzustellen. Da die App mit Mehrfachverschlüsselung arbeitet, kann das einige Tage dauern. Wenigstens gibt es endlich Hoffnung auf einen direkten Einblick in Rivas innere Verfassung. Selbst Master hat enthusiastisch auf die Nachricht reagiert.

Trotzdem, die Zeit läuft mir davon. Master erhöht täglich den Druck. Im Online-Trackingtool hat er alle laufenden Maßnahmen orange oder sogar rot markiert, der Projektfortschritt wird als ungenügend angezeigt. Bis zum nächsten Investoren-meeting muss ich dem Sollzustand deutlich näher kommen. Wegen meiner schlechten Bewertung wurde mir kein Erfolgs-honorar ausbezahlt, und ich habe Angst, dass die Credits für meine Miete im nächsten Monat nicht ausreichen.

Mein Auftragslog für Call-a-Coach™ ist seit zwei Tagen leer. Ich frage mich, ob ich den Account verloren habe, ohne darü-ber informiert worden zu sein. Wahrscheinlich ist es nur Zufall.

Trotz der fehlenden nächtlichen Unterbrechungen kann ich weniger gut schlafen. In der Schlafübersichtsgrafik meines Activity Trackers kann man in regelmäßigen Abständen Un-ruhephasen erkennen, in denen ich im Halbschlaf nach dem Tablet gegriffen habe, um zu überprüfen, ob ich Anrufe ver-passt habe.

Alltagsnotwendigkeiten kosten mich zu viel Zeit. Da mein Vertrag mich zu einem Mindestmaß körperlicher und see-lischer Fitness verpflichtet, kann ich die ohnehin schon ver-nachlässigten Mindfulness- und Fitness-Übungen nicht noch stärker reduzieren. Ich habe meine Schlafzeit auf fünf Stunden beschränkt und als Reaktion darauf eine Warnung über mei-nen Tracker erhalten, die Master im Tagesbericht rot markiert hat. Ich habe ihn gebeten, die Videoanalyse für eine Weile ins Home Office verlegen zu dürfen, um weniger Zeit mit Fahrten zwischen Wohnung und Büro zu verschwenden. Master hat das vorerst genehmigt. Mein Argument, ich brauche eine geogra-fische Veränderung für neue Impulse, hat ihm eingeleuchtet.

Beim Verlassen seines Büros habe ich aus den Augenwin-keln wahrgenommen, wie er sich mit hoher Geschwindigkeit Notizen machte. Meine Intuition sagte mir, dass es sich um einen Performance Report handelte. Seiner starren Miene nach zu urteilen muss ich mit einer Abmahnung rechnen.

Masters Gesichtsausdruck rief die Erinnerung an meine letzte Begegnung mit meinem Biovater in mir wach. Sie fand in einem Büroraum von ähnlicher Größe, mit einer ähnlichen Aura von Autorität statt. Ich war vier Jahre und siebenundsiebzig Tage alt, eine der Betreuerinnen hatte mich unerwartet aus dem Vormittagsprogramm geholt und mich ins Büro des Institutsleiters gebracht. Ich trug die institutionelle Play-Uniform, die für Mädchen aus einem blauen knielangen Kleid aus wasserabweisendem Stretchstoff bestand, auf das in weißer Farbe das Logo der Einrichtung gedruckt war, eine Hundekopfsilhouette in einem Kreis. Das Logo ist fest in meiner Erinnerung verankert. Es war auf alles gedruckt, was wir besaßen. Ich mochte die Vorstellung eines Hundes, die feuchte, kalte Schnauze, das warme, dichte Fell, aber mehr noch die Treuherzigkeit und Verlässlichkeit. Hunde kamen mir wie die perfekten Freunde vor, und ich träumte damals davon, als Erwachsene einen Hund zu besitzen, nicht ahnend, dass das mit einem erfolgreichen Arbeitsalltag nicht vereinbar war.

Ich wurde ins Leitungsbüro geführt, das ich zuvor noch nie betreten hatte. Als Erstes nahm ich seine immense Größe wahr und die Fensterfront, in deren Gegenlicht die beiden Männer, die am Schreibtisch standen, wie Scherenschnitte aussahen. Meine Betreuerin begrüßte beide mit einem kurzen Handschlag und verließ das Zimmer. Aus der Nähe erkannte ich zunächst den Institutsleiter, der jeden Montag für die Visite in den Klassen vorbeikam, dann den Mann, der mein Biovater war. Ich bin mir nicht mehr sicher, woher ich das wusste, wahrscheinlich hatte die Betreuerin ihn mir angekündigt. Aus den Archivdaten des Instituts weiß ich, dass er im ersten Jahr meines Aufenthalts noch gemeinsam mit meiner Biomutter ins Institut kam, woran ich mich nicht erinnern kann. Später nahm die Zahl seiner Besuche immer mehr ab. In meinem zweiten und dritten Lebensjahr erschien er noch manchmal zu Besprechungen, bei denen ich laut der Protokolle nicht anwesend war. Im vierten Lebensjahr sah ich ihn nur noch dieses eine Mal im Büro des Institutsleiters. Als Anlass des Termins ist im Protokoll *Finance Meeting* notiert. Mein Vater wollte seine Zahlungsverpflichtungen klären und sich aus dem Vertrag entfernen lassen, weil er und meine Mutter ihre Beziehung beendet hatten.

Er sah zu mir herunter und legte mir die Hand auf den Kopf. Es ist die einzige Berührung meines Vaters, an die ich mich erinnern kann. Seine Hand fühlte sich schwer und warm an, zunächst hatte ich den Impuls, sie abzustreifen, aber dann begann mir das Gefühl zu gefallen. Es erinnerte mich an die Geborgenheit, die ich empfand, wenn ich bei Zuwiderhandlungen in dem dafür vorgesehenen Ruhebett fixiert wurde. Während andere Kinder sich dreißig Minuten lang in den Betten wanden und versuchten, sich von den Fesseln zu befreien, akzeptierte ich meistens bereits nach wenigen Minuten die Unveränderlichkeit meiner Situation und fügte mich ganz in sie. Einmal akzeptiert, wurde meine unabwendbare Lage plötzlich zu einem Glücksraum. Ich schloss die Augen und atmete in das Bett hinein, das mich in sich aufzunehmen schien wie eine Umarmung. Das Gefühl, dass ich nichts tun konnte und also nichts von mir erwartet wurde, als ein- und auszuatmen. Ich entspannte jeden Muskel meines Körpers, so dass die Riemen nur noch lose an mir lagen, und merkte oft gar nicht, dass eine Aufsichtsperson die Fixierung bereits wieder gelöst hatte. In einem Whitepaper des Childcare-Instituts, in dem es um die Vorteile der körperlichen Fixierung in der Kindererziehung ging, habe ich einmal mit einem Anflug von Stolz eine Fallbeschreibung gelesen, die von meiner positiven Reaktion auf das Ruhebett handelte.

Mein Vater ließ seine Hand auf meinem Kopf liegen, während er mit mir sprach, so dass ich sein Gesicht nur schwer erkennen konnte, weil sein Arm mein Sichtfeld blockierte. Im Gesprächsprotokoll sind keine Pausen oder verbalen Füller vermerkt. Seine flüssige Rede lässt darauf schließen, dass er sich seine Worte zuvor zurechtgelegt hatte. Da ich den Bericht mittlerweile mehrfach gelesen habe, fällt es mir schwer, zu unterscheiden, was reale und was angelesene Erinnerung ist. Jedenfalls meine ich mich zu erinnern, dass ich die Begegnung als liebevoll und positiv wahrnahm und mir der Anlass des Abschieds zwar klar war, mir aber keine Angst machte. Ich empfand meinen Biovater als einen fremden, freundlichen Mann, der in irgendeiner Weise mit mir verbunden war und mir nun in ruhigem Ton erklärte, dass wir uns nicht wiedersehen würden. Ich habe das Bild seines Unterarms vor mir, an dem sich dünne braune Haare kräuselten, und den vagen Geruch eines beliebten Deodorants, das ich bereits an anderen Männern seines Alters gerochen hatte. Er hatte etwas Vertrautes und zugleich Fremdes an sich. Er war wie die Männer, die ab und zu in unseren Klassenräumen auftauchen, mit dem einen oder anderen Kind sprachen und dann wieder verschwanden.

Als mein Biovater seine Rede beendet hatte, trat die Betreuerin wieder ins Zimmer und führte mich hinaus. Aus den Augenwinkeln sah ich, wie sich mein Vater zum Institutsleiter wandte und mit ihm einige schnelle Worte wechselte. Sein Gesichtsausdruck war dabei von Enttäuschung und Ärger erfüllt, die mir als widersprüchlich zur vorhergehenden Begegnung auffielen. Ich konnte diesen Gesichtsausdruck meines Biovaters lange nicht vergessen und kam später zu dem Schluss, dass er mit meinem Verhalten ihm gegenüber unzufrieden war. Wahrscheinlich hatte er ein aktiveres, lebendigeres Kind erwartet, vielleicht Bestürzung über seinen Abschied, Weinen oder eine Umarmung.

Als ich gestern beim Verlassen von Masters Büros einen ähnlichen Ausdruck auf seinem Gesicht liegen sah, holte mich die Enttäuschung über mich selbst wieder ein, die ich damals nach der Begegnung mit meinem Vater empfunden hatte. Wie beim Lesen des Gesprächsprotokolls aus dem Institut versuchte ich mich an jedes Detail meiner Reaktionen während des Treffens mit Master zu erinnern, um mein Fehlverhalten zu evaluieren. Ich bin zu dem Schluss gekommen, dass Master meinen Antrag auf Home Office als Rückzug und Eingeständnis eines Versagens, vielleicht sogar als Kapitulation interpretiert.

12

Es ist, als hätten alle meine Kommunikationskanäle gleichzeitig einen Softwarefehler. Der Datenanalyst hat die Tagebuchapplikation noch nicht entschlüsselt. Meine Nachrichtendichte hat sich innerhalb kurzer Zeit halbiert. In den letzten vier Tagen hatte ich nur eine einzige Anfrage bei Call-a-Coach™, die innerhalb von fünf Minuten erledigt war. Die meiste Zeit schweigt mein Tablet. Ich bekomme sogar weniger Werbenachrichten.

Auch Royce hat noch immer keine Bewertung abgegeben. Als sein letzter Login wird das heutige Datum, 9 Uhr 50, angegeben.

Ich klicke mich durch sein Profil auf der Suche nach verpassten Hinweisen, dass ich mich in ihm getäuscht habe. Die zeigen, dass wir nicht zusammenpassen. Alle Informationen sind noch dieselben. Seine Werte entsprechen größtenteils meinen Werten. Nichts weicht von der Erinnerung ab, die ich an ihn habe.

Über den Messaging-Dienst der Vermittlungsagentur schreibe ich ihm eine kurze Nachricht: *Royce, wie wäre es mit einer zweiten Runde? Melde dich.*

Ich lösche den Text aus dem Nachrichtenfeld, ohne Enter zu drücken. Dann gebe ich ihn noch einmal ein, Wort für Wort. Ich hänge ein *wenn du Zeit hast* an und lösche es wieder. Dann lösche ich *Melde dich.*

Royce, wie wäre es mit einer zweiten Runde? Mein Finger Millimeter über der Return-Taste.

Ich habe eine Liste erstellt mit möglichen Gründen, warum er sich bisher noch nicht bei mir gemeldet hat: Er hat meine Bewertung nicht gesehen. Er ist zu beschäftigt. Es ist etwas passiert, ein Krankheitsfall oder ein Notfall bei der Arbeit.

Bisher konnte ich zwischenmenschliche Kommunikation immer gut einschätzen. Ich habe mich nach Verabredungen noch nie darin getäuscht, ob sich mein Gegenüber melden würde oder nicht. Ich war mir sicher, dass Royce sich melden würde. Ich bin mir sicher, dass Royce sich melden wird. Er braucht nur eine Erinnerung.

Royce, I had fun the other night. Wie wäre es mit einer zweiten Runde?

Nachdem ich die Nachricht abgeschickt habe, klicke ich ein paar Mal den Refresh-Button, um zu sehen, ob er sie bereits gelesen hat. Aber kein grüner Haken erscheint. Vielleicht ist es ein Applikationsfehler. Vielleicht hat er mir längst geschrieben, und die Nachricht wurde nicht angezeigt.

Ich checke den Spamordner. Er ist leer.

Ich drücke Refresh. Die Seite wird neu angezeigt, unverändert. Ich gebe Royce Hungs Namen in Suchmasken medizinischer Einrichtungen ein. Keine Ergebnisse. Ich schreibe ihm eine weitere Nachricht: *Ich hoffe, bei Ihnen ist alles okay?*

Er antwortet nicht. Uhrzeit und Datum seines letzten Logins sind immer noch gleich. Ich lade die Seite wieder und wieder. Logge mich aus, ein, aus, ein.

Am Abend immer noch keine Antwort. Ich halte es vor dem Monitor nicht mehr aus und finde mich in den Straßen wieder, seit Jahren bin ich nicht mehr einfach so durch die Gegend gelaufen. Es fühlt sich seltsam an. Meine Beine machen wie fremdgesteuert immer schnellere Schritte. Ich muss aussehen, als eile ich zu einem wichtigen Geschäftstermin. Das rhythmische Geräusch meiner Schritte auf dem Asphalt. Als Jugendliche liefen Andorra und ich manchmal so draußen umher, rastlos und ohne zu wissen, wohin wir wollten. Ich höre meinen Schritten zu, einige Sekunden lang schließe ich die Augen, gehe blind. Dann reiße ich sie auf, aus Angst davor, mit einem Gegenstand oder einem Menschen zu kollidieren, vom Gehweg abzukommen und in die Fahrbahn zu laufen. Es gibt kaum Fußgänger, aber dafür eine unüberschaubare Menge Fahrzeuge. Rush Hour. Ich denke daran, wie die Menschen darin hinter ihren Windschutzscheiben hocken und auf die Rücklichter des Wagens vor ihnen starren.

Ein Mann kommt mir entgegen. Sein Schritt ähnlich schnell wie meiner. Wir rasen aneinander vorbei, dann überfällt mich der Gedanke, dass es Royce Hung gewesen sein könnte. Ich drehe mich um und sehe seine Silhouette kleiner werden.

Ich muss aufhören, an ihn zu denken.

Die Stadt riecht nach Maschinen. Dabei liegen alle Industriegebäude außerhalb der Stadt, in den Peripherien. Vielleicht ist es Einbildung, meine Nase ist die Außenluft nicht mehr gewohnt und interpretiert falsch.

Der Geruch der Peripherien verursachte mir als Kind regelmäßig Übelkeit. Schon Tage vor einem Pflichtcasting fühlte ich mich krank. Während der Castings musste ich Medikamente nehmen, um mich nicht auf der Bühne zu übergeben. Die Hitze, der Smog. Meine Haut bereits nach wenigen Stunden graustichig, kränklich. Ich duschte mehrmals am Tag. Andorra machte sich lustig über mich. Ihr machten der Schmutz und die schlechte Luft nichts aus. Sie war aufgeregt, wenn das nächste Casting heranrückte. Sie glaubte daran, ausgewählt zu werden, den frühen Durchbruch zu schaffen. Ich erinnerte sie an die Statistiken und daran, dass wir nicht darauf angewiesen waren, gewählt zu werden. Dass unsere Ausbildung im Institut uns doch gerade von der Unberechenbarkeit einer Casting-Jury unabhängig machte. Doch Andorra verlor jede Rationalität, wenn es um unsere Zukunft ging. Als ich den Traum vom Hochhausspringen längst aufgegeben hatte, zwang sie mich weiter, mit ihr gemeinsam für die Castings zu trainieren. Eine Zeitlang begannen wir das Morgentraining so früh vor allen anderen, dass wir beim Frühstück kaum mehr aufrecht sitzen konnten.

Plötzlich stehe ich vor einer Bar. Sie trägt das Logo einer Billigkette, durchs Fenster kann ich sehen, dass die Inneneinrichtung die gleiche ist wie an allen Standorten: in der Mitte ein ovaler Tresen mit Barhockern, an den Wänden gepolsterte Sitzecken. Die Dekoration im RetroTrash™-Stil mit roten Wänden, goldenen Leuchtern und barocken Spiegeln, dazwischen Flachbildschirme.

Es ist ungefähr zehn Jahre her, dass ich an einem solchen Ort gewesen bin. Als Teenager sind Andorra und ich bei unseren nächtlichen Ausflügen manchmal in einer Bar gelandet.

Ein Gefühl von Scham überkommt mich. Ich möchte mich nicht daran erinnern. Dennoch gehe ich hinein und setze mich an den Tresen. Die Sitznischen sind besetzt von Menschen aus niedrigen bis mittleren Gehaltsklassen in der Pause zwischen Tages- und Nachtjob. Die Krawatten gelockert, die Blazer an den Kleiderständern.

Eine Frau sticht heraus. Sie sitzt in einer Ecknische mit vier Männern. Die Männer tragen alle ähnliche neutrale Geschäftsanzüge, vielleicht sogar die gleiche Marke. Die Frau dagegen hat ein auffälliges Abendkleid aus schimmerndem Stoff an, ihre Haare sind zu einer komplizierten Frisur hochgesteckt. Ihre langen Ohrringe drehen sich im flackernden Licht der Bildschirme. Ab und zu lacht sie, ihr Blick streift durch den Raum und bleibt an einem der Screens hängen, auf denen Nachrichten laufen. Ein kurzes Papavid™ zeigt It-Girl Roma, wie sie aus dem Fenster eines Hotelzimmers winkt. Im Untertitel wird eingeblendet, dass sich ihr Gesundheitszustand verschlechtert hat. Dazu Clips von Fans, die Kerzen und Blumen vor dem Hotel auslegen und Banner zum Fenster hochhalten: *We love you. Get well soon.* Aston hat laut den Unterlagen im Datenarchiv einen Auftrag für ein Editorial mit Roma erhalten. In den letzten Tagen war er kaum in der Wohnung.

Ich bestelle einen Flydive™. Dann erinnere ich mich daran, dass das Rivas Signature Drink ist. Ich ändere meine Bestellung in Wodka Martini um. Der Barkeeper zuckt mit den Schultern, schüttet den Tonic aus, den er bereits ins Glas gegeben hatte.

Master wird mir Vorwürfe machen, dass ich ohne soziale Verpflichtung Alkohol getrunken habe. Ich überlege, es einfach nicht in mein Nahrungsprofil einzutragen, entscheide mich dann aber dagegen. Ich sage mir, was ich meinen Klienten sage: Wenn man einmal mit dem Selbstbetrug begonnen hat, ist es schwer, wieder damit aufzuhören. Dafür sind die Protokolle da: dass sie auch Momente festhalten, auf die man nicht stolz ist. Nur so kann man sich damit konfrontieren und es beim nächsten Mal anders machen, besser.

Ich schlucke den Alkohol wie Saft, spüre, wie er in meinen Blutkreislauf eingeht, meinen Körper entspannt. Mir das unangenehme Gefühl nimmt, das sich in mir eingenistet hat. Bald werde ich Zugang zu Rivas Tagebuch bekommen und das Rätsel um die Ursache ihres Vertragsbruchs lösen. Ich werde sie zurück auf den richtigen Weg leiten.

Die Frau im Abendkleid lächelt und prostet mir über den

Gang hinweg zu. Ich hebe mein Glas und bemerke, dass es leer ist, bestelle ein weiteres.

Sie kommt herüber, setzt sich neben mich.

– Boys Club, sagt sie mit einem Nicken in Richtung Sitzecke.

Ich nehme meinen Martini entgegen, wir stoßen an. Sie trinkt Flydive™. Mein Gesichtsausdruck muss mich verraten haben. Sie blickt von ihrem Glas zu mir und zurück.

– Kein Fan von Flydive™?

– Doch, doch, sage ich. Nur ein paar schlechte Assoziationen.

Die Frau nickt mir zu, beinahe verschwörerisch.

– Ich kann es mir vorstellen.

– Nein, nein. So war es nicht gemeint.

– Von mir auch nicht, lacht die Frau.

Ich wünsche mir, dass sie sich wieder in ihre Sitzecke setzt. Spüre einen ziehenden Schmerz um meine Schläfe herum.

Ich nehme mein Tablet aus der Tasche und öffne mein Schmerzprotokoll, trage Uhrzeit und Art des Kopfschmerzes ein. Die Frau bleibt sitzen, erhascht einen Blick auf mein Display, nickt verständnisvoll.

– Ich habe auch Probleme mit chronischen Kopfschmerzen, sagt sie.

Ich leere mein Glas in einem Zug. Mein Hals brennt, mir ist warm.

– Ich muss los, sage ich.

– Sie sind doch gerade erst gekommen.

– Zurück zur Arbeit, sage ich.

– Als was arbeiten Sie?

– Buchhalterin.

Die Bar hat in Einklang mit ihrem Retrostil keinen PayPoint™. Man muss beim Barkeeper zahlen. Ich will um die

Rechnung bitten, aber der Barkeeper ist hinter dem Tresen verschwunden.

– Machen Sie sich auch solche Sorgen um Roma?, fragt die Frau.

Ich drehe mich weg, suche den Raum nach dem Barkeeper ab.

– Er kommt gleich zurück, sagt die Frau, als habe sie diese Information von ihm persönlich erhalten.

Ich setze mich wieder.

Die Frau sieht mich erwartungsvoll an.

– Haben Sie noch etwas vor?, frage ich mit Blick auf ihr Kleid.

Sie schüttelt den Kopf.

– Gestern Nacht habe ich geträumt, dass Roma gestorben ist, sagt sie. Ich konnte mich stundenlang nicht beruhigen. Kennen Sie diese Art von Traum, der so real wirkt, dass Sie das Gefühl auch nach dem Aufwachen nicht abschütteln können? Als würde Ihnen der Traum am Körper kleben?

Andorra hatte oft solche Träume. In meiner Erinnerung halte ich sie, umschlinge so viel von ihrem Körper, wie ich vermag. Sie hat sich zusammengerollt wie ein Igel, aber ihr Rücken ist weich, sie braucht jemanden, der sie hält. Der ihr zuflüstert, so leise, dass sie es nur hören kann, wenn der Mund ganz dicht an ihrem Ohr liegt: Everything's gonna be okay™, everything's gonna be okay™. Mein Atem bewegt den Flaum auf ihren Ohrläppchen, sie schiebt ihre Ohren wie Fühler gegen meine Lippen. Sie hat im Schlaf geschrien, der Alptraum steckt noch in ihrem Körper. Everything's gonna be okay™, flüstere ich und streichele sie wie eine Katze, systematisch vom Kopf bis zum Hintern. Andorra drückt sich in meine Hand hinein, und es ist beinahe so, als läge meine Hand nicht auf dem Stoff ihres Institutsnachthemds, sondern direkt auf ihrer Haut, die feucht und kalt ist vom Schweiß.

Andorras Alptraumphasen dauerten manchmal mehrere Wochen. Von ihren eigenen Schreien wachte sie erst nach mir auf. Der Schlaf schien für Andorra eigentlich ein natürlicher Zustand zu sein, worum ich sie beneidete. Sie musste am Abend nicht um ihn bangen wie ich. Sobald sie die Augen schloss, glitt sie weg. Die Alpträume erschienen mir wie ein gerechter Preis, den sie dafür zu zahlen hatte. Erst wenn sie in meinen Armen lag, erschöpft vom Horror, den ihr eigener Kopf heraufbeschworen hatte, und ich ihre Angst in meinem Körper spürte, schämte ich mich für diesen Gedanken. Ich gab mir Mühe, den Verrat wiedergutzumachen und sie aus den Fängen des Traums zurückzuholen. Wenn Andorras Atem wieder ruhig und gleichmäßig ging und fast unhörbar wurde, erlaubte ich mir, selbst die Augen zu schließen und zu hoffen, dass mein Bewusstsein bald ebenfalls fortgetragen würde.

Der Barkeeper erscheint aus einer Tür, die ich zuvor nicht bemerkt habe. Er grüßt die Frau neben mir und schenkt ihr nach.

– Sie möchte zahlen, sagt sie mit Blick zu mir.

Der Barkeeper hält mir das Gerät hin, ich drücke mein Tablet dagegen.

– Nice to meet you.

Die Frau streckt mir die Hand hin, und ich schüttele sie kurz.

– Gute Besserung für Ihre Kopfschmerzen.

Ich bedanke mich und verlasse die Bar mit schnellen Schritten. In der Türe drehe ich mich noch einmal um und sehe, dass die Frau in ein Gespräch mit dem Barkeeper vertieft ist. Als merke sie, dass ich sie ansehe, dreht sie sich zu mir um und winkt.

Als ich in meine Wohnung zurückkomme, liegt Riva im Bett. Bewegungslos. Ich checke das Mikrofon der Kamera am Bett, um zu hören, dass sie atmet. Aston ist im Studio und bereitet sich auf den Auftrag am nächsten Tag vor.

Als ich mein Call-a-Coach™-Profil aktiviere, habe ich bereits zwei Anfragen. Ich atme auf. Die auftragslose Phase scheint vorbei zu sein. Ich lasse meinen Finger über dem Rückrufbutton des Touchscreens schweben, aber kann mich nicht überwinden, ihn zu berühren. Stattdessen öffne ich die App der Partnervermittlung und checke Royce Hungs Profil. Keine Aktivität. Nur meine letzten gesendeten Nachrichten, ungelesen: *Royce, I had fun the other day. Wie wäre es mit einer zweiten Runde?*

Ich lehne mich zurück und schließe die Augen. Laut Arbeitsvertrag muss ich die Therapieanfragen innerhalb von einer halben Stunde nach dem Abrufen beantworten. Einer der Klienten hat einen kurzen Infotext hinzugefügt, der sein Problem beschreibt. *Angst vor Kündigung* steht dort in der Titelzeile, und dann: *Ich habe einen großen Fehler gemacht.*

Der andere Anrufer hat keinen Betreff angegeben, nur eine Kategorie: *Sexualität.* Ich klicke den Rückrufbutton. Der Mann meldet sich beim ersten Klingelton.

– Danke für Ihren Rückruf.

Sein Sprachprofil identifiziert ihn als Zeus Schmidt, freischaffender Datenanalyst. Was, wenn das Royce Hung wäre, denke ich plötzlich. Es kann gut sein, dass er mir einen falschen Namen gegeben hat. Viele Nutzer verwenden für ihre öffentlichen Datingprofile ein Alias und geben ihre Identität erst preis, wenn der Beziehung nichts mehr im Weg steht. Ich habe schon immer Probleme gehabt, Menschen an ihrer Stimme voneinander zu unterscheiden. Vielleicht, weil ich mich auf so viele andere Aspekte konzentriere, wenn ich mit Menschen spreche. Und der individuelle Stimmcharakter dabei am unwichtigsten erscheint.

– Womit kann ich Ihnen helfen?, frage ich und dann, dem Gesprächsablaufmodell folgend: Nennen Sie bitte Ihren vollen Namen, Ihre Abteilung und Position.

Ich bestätige die gespeicherten Angaben im Sprach- und Identitätsprofil auf dem Server.

– Es ist ein privates Problem, sagt der Mann, kein geschäftliches im engeren Sinne.

– Das macht keinen Unterschied. Der Service umfasst alle Arten von Problemen.

Ich höre ein Geräusch, das durch eine ruckartige Bewegung verursacht wird, durch die Reibung der Gesichtshaut am Mikrofon: Der Mann nickt.

Meine Klienten verwenden für die Beratungsgespräche im Durchschnitt lieber Headsets als die Freisprechfunktion. Selbst wenn sie alleine im Zimmer sind, gibt es ihnen das Gefühl einer gehobenen Privatsphäre, einer Atmosphäre von Vertrautheit.

– Worum geht es?, frage ich.

Ich selbst trage auch ein Headset, damit ich mich während der Beratungsgespräche frei bewegen kann und die Gesprächsqualität unbeeinträchtigt bleibt. Ich gehe langsam im Zimmer umher, erst ans Fenster, dann zur Küchenzeile, und lasse die Finger meiner linken Hand über die Oberflächen der Möbel streichen.

– Ich habe etwas mit einer Frau, die nicht sterilisiert ist.

Ich mache ein bestätigendes Geräusch, das ihn auffordert, weiterzureden, und suggeriert, dass ich das, was er sagt, schon oft gehört habe. Dass es sich um ein bekanntes und somit überwindbares Problem handelt.

– Und jetzt krieg ich keinen hoch.

– Verständlich, sage ich. Das ist eine sehr natürliche Reaktion.

Wieder höre ich das Geräusch des Mikrofons auf Haut, ich stelle mir vor, wie der Mann aufrecht auf einem Bürostuhl sitzt und bekräftigend vor sich hin nickt.

– Haben Sie eine Vasektomie vorgenommen?

– Schon, aber das funktioniert ja manchmal nicht.

Ich setze mich auf einen der Barhocker am Küchentresen und nicke so, wie ich mir den Mann am anderen Ende nickend vorstelle.

– Ich nicke, sage ich.

– Was?

– Ich nicke.

– Was soll das heißen?

– Ich stimme dem zu, was Sie sagen.

– Okay.

– Weil Sie nicht hören können, wie ich nicke, habe ich Ihnen das mitgeteilt.

– Okay.

– Oder können Sie es hören?

Der Mann schweigt, sein Atem verursacht Störgeräusche.

– Ich habe Sie vorhin mehrmals nicken hören, das ist alles.

Noch nie habe ich im Gespräch mit einem Klienten so wirre Aussagen gemacht, ich befolge keinerlei Ablaufmodell. In Gedanken gehe ich bereits das Gespräch mit dem Human-Resources-Beauftragten von Call-a-Coach™ durch, das er spätestens morgen früh anberaumen wird, wenn nicht noch heute Nacht, je nachdem, wie viele Überstunden er macht.

– Es ist seltsam, sage ich, wie man, wenn man so oft nonvisuelle Beratungsgespräche führt wie ich, bestimmte Gesten, rein körperliche Gesten, zu hören beginnt, wissen Sie.

Ich höre den Mann nicken.

– Einmal, sage ich, hat sich ein Klient, einer Ihrer Kollegen, sogar aus Ihrer Abteilung, glaube ich, während des Beratungsgesprächs selbst befriedigt.

Ich höre, wie der Atem des Mannes sich verändert, wie er einen Moment lang die Luft anhält.

– Ich bin mir nicht sicher, sage ich, ob es ihm bewusst war, dass ich seine Bewegungen hören konnte, seine Art zu sprechen hat sich kaum verändert. Er muss das schon oft gemacht haben, er hatte sich beinahe vollkommen unter Kontrolle.

Ich stelle mir vor, wie der Mann gerade von seinem Bürostuhl aufgestanden ist, fassungslos, und sich nun überlegt, ob er die Beschwerdestelle informieren oder die Hose herunterlassen soll.

– Wir haben über ganz profane Dinge gesprochen, er hatte Angst vor einem wichtigen Vortrag, man hatte ihm eine Beförderung versprochen, wenn bei der Konferenz alles zur Zufriedenheit verliefe. Und er holte einfach mitten im Gespräch sein Glied heraus und masturbierte. Sie denken, wie kann ich da sicher sein, aber ich kann die Geräusche am anderen Ende der Leitung wirklich gut deuten, aufgrund der langen Erfahrung, man sammelt ja mit jedem Gespräch neue Informationen, die sich dann im Gehirn verknüpfen und über die Zeit bestimmte Fähigkeiten perfektionieren.

Vom Mann am anderen Ende der Leitung ist nun keinerlei Bewegung mehr zu vernehmen.

– Ich habe ihn nicht ejakulieren hören, entweder hat er gewartet, bis das Gespräch zu Ende war, oder er war wirklich enorm kontrolliert.

– Hören Sie, sagt der Mann. Wenn ich Sie wäre, würde ich die Aufnahme dieses Gesprächs aus dem Log löschen.

– Was meinen Sie, was es war?

– Ich lege jetzt auf, und wir tun so, als ob wir nie gesprochen hätten, okay?

Ich nicke, anstatt etwas zu sagen. Ich nicke, bis der Mann das Gespräch beendet hat.

Dann lösche ich den Rückruf aus dem Log und den Archivdaten, ich lösche das Cache und die versteckten Dateielemente. Ich kann nicht aufhören zu nicken, bis ich unter der Dusche stehe und mir heißes Wasser über den Körper laufen lasse, das auf der Haut brennt.

Die halbe Stunde der Rückruffrist für den zweiten Klienten ist bereits verstrichen, ich überlege, ihn trotzdem noch anzurufen, aber eine unüberwindbare Müdigkeit ergreift mich, und ich schaffe es gerade noch so ins Bett, nackt und mit brennender Haut. Am Morgen erwache ich erst beim dritten Snooze-Alarm, an die ersten beiden kann ich mich nicht erinnern.

13

Master hat mich zu einem außerplanmäßigen Mitarbeitergespräch einberufen. Jede Einladung dieser Art ist mit der Angst verbunden, dass der Vorgesetzte sich von der geleisteten Arbeit enttäuscht zeigen wird, doch jetzt befürchte ich, dass es sich um ein Kündigungsgespräch handelt.

Bei meiner Ankunft im PsySolutions-Gebäude habe ich mich in eine Ecke des Green Rooms zurückgezogen, um noch einen Moment durchzuatmen, bevor ich mich in die Höhle des Löwen begebe.

Kommen Sie bitte sofort in mein Büro, wenn Sie da sind? HMM.

Die Nachricht erscheint auf meinem Tablet, als ich mich auf einen der Wartesessel setzen will.

– Fuck, sage ich halblaut in den leeren Raum hinein und bereue es sofort.

Ich spüre das Pochen eines beginnenden Clusterkopfschmerzes. Trotz meines Interesses am Psychosomatischen ärgere ich mich über die Psychosensibilität meines Körpers. Ich halte mich an das, was ich Klienten rate. Ich atme durch. Ich sage mir in beruhigendem Ton: Deine Emotion gehört nicht hierher. Deine Emotion kommt aus der Vergangenheit.

Sind Sie da? HMM.

Der Benachrichtigungston vibriert in meinem Kopf. Auf dem Gang achte ich darauf, dass die Sicherheitskamera keine Veränderung an meinem Schritt wahrnehmen kann. Keine Störung der Gemütslage.

Mein Klopfen klingt, wie es sein soll: fest und kurz.

Master sitzt im Schneidersitz am Boden seines leergeräumten Büros. Es ist seit meinem letzten Besuch noch asketischer geworden. Nicht einmal ein Schreibtisch ist mehr vorhanden. Nur die Topfpflanze steht am Boden in der Mitte der Fensterfront, als genieße sie den Ausblick.

– Guten Morgen.

– Sie haben mich gebeten, vorbeizukommen?

Geschulte Ohren könnten meiner Stimme nun die Anspannung anhören, die Stimmbänder überdehnt, der Stimmton höher als sonst. Ich hoffe, dass Master wie immer mit Wichtigerem beschäftigt ist und nicht so genau hinhört.

– Setzen Sie sich.

Master deutet vor sich auf den Boden. Mein Körper nähert sich ihm umständlich, mit den Knien voran. Die Müdigkeit lässt mich mit einem Mal erschlaffen, mein Rücken rundet sich, so dass ich aus Sicht der Kameras wie eine Kugel aussehen muss, ein Menschenball. Ich versuche, meinen Rücken durchzudrücken. Mein Blick fällt auf die Tür hinter mir, sie steht offen. Ich springe auf.

– Lassen Sie, lassen Sie. Ich muss Sie nur schnell feuern, dann sind Sie direkt wieder draußen.

Mein Herz überschlägt sich. Master muss von meinem Call-a-Coach™-Gespräch erfahren haben. Der Klient muss doch eine Beschwerde gegen mich eingereicht haben. Mein Activity Tracker beginnt zu piepsen, weil meine Herzfrequenz zu hoch ist. Ich kann meinen Herzschlag bis in den Hals hinauf spüren. Ich versuche, ruhig zu atmen, wie ich es meinen Patienten in solchen Momenten rate. Die Panik wegatmen. Mein Körper ist eingefroren.

Master lacht.

– Frau Yoshida, wie lange kennen wir uns jetzt schon?

– Knapp vier Monate.

– Dann müssten Sie doch mittlerweile wissen: I'm kidding. I'm kidding. Entspannen Sie sich. I'm only kidding.

Mein Herz pocht etwas langsamer. Ich höre das Blut in meinen Ohren rauschen. Ich schaffe es kaum, mich auf den Boden gleiten zu lassen, ohne flach zum Liegen zu kommen. Einfach so ausgestreckt auf dem Boden.

– Ich habe Ihre Failure-Liste gelesen, sagt Master. Sie haben da mit vielem den Nagel auf den Kopf getroffen.

Wieder beginnt mein Herz zu rasen.

Uneindeutige Ergebnisse.

Keine Verbesserung des Gesamtzustandes.

Verschärfung des Konflikts.

Verweigerung jeglicher Kooperation vonseiten des Subjekts.

Unter dem Titel »Failures« habe ich zur Selbstkontrolle in einer Tabellendatei alle möglichen Kritikpunkte an meiner Arbeit aufgelistet, um ihnen entgegenzuarbeiten. Die Punkte füllen zwei Seiten, sauber untereinandergesetzt. Ich hätte daran denken müssen, dass Master auch zu meinem privaten Ordner auf dem Server Zugang hat.

Ich versuche, einsichtig zu nicken. Plötzlich habe ich Angst, dass mein Nicken sich verselbständigen könnte wie am Abend zuvor. Dass ich etwas sagen könnte, das ich nicht sagen will. Ich beiße die Zähne fest aufeinander. Als Kind hatte ich so große Angst, etwas Unangebrachtes zu sagen, dass ich regelmäßig Muskelkater in den Kiefermuskeln bekam.

– Sie haben immer noch keine eindeutige Diagnose, sagt Master.

– Nein.

Ich schließe den Mund sofort nach dem Sprechen, die Zähne fest aufeinander. Ich habe aufgehört zu nicken.

– Und Ihre Maßnahmen zeigen keinen Erfolg, sagt Master. Die Zielperson liest Ihre Nachrichten nicht. Sie spricht nicht mit Ihnen.

– Sie ist bei Dom Wu gewesen, sage ich. Das war ein Schritt in die richtige Richtung.

– Viel rausgekommen ist dabei nicht, sagt Master. Sie müssen härter eingreifen, Frau Yoshida.

– Ich bin dran, sage ich. Laut Rechtsabteilung können wir ab morgen mit den härteren Strafmaßnahmen beginnen.

– Dann fangen Sie sofort damit an.

Ich nicke.

– Der Datenanalyst ist dabei, mehr Daten zur Kindheit zu sammeln, sage ich. Da gibt es noch einige Ungereimtheiten.

– Was wollen Sie denn mit der Kindheit?

Master schüttelt den Kopf und dreht sich dann zum Fenster, von mir weg.

– Einen ersten Auslöser, ein traumatisches Erlebnis.

– Bleiben Sie bei den Methoden der modernen Psychologie, Frau Yoshida! Verschwenden Sie Ihre Ressourcen nicht. Die Kindheit ist vorbei, die Kindheit ist irrelevant. Sie kennen die Studien. Riva Kanovsky ist in den Peripherien aufgewachsen. Alle sind in den Peripherien aufgewachsen. Das hat doch schon allein deshalb keinen Einfluss. Konzentrieren Sie sich lieber auf die Problemlösung. Die Implementierung der Therapiemaßnahmen.

– Ich denke, dass die Maßnahmen erfolgreicher sind, wenn sie auf die Erkenntnisse der Situationsanalyse aufbauen.

– Laut Timeline sollte die Situationsanalyse bereits abgeschlossen sein. Die Investoren erwarten Ergebnisse. Messbare Veränderungen. Mit dem aktuellen Umsetzungsgrad kann ich nicht in die Lenkungsausschusssitzung gehen.

129

Ich nicke und presse die Zähne aufeinander. Master sieht mich an. Ich habe das Gefühl, dass er das Anspannen meiner Kiefermuskeln bemerkt hat. Ich entspanne den Mund und lächle.

– Wir brauchen einen Actionplan, Frau Yoshida. Riva Karnovsky ist eine harte Nuss, da müssen Sie mit schärferem Gerät ran. Ihre Kreativität ist gefragt. Sie sind mir doch als kreativ empfohlen worden. Überlegen Sie sich was. Wenn die Frau mit Ihnen nicht kooperiert, dann kooperiert sie vielleicht mit jemand anderem, wenn Sie wissen, was ich meine.

– Ja.

– Sie arbeiten nebenher noch für Call-a-Coach™?

– Nur nachts im Bereitschaftsdienst.

– Das ist zu viel, Frau Yoshida. Sie müssen bei so einem wichtigen Projekt mit voller Kapazität dabei sein. Mit einem Zweitjob können Sie nicht hundert Prozent geben. Wir haben aber Ihre hundert Prozent engagiert, oder nicht?

Ich nicke und versuche, meine Gesichtsmuskeln zu entspannen, während ich die Lippen zusammendrücke.

– Ich kann Ihnen den Job nicht verbieten, Frau Yoshida. Aber ich kann Ihnen meinen Eindruck schildern, dass Sie zu viel um die Ohren haben.

Wieder frage ich mich, ob Master mein verpfuschtes Gespräch mitgehört hat. Im Einstellungsgespräch hat er meine telefonische Beratungsarbeit noch lobend hervorgehoben. Wie soll ich ihm vermitteln, dass ich Call-a-Coach™ nicht aufgeben kann, weil ich die Credits brauche. Dass mein Wohnraum eigentlich für mein Einkommenslevel zu teuer ist und schon ein einziger Honorarausfall Relokalisierung bedeuten kann.

Ein Wassertropfen löst sich von einem Blatt der Topfpflanze und fällt auf den glatten Bodenbelag. Er muss sie gegossen haben, kurz bevor ich ins Büro gekommen bin. Soweit ich weiß, sind Echtpflanzen in den Büroräumen laut Hausordnung verboten.

– Verstehen Sie mich?, fragt Master.

– Ich verstehe Sie gut, Herr Master.

Master lächelt und lehnt sich zurück.

– Sehen Sie? Nun beruhigen Sie sich erst mal, strecken Sie die Beine aus. Ruhe ist das oberste Gebot. Was meinen Sie, warum ich diesen Digital Cleanse mache. Meine Mindfulness-Skala ist beinahe bei hundert Prozent.

– Herzlichen Glückwunsch.

– Also, hören Sie, überlegen Sie sich was Radikales! Ich möchte im Investorenmeeting eine komplett neue Strategie vorstellen. Roger?

– Roger.

– Schicken Sie mir das Proposal bis morgen. Dann können wir die Einzelheiten besprechen.

– Okay.

Ich stoße mich vom Boden ab und schüttele meinem Vorgesetzten die Hand.

– Firm Handshake, sagt Master. I love it. Das ist der Grund, warum ich Sie eingestellt habe.

Als ich in meine Wohnung komme, ist Riva nicht auf dem Splitscreen zu sehen. Ich zoome in jede Ecke des Zimmers und finde sie schließlich hinter der Couch, flach auf dem Boden, an die Decke starrend. Manchmal kommt es mir vor, als ob sie wüsste, dass man ihr zusieht, als ob sie sich in Momenten der Unaufmerksamkeit bewusst vor mir verstecke.

Ich lege eine neue Datei an: *Actionplan*. Aber ich kann mich nicht konzentrieren.

Ich klicke mich durch Zarnees Blog. Es ist das Einzige, was meine Herzfrequenz radikal senkt, schneller als jede Mindfulness-Übung. Es ist mir unangenehm, dass ich mich dem Reiz der Einträge nicht entziehen kann, obwohl sie mich anwidern. Bei *Casting Queens*™ hasste ich die Segmente, in denen die Moderatorinnen Kandidaten in ihren heruntergekommenen Wohnungen besuchten oder auf der Straße ansprachen. Sobald sie die saubere Umgebung der Showbühne verließen, wurde mir mulmig. Andorra dagegen war immer fasziniert von den Peripherien.

– In den Peripherien wird es manchmal so heiß, dass die Leute tagelang nicht vor die Türe dürfen, sagte sie einmal. Das kannst du dir überhaupt nicht vorstellen.

Wir saßen auf dem Dach des Instituts unter den UV-Schirmen und tranken unsere Vitamindrinks.

– Woher willst du das wissen?, fragte ich.

– Ich war dort.

– Wir waren doch zusammen dort, sagte ich, wir sind jedes Jahr zusammen da und nie ist es so heiß gewesen.

– Du warst nie richtig draußen, du warst nur in den Casting Parlors.

– Du warst doch auch nicht draußen.

– Da warst du nicht dabei.

Ich wusste, dass Andorra log. Es war gar nicht möglich, die Sicherheitschecks zu umgehen und ohne Passierschein oder registrierte Begleitperson über die Grenze zu gelangen.

Andorra log häufig, sie fand, dass Lügen das Leben aufregender machten. Und dass es gar keine Lüge sei, wenn man nur ein paar Details ändere und grundsätzlich stimme, was man sagt.

– Du bist ohne mich in den Peripherien gewesen?, fragte ich sie.

– Ja. Als du einmal den ganzen Tag beim Aptitude Test warst. Ich habe mir einen Exkursionspass geholt und bin hingefahren.

– Warum hast du mir nichts davon erzählt?

Sie zuckte mit den Schultern und legte den Kopf schief. Sah mir direkt in die Augen, wie nur sie es tat. Dann legte sie mir ihren Zeigefinger auf den Mund.

– Du hättest es ausgeplaudert, sagte sie.

Von der Dachterrasse des Instituts hatte man keinen sehr weiten Ausblick. Das Gebäude war kleiner als die anderen in seiner Umgebung. Manchmal suchten wir nach unseren Spiegelbildern in den Glaswänden, die vor uns aufragten.

– Was, wenn ich es jetzt ausplaudere?, fragte ich sie.

Andorra fuhr langsam mit dem Zeigefinger über meine Lippen.

– Du hast ganz weiche Lippen.

Ich schnappte nach ihrem Finger und bekam ihn zu fassen. Andorra schrie auf, und ich ließ den Finger los. Meine Zähne hatten kleine Dellen in seiner Haut hinterlassen.

– Du warst überhaupt nicht in den Peripherien, sagte ich.

Mediennutzungsprotokoll Archiv-Nr: BC11

Mitarbeiter/in: @PsySolutions_ID5215d (Hitomi Yoshida)

Nutzungsinhalt: familymatters.org

Medientyp: Blog

Sicherheitskategorie: unbedenklich

Angaben zur Nutzungshistorie: Nutzungsfrequenz medium, durchschnittlich 3 Mal pro Tag.

Closed-Caption-Track »Umarmungen.srt«

Die meisten von euch können sich wahrscheinlich nicht vorstellen wie das ist mit seiner Bio Mutter zusammenzuwohnen ihr seht zwar die Bilder aber da kann man das Gefühl ja gar nicht richtig erkennen meine Bio Mutter ist eigentlich immer da und sie kommt ständig und umarmt uns sie hat so einen ganz warm und weichen runden Körper wieso eine Schutzhülle die sich um einen rum legt so dass einem nichts passieren kann als Kind hat sie mich immer am Körper getragen als ich noch ein ganz kleines Baby war sogar wenn sie zur Toilette gegangen ist hat sie mich nie abgelegt jetzt bin ich dafür natürlich zu schwer aber sie umarmt mich trotzdem noch ständig jeden Tag und gibt mir Küsse und sagt dass sie stolz auf mich ist und lauter so Sachen

14

Roma sitzt im hinteren Teil eines düsteren Hotelzimmers. Durch das hohe Fenster zu ihrer rechten, das als einziges nicht abgehängt ist, fällt Tageslicht auf ihre Gestalt und hebt das markante, aus den Medien bekannte Profil noch stärker hervor, das Kinn, die Lippen, die Nase, die Stirn. Roma ist so positioniert, dass jeder Journalist, der das Hotelzimmer betritt, auf den ersten Blick sieht, wie schön sie ist, objektiv betrachtet.

Über die Romacam™-Website kann man verschiedene Räume des Pressehotels anwählen. Die Auswahl der Kameraperspektiven ist beschränkt. Man möchte vermeiden, dass professionelles Bildmaterial im Wert gemindert wird.

Romas Assistentinnen bewegen sich wie in Wogen um sie herum, auf genau festgelegten Wegen. Ich klicke mich durch die Räume, bis ich Aston finde. Er sitzt in einem Wartezimmer mit anderen VJs, Journalisten und Fotografen. Als sein Name aufgerufen wird, setzt er auf dem Touchscreen seinen Fingerabdruck unter den Release-Vertrag, bevor er von einer Assistentin ins Zimmer gebracht wird.

– Setzen Sie sich in den Sessel gegenüber. Nähern Sie sich ihr nicht weiter als bis zu diesem Sessel. Sie können sich zum Fotografieren im Raum bewegen, aber nicht näher herankommen.

Aston nickt und geht mit langsamen Schritten auf Roma zu. Sein Gang ist ganz von selbst zu einem Schreiten geworden, feierlich. Roma nutzt die zehnminütige Pause, die zwischen jedem Pressetermin für sie eingeplant ist. Sie hält ihr Tablet möglichst nahe ans Ohr, vermutlich damit ihre Fans die Messages nicht hören können, die ihr der Audioassistent des Tablets vorliest. Einer ihrer persönlichen Assistenten beugt sich zu ihr heran, so dicht, wie es möglich ist, ohne sie zu berühren. Eine einzige Berührung, besagt ein Gerücht, könnte Roma das Leben kosten. Der Assistent kündigt den neuen Gast an. Aston lächelt, als Romas Blick ihn trifft. Sie lächelt zurück.

– Nur Fotos?, fragt Roma, als sich Aston in den zugewiesenen Sessel setzt.

– Nur Fotos.

Sie nickt und richtet sich ein wenig auf im Sessel, spannt ihren Körper an.

– Sie können anfangen, sagt eine der Assistentinnen, die plötzlich hinter ihm steht.

Aston hebt seine Kamera auf Augenhöhe. Ich stelle mir vor, wie er Roma noch einmal in der gleichen Position sieht durch den Rahmen seines Suchers. Klarer. Wie der Rahmen dem Körper Form hinzufügt. Schönheit akzentuiert. Bedeutung entstehen lässt. Er drückt den Abzug, wieder und wieder, im Sessel seine Position verändernd, vielleicht unsicher, ob er sich von ihm wegbewegen soll.

– Soll ich etwas verändern?, fragt Roma.

Es kommt mir vor, als frage sie, weil sie sein Zögern spürt, ihm entgegenkommen will. Sie präsentiert sich von allen Seiten, wendet ihm ihr Profil zu, dann frontal ihr Gesicht, blickt an ihm vorbei, nach unten, oben, direkt in die Kamera.

Man sieht ihr die Krankheit nicht an. Nicht aus der Perspektive der Sicherheitskamera. Ich habe ihre Haut durchsichtig erwartet, schimmernd. Ich habe sie mir wie eine Puppe vorgestellt, so wie sie auf den Tausenden professionellen Fotos zu sehen ist, denen Aston ein paar Dutzend hinzufügen soll.

Vielleicht liegt es am Licht, der Raum ist zu dunkel, die

einzige Lichtquelle das Nachmittagslicht, das durchs Fenster fällt.

– Man sieht es dir gar nicht an, sagt Aston plötzlich.

Romas Bewegungen frieren ein.

Die Worte haben Astons Lippen kaum verlassen, als er sie bereits fest zusammenpresst, wie um einen weiteren Ausbruch zu verhindern. Horror liegt auf seinem Gesicht.

Auf der Romacam™-Website erscheinen sofort mehrere Kommentare pro Sekunde. *Habt ihr das gehört? – What the fuck? – Der Typ ist das Allerletzte. – Hat der keinen Anstand? – Wer zum Teufel ist der Clown? – Aston Lieberman, dieser Fotograf, der mit Riva Karnovsky zusammen war. – Zusammen ist. – Ich hab gehört, die haben sich getrennt. – Soll er sie nicht sogar entführt haben?*

Man kann Romas Gesichtsausdruck nicht richtig erkennen. Ich stelle mir vor, dass ihre Pupillen weit aufgerissen sind. Ihr Blick abweisend.

– Entschuldige, sagt Aston.

Die Assistentinnen und Assistenten sind gleichzeitig in Habtachtstellung gegangen, bereit, Aston beim Arm zu fassen und ihn aus dem Raum zu befördern. Ihr Blick ist auf Roma gerichtet, die Impulsgeberin.

– Ich weiß, sagt Roma. Man sieht es hier nicht so stark, es hängt vom Licht ab. Mir ist es lieber so, im Dunkeln.

Aston setzt wieder an zu fotografieren, um die Brisanz des Moments zu überspielen. Ein Verstoß gegen die Gesprächsregeln kann Berufsverbot bedeuten.

– Der Schimmer wird in der Nachbearbeitung hinzugefügt, sagt Roma.

– Die Modalitäten für die Nachbearbeitung finden Sie in Ihrem Release-Vertrag, sagt eine Stimme aus der Gruppe der Assistenten, die sich wieder entspannt zu haben scheint.

– Ich finde, du bist noch schöner so, sagt Aston.

Roma lacht verlegen ihr SchoolGirlGiggle™.

Aston traut sich aufzustehen, den Sessel zu verlassen, geht um sie herum, im vorgesehenen Abstand.

Zum Abschied winkt sie ihm aus ihrem Sessel zu und zwinkert.

– Sie können froh sein, dass wir Sie nicht bei der Pressebehörde melden, sagt eine Assistentin, als die Hotelzimmertüre hinter ihm ins Schloss gefallen ist. Zum Glück für Sie hat Roma es nicht persönlich genommen. Andere wären da nicht so kulant.

Aston entschuldigt sich mehrfach, drückt ihre Hand.

– Schon gut, sagt sie schließlich beinahe mitleidig. Sie sind ja noch mal mit dem Schrecken davongekommen.

Während er im Aufzug nach unten fährt, gebe ich Romas Namen in die Suchmaske ein und betrachte ihren Körper in hundertfacher Ausführung. *Corpovitreose* steht in den Schlagworttags, *Glaskörper, Roma, Star, fragil, tödliche Krankheit*. Man findet auch den Release-Vertrag für ihre Bilder. Die Werkzeuge zur Erzeugung des Schimmereffekts sind im Detail aufgelistet, die Reihenfolge der Bearbeitungsschritte genauso wie Farb- und Lichtwerte, Pinselstärke und Transparenzgrad. Nicht bearbeitete Bilder werden von einem Datacleaning-Service vernichtet. Ob sie die Krankheit nur erfunden haben, frage ich mich plötzlich. Ob das alles nur eine gigantische Werbekampagne ist.

Der Gedanke überfällt mich, dass ich sie gerne anfassen würde, um zu sehen, ob sie zerbricht. Das Bild eines zersplitternden Körpers, blutiger Scherben auf dem Hotelteppich.

Sie hätten Roma anfassen sollen, schreibe ich Aston über unseren verschlüsselten Kommunikationskanal, ohne nachzudenken.

Über die Sicherheitskamera des Hotelaufzugs beobachte ich, wie er die Nachricht liest, den Kopf schüttelt und das Tablet dann in seine Hosentasche steckt. Seinem Gesichtsausdruck ist Ablehnung abzulesen. Er sieht sich im Aufzug um. Verschränkt die Arme vor dem Oberkörper. Seine Reaktion ist vollkommen verständlich. Er muss mich für taktlos und inkompetent halten. Warum habe ich ihm so etwas geschrieben?

Aston, tippe ich, um meinen irrationalen Impuls zurechtzurücken, *Riva braucht Ihre Hilfe*.

Er zieht das Tablet wieder hervor, liest meine Nachricht, steckt es zurück in die Tasche.

Sie braucht dringend Medikamente.

Diesmal hält er das Gerät etwas länger in der Hand, bevor er es in seiner Tasche verschwinden lässt. Er zögert.

Sie sehen selbst, wie dünn sie geworden ist. Dass sie nicht richtig schläft. Dass ihre Fitnesswerte sich rapide verschlechtert haben.

Ich meine in seinem Gesichtsausdruck einen Anflug von Besorgnis zu erkennen.

Sie sind der Einzige, der Zugang zu Riva hat. Dem sie vertraut.

Ich sehe ihn den Kopf schütteln, langsam von links nach rechts.

Aston, sie braucht Medikamente. Die ihrer Stimmung helfen. Ihrer Motivation. Ihrem Appetit. Ihrem Schlaf.

Der Aufzug ist in der Lobby angekommen, aber Aston bewegt sich nicht. Die Aufzugtüren schließen sich wieder. Aston hält die Mikrofonöffnung des Tablets an die Lippen und diktiert eine Antwort: *Nein*.

Wenn sie so weitermacht wie bisher, stirbt sie, schreibe ich.

Er steht im Aufzug, die Türen gehen auf und zu, weil kein Stockwerk gewählt wurde. Sein Blick ist nach innen gewandt. Er bewegt die Knie, als würde er auf der Stelle treten.

Wie stellen Sie sich das vor? Ich höre ihn leise diktieren, die Nachricht erscheint beinahe zeitgleich.

Ich lasse Ihnen ein Rezept zukommen, und Sie mischen das Medikament in Rivas Getränk. Am besten ins Wasser für die Eiswürfel.

Ein Mann betritt den Aufzug und drückt die Nummer eines Stockwerks. Aston drängt sich an ihm vorbei nach draußen. Er verlässt das Hotel mit schnellen Schritten, bis er außerhalb der Reichweite der Sicherheitskameras ist.

Okay, erscheint seine Nachricht wenige Sekunden später auf meinem Tablet. *Ich probiere es.*

15

– Ist es meine Schuld, fragt Aston.

Schuldgefühle Partner, notiere ich. Riva reagiert nicht. Sie sitzt am Fenster mit überkreuzten Beinen und beobachtet den Verkehr.

– Sag mir doch wenigstens, was ich falsch gemacht habe, Riva, und ich mache es wieder gut. Wenn du nicht endlich hingehst, entziehen sie uns die Wohnprivilegien.

– Von mir aus. Dann wohne ich eben woanders.

– Wir sind eine Credit Union, Riva. Meine Credits sind deine Credits. If you're going down, I'm going down.

– Das war deine Idee mit der Credit Union, sagt Riva.

Aston greift sich ins Haar und reißt so fest daran, dass sich einzelne Haare lösen. Er beugt sich zu Riva herunter, hält sie ihr vors Gesicht.

Sie beginnt zu lachen. Sie hebt den Kopf und sieht ihm direkt in die Augen, zum ersten Mal an diesem Tag, soweit ich mich erinnere, sogar zum ersten Mal seit Projektbeginn. *Augenkontakt*, notiere ich.

Aston öffnet die Faust, lässt seine Haare vor Riva auf den Boden fallen und geht. Er knallt die Studiotüre so stark hinter sich zu, dass sich ein Fotorahmen von der Stellwand löst und zu Boden fällt. Riva starrt den Rahmen an. Sie fixiert ihn eine knappe Minute lang mit steinernem Gesichtsausdruck, dann springt sie auf.

Innerhalb von Sekundenbruchteilen ist sie auf der anderen Seite des Raumes, holt aus und tritt hart gegen den Rahmen. Er knall gegen die Wand. Ein Riss geht quer durch die Display-oberfläche und teilt den Kopf auf dem angezeigten Bild. Es ist ein Foto aus Dancer_of_the_Sky™.

Riva greift nach der Stellwand, die ihr am nächsten ist, und wirft sie mit aller Kraft zu Boden. Rahmen schlittern über den Designboden. Die zweite Stellwand scheppert gegen die Wand, ein lautes Krachen lässt vermuten, dass sie an einer Stelle gebrochen ist, die man nicht sehen kann. Eine Wand nach der nächsten fällt, Splitter fliegen durchs Zimmer.

Ich sehe nicht, wie Aston hereinkommt. Er steht plötzlich mitten im Chaos, brüllt ihren Namen, aber sie hört nicht hin. Sie zertrümmert seine Digiframes mit einer Entschlossenheit und Systematik, die mich an ihre Trainingsvideos erinnert. Aston versucht nicht, sie abzuhalten, steht da und sieht ihr nur zu, so wie ich.

Riva lässt von den Stellwänden ab, wirft sich zu Boden, zieht ihre Fingernägel hart über die Oberfläche, bis sie zu bluten beginnt. Sie gibt keinen Ton von sich, aber ihr Gesicht ist wutverzerrt. Die Zähne aufeinandergepresst, die Mundwinkel nach hinten gezogen. Ihr Rock ist eingerissen und nach oben gerutscht, so dass er kaum die Oberschenkel bedeckt. Die Bluse, die zuvor in den Rock gesteckt war, hängt an einigen Stellen heraus.

Aston sieht ihr zu, als habe er jede Verbindung zu sich selbst verloren, und sogar als er sie schließlich doch umfasst und zu sich zieht, geht sein Blick über sie hinweg, streift die umgefallenen Möbel, die Splitter, die Blutspuren. Riva windet sich aus seinem Griff, lässt sich fallen, bleibt liegen.

Ich zoome heran, bis ich nur noch Aston sehe, seinen starren, leeren Blick, der irgendwo an der gegenüberliegenden Wand endet. Ich sehe, wie sich gleichzeitig aus beiden unteren

Augenlidern Tränen lösen und über sein Gesicht laufen. Intuitiv bewegt sich meine Hand zum Monitor. Ich ziehe sie zurück und diktiere eine Nachricht: *Wir müssen die Medikation anpassen.*

Zunächst reagiert er nicht auf das Summen seines Benachrichtigungstons, dann holt er das Tablet doch hervor.

Riva am Boden sieht beinahe aus, als würde sie schlafen.

Nein, schreibt Aston. *Ich mache nicht mehr mit. Ich gebe ihr nichts mehr.*

Ich sende ihm Links zu Studien, die die Wirksamkeit der Medikamente belegen. Ich markiere die Stellen, die von der Anfangsperiode sprechen, die zur Einstellung der Medikamente benötigt wird, bis zum Eintritt der Wirkung.

Nein, schreibt Aston.

Dann lässt er sein Tablet neben Riva auf den Boden fallen und geht.

In der Nacht erscheint mir Riva als schnaubende Gestalt. Ich öffne die Augen und sehe sie wenige Schritte von mir entfernt am Boden kriechen. Sie bäumt sich auf wie ein Tier, hechelt, bohrt ihre Finger in den Vinylboden meines Apartments, bis sich die Fingernägel lösen und die Knochen hervorscheinen.

Ich erwache, mein Atem rast, mein Körper ist von Angst eingeschlossen. Ich finde den Lichtschalter, doch auch im warmen orangegelben Licht der Nachttischlampe beruhigt sich mein Puls kaum. Ich zähle die Sekunden meines Atems und zögere ihn hinaus, bis sich Zeit und Raum normalisiert haben. Bis ich weiß, wo ich bin und was passiert ist.

Die Wucht der fremden Wut klebt an mir wie Schweiß. Es fühlt sich an, als sei sie direkt auf mich gerichtet, als sei ich allein ihr Ziel, Hitomi hinter dem Monitor. Und dann erkenne ich das Gefühl. Rivas Wut ist Andorras Wut, die mit der Faust an die Wand schlägt und einen dumpfen Ton erzeugt, der in mir widerhallt. Rivas Finger sind zu Andorras Faust gebogen und schlagen an die Schlafraumwand im Institut. Rivas zusammengepresste Lippen sind Andorras aufgerissener Mund, der Scheiße, Scheiße, Scheiße schreit, aus dem Speichel rinnt, der sich mit Tränen und Rotz vermengt, während ihre Faust gegen die Wand schlägt, bis die Haut an den Fingergelenken Risse bekommt und winzige Tröpfchen Blut am Putz zurückbleiben. Bis sie auf ihr Bett sinkt und sich unter der Decke vergräbt und alles still ist. Wie oft habe ich Andorra in den Monaten vor ihrem Verschwinden so außer sich gesehen, plötzliche Anfälle von unkontrollierbarem Furor, und mich verantwortlich gefühlt, sie angefleht, dass sie aufhört.

Andorras Werte auf der Adaptionsskala waren immer niedriger als meine. Aber zuletzt sanken sie unter die Minimalwerte. Bei unseren wöchentlichen Erfolgskontrollen bekam sie regelmäßig Strafpunkte und Zusatzaufgaben. Man drohte ihr mit Ausweisung, und ich hatte Angst, dass es nicht nur eine leere Drohung war, wie Andorra behauptete. Eine hohe Anpassungsfähigkeit sei essenziell, um im Leben Erfolg zu haben, sagte man uns immer wieder.

Ich erinnere mich, wie Andorra lachte und mit den Schultern zuckte.

– Was soll ich machen?, sagte sie. Ich bin, wie ich bin.

Unsere Trainer sahen das anders. Es war eine der Grundüberzeugungen des Instituts, dass Persönlichkeit veränderbar war. Man müsse nur hart genug an sich arbeiten. Während Andorras Anpassungswerte sich verschlechterten, wurden meine stetig besser. In meinem Abschlusszeugnis erreichte ich den Höchstwert meiner Klasse.

16

Rivas Tagebuch-App ist entschlüsselt. Der Datenanalyst hat insgesamt zweihundertneunundsiebzig Textdateien hochgeladen, die von Riva verfasst wurden. Seine Recherchen zeigen, dass sie kurz vor ihrem Vertragsbruch alles löschen ließ.

Es handelt sich um Einträge aus den letzten fünf Jahren. Auf der Usergrafik lassen sich Phasen erkennen, in denen Riva täglich, manchmal sogar mehrmals täglich Gedanken und Erlebnisse notierte, dann wieder verfasste sie monatelang keinen einzigen Eintrag.

Die Auswertung hat neue psychometrische Daten geliefert. Eine starke Veränderung der Psychografik Rivas innerhalb der letzten zwei Jahre, die in vielen Punkten der Analyse der Mediendaten widerspricht. Die Kehrseite ihres extensiven Mediencoachings ist vielleicht, dass es Riva über einen gewissen Zeitraum gelungen ist, ihr öffentliches Persönlichkeitsbild zu manipulieren.

In den ersten drei Jahren der App-Nutzung entsprechen Rivas Einträge dem Bild, das sie auch nach außen hin vermittelte. Doch danach verändern sie sich drastisch, die Texte werden notizenhaft und unzugänglicher. Riva erscheint weniger ausgeglichen, aufbrausender, nicht mehr so zielorientiert. Ihr Leistungswille, ihre Selbstdisziplin und Freude am Wettbewerb gingen zurück. Statt Beschreibungen ihres Trainingsfortschritts erstellte sie immer häufiger durchnummerierte Listen mutmaßlicher Erinnerungen, deren Zweck nicht erkennbar ist.

Archiv-Nr: LK1514_a-l

Dateityp: SuperSecretOnlineDiary™

User: @GoKarnovsky (Riva Karnovsky)

relevantes Sample für Schlagworte *Neurotizismus – Motivationsdefizit – Aggression – Frustration – Ängste – Pessimismus – Passivität – verminderte Stressbewältigung – eingeschränkter Leistungswille – psychosomatische Symptome – Nostalgie*

Sample_jk6h1

Blausilbern. Wie das Metallmeer. Wie das Flimmern der Online-Sternschuppe, 17 CP, aber es lohnt sich, es lohnt sich wirklich. Blausilbern und nicht aquaorange. Der Investor will den blausilbernen Anzug. Der Investor WILL den BLAUSILBERNEN Anzug. Der Investor ist sauer, weil ich den falschen Anzug anhabe beim Media-Training. 250 CP Strafe. Dom hat einen roten Kopf. Ob ich nicht lesen kann.

Sample_jk6h2

Akribie und Sorgfalt. Akribie und Sorgfalt. Akribie und Sorgfalt. Akribie und Sorgfalt. Akribie und Sorgfalt. Akribie und Sorgfalt.

Sample_jk6h3

1. Die Pflanzenarme im Beton. Das Haus ist grau. Grünlich grau oder bläulich grau. Ein rechteckiger Kasten mit rechteckigen schwarzen Fenstern. Von unten wachsen Pflanzen ins Haus. Sie kommen aus den Fenstern oder wachsen von außen hinein.

2. Das Mädchen. Das Mädchen dreht sich im Kreis. Es ist absolut dunkel. Das Mädchen hält Wunderkerzen und dreht sich, hört nicht auf, sich zu drehen. Eine Schwester? Wahrscheinlich nicht. Wo ist sie hergekommen, und wo ist sie jetzt?

3. Die Mauer. Sie ist schmutzig und klebrig. Jemand hat sie

an einigen Stellen sauber gemacht und kleine Menschen mit blauer und grüner Farbe darauf gemalt. Wenn ich mehrere Schritte zurückgehe und meinen Kopf hebe, kann ich einen schmalen Streifen Stadt dahinter sehen. Die höchsten Gipfel der Wolkenkratzer mit ihren leuchtenden Fenstern. Die Stadt liegt hinter dem Nebel. Sie beleuchtet den Nebel von innen. Sie sieht verwischt aus, unscharf.

4. Die Frau. Ich kann ihr Gesicht nicht sehen. Sie hält ihren Arm über die Augen, weil sie in die Sonne schaut. Im Hintergrund die grauen Häuserblöcke mit den schwarzen Fenstern. Die Frau ist streng und aufrecht.

5. Brennen auf der Haut. Hitze und Staub. Atmen ist schwierig, als ob nicht genug Luft in der Luft wäre.

Sample_jk6h4
Vermeide folgende Themen: Politik, Religion, Sexualität. Vermeide persönliche Meinungen, Witze, Gerüchte. Vermeide scharfe Kanten. Vermeide die direkte Sonneneinstrahlung. Vermeide das Gefühl von Ausweglosigkeit. Vermeide die äußeren Distrikte. Vermeide die Berührung von ungewaschenen Händen. Vermeide Make-up-Marken, mit denen keine Marketingverträge bestehen. Vermeide zusammengekniffene oder zu weit geöffnete Augen. Vermeide den Signature Triple Turn bei schlechter Windlage. Vermeide Selbstüberschätzung, sonst bist du Worm Food, sonst müssen sie dich mit dem Schaber vom Boden kratzen.

Sample_jk6h5
Strafabgabe wegen Verletzung des Team Spirits, bald hab ich keine Credits mehr. Du hast eine Vorbildfunktion, verdammt noch mal. Ich hab gelacht, weiß auch nicht warum, hab mich

so hilflos gefühlt. Stella hat eine Verwarnung für die Verletzung der Hygieneregeln bekommen, weil sie ihren Tampon mehr als vier Stunden nicht gewechselt hat.

Sample_jk6h6

1. Die Bühne in den Peripherien. Treppen, die man hinaufsteigen muss. Startnummern, Listen, in denen mein Name steht. (Konnte ich da also schon lesen?)

2. Eine Person, die mir ins Ohr flüstert: Gib dir Mühe. Gib dein Bestes. Das ist deine Chance. Der Rest der Person ist nicht mehr da, ihr Gesicht, ihre Hände. Nur ihre Stimme.

3. Stolpern und Auffangen. Blut, das mir heiß in den Kopf schießt. Ich stolpere und ich lächle, ich lasse den Kopf nicht sinken. Ich fange mich auf, wie ich es gelernt habe.

Sample_jk6h7

Das Mädchen mit den kurzgeschorenen Haaren schreit: You're famous! Direkt aus den Peripherien, kahlrasiert für den Transport. Glück in ihren Augen. Ich sehe, wie sie mich sieht, und dann ihr Schrei. You're famous! Ich gebe ihr eine Autogrammkarte. Sie wippt auf und ab. Die Freude, die sie vergossen hat, als ich zu ihr hinüberging, umgibt sie wie eine Lache.

Sample_jk6h8

Ich kriege das Bild nicht los, wie Lava aufprallt. Wir hatten Post-Fatality-Training und haben Blocker bekommen. Aber ich kann nicht aufhören, an sie zu denken. Der Wind war eigentlich gut. Dom meint, sie hat beim Packing geschludert. Es gibt ein Gerücht, dass es ein Technical Fail war. Fehlfunktionen beim neuen Modell. Ich frage mich, was sie gedacht hat, als sie gemerkt hat, dass sie es nicht schafft. Ob sie von sich enttäuscht war.

Sample_jk6h9

Als ob mein Blut Feuer gefangen hat und mich von innen ausbrennt. Dom erzählt immer jedem, dass ich nie krank werde. Ich hab ihm gesagt: Dom, es tut mir leid, dass ich jetzt krank bin. Wirklich.

Sample_jk6h10

1. Dom, wie er mich vom Transport abholt und durch die Akademie führt. Er sagt: Das ist dein neues Zuhause. Freust du dich? Ich bin ganz berauscht.

2. Doms Büro vor dem Frühtraining, und ich sage: Weißt du noch, damals, als ich angekommen bin und du mich abgeholt hast? Und er nickt und lächelt, und plötzlich ist alles wieder gut zwischen uns.

Sample_jk6h11

Ich finde den Off-Schalter nicht. Nur beim Springen kein Geräusch, totale Stille, nur das Graublau des Himmels und die Stadt unter mir.

Sample_jk6h12

1. Eine Frau, die tanzt, zwei Kinder. Auf der Straße, im Sprühregen einer Bewässerungsanlage. Der feuchte Stoff an ihrem wuchtigen Leib, ein kleiner Finger, der sich krümmt. Ihr Mund offen. Wasser auf der Unterlippe. Die Asymmetrie des lachenden Gesichts. Ein Kind streckt ihr die Hand entgegen, sie nimmt sie und wirbelt es im Kreis umher.

2. Kreisrunde Löcher im Smog, durch die das Sonnenlicht dringt. Lichtkegel, die wie Suchscheinwerfer auf trockenes Land fallen. Darum ist alles schwarz, nur diese Flecken vom Licht ausgewählt.

3. Das Geräusch des Regens. Offene Straßen. Erdrutsche. Regen, der nie aufgehört. Trommeln auf dem Dach. Ich bin eingeschlafen im Regen, unter dem Regen. Wenn ich jetzt im Bett liege und nicht schlafen kann, sehne ich mich nach diesem Geräusch. Vielleicht sollte ich mir eine dieser Soundfiles herunterladen, die Naturgeräusche simulieren, damit ich einschlafen kann.

17

– Ich bin nicht einverstanden mit Ihrer Diagnose, sagt Master.

Ich versuche, meine Verunsicherung zu überspielen, indem ich eine Falte in meiner Bluse gerade ziehe. Nach der erfolgreichen Tagebuchanalyse habe ich mit Lob gerechnet, mit zusätzlichen Credits.

– Sie meinen die Auswertung der Tagebuchdaten? Das ist ja noch keine Diagnose per se.

– Die Investoren werden Ihren Bericht als Diagnose verstehen. Dom Wu hat ausdrückliche Angaben dazu gemacht, welche Begriffe nicht in den Berichten vorkommen dürfen, um ein Schadensersatzverfahren gegen die Akademie auszuschließen. Burnout steht auf der Blacklist.

Masters Topfpflanze ist verschwunden. An ihrer Stelle befindet sich nun eine kleine goldene Buddha-Statue, davor mehrere Schälchen mit Opfergaben und Räucherstäbchen, die nicht angezündet wurden.

– Es sind die Ergebnisse der Analyse der psychometrischen Daten, sage ich.

– Ändern Sie sie ab.

– Ich verstehe nicht, was die Ergebnisse mit Dom Wu zu tun haben.

– Frau Yoshida, Burnout ist keine valide Diagnose. Frau Karnovsky hat im Rahmen ihres Trainingsprogramms diverse Glücks- und Resilienztrainings absolviert, weit mehr, als die Gesundheitsbehörde empfiehlt. Die Akademie implementiert ein rigides Mindfulness-Programm. Riva Karnovsky hat in ihren

Aptitude Tests immer hohe Resilienzwerte erhalten. Ihre Diagnose ist veraltet und schlichtweg unlogisch, Frau Yoshida. Riva Karnovsky ist gerade mal vierundzwanzig Jahre alt. Das wäre, wie wenn Sie sich selbst mit Burnout diagnostizieren würden. Frisch aus der Ausbildung. Noch kein Jahr auf dem Arbeitsmarkt.

Im Studium lernten wir, Resilienztrainings zu leiten. Unsere Klienten Manager wie Master, die sich auf einem Bein durch den Raum bewegten und dabei Bleistifte auf dem Kopf balancierten. Um nachzuvollziehen, wie es ist, unsicher zu sein. Die Balance zu verlieren. Die Kontrolle. Sie nahmen die Übungen ernst, wie sie alle Aufgaben, die ihnen beruflich auferlegt wurden, ernst nahmen. Gingen, nachdem der Bleistift gefallen war, noch fokussierter ans Werk. Aber uns allen war klar, dass die Übung auf sie absurd wirken musste. Keiner der Männer und Frauen, die wir trainierten, und besonders nicht wir selbst konnten uns einen realen Balanceverlust vorstellen. Dafür arbeiteten wir zu gewissenhaft an unserer Stabilität.

– Das Ergebnis hat mich auch überrascht, wenn ich ehrlich bin, sage ich. Vielleicht müsste man die Daten noch mal überprüfen.

Masters Mimik verändert sich sofort. Ich atme durch. Ich möchte im Mitarbeiterranking nicht noch weiter absinken. Ich konzentriere meinen Blick auf die Buddha-Statue, um mich selbst zu zentrieren.

– Vielleicht könnte man stattdessen von einer nostalgischen Episode sprechen, sage ich. Karnovsky erwähnt in ihren Tagebucheinträgen immer wieder Kindheitserinnerungen. Man könnte es mit einer altersbedingten Hormonveränderung be-

gründen, die eine vorübergehende Persönlichkeitsstörung verursacht hat.

Master nickt zustimmend.

– Okay, sagt er. Das klingt gut. Welche Maßnahmen leiten
Sie daraus ab?

– Wir müssen einen direkteren Zugriff auf die Zielperson
bekommen, sage ich. Wir brauchen eine Person vor Ort. Jemand, mit dem sie bereit ist zusammenzuarbeiten.

Masters erwartungsvoller Blick lässt mich für einen Moment unsicher werden.

– Ich habe da eine Einsatzperson im Kopf, sage ich, die vielleicht funktionieren könnte. Es ist eine eher unkonventionelle
Idee.

– Ah?

Ich zögere, bevor ich ihm mit betont fester Stimme mein
Vorhaben erkläre. Ab und zu nickt er. Aber sein Blick bleibt
kritisch.

Es ist seltsam, wie oft ich in Masters Büro an das Leitungsbüro des Childcare-Instituts denken muss. An meinen Biovater.
Soweit ich mich erinnern kann, hatte mein Vater äußerlich
nichts mit Master gemeinsam. Er war ein hochgewachsener
Mann mit dunklen Augen, der sich in ruhigen, bedachten Bewegungen ausdrückte. Nicht wie Master, der trotz seines rigi-
den Mindfulness-Programms immer aufgeregt wirkt, bei Gesprächen auf seinen Zehen wippt und sich ständig im Raum
umherbewegt. Was sie verbindet, begreife ich, ist nicht ihre
Ähnlichkeit, sondern meine Reaktion auf sie. Wie bei meinem
Vater habe ich bei Master das Gefühl, ihn bereits enttäuscht zu
haben, wenn ich sein Bürozimmer betrete. Das Gefühl einer
grundlegenden Unzulänglichkeit, die durch nichts auszuglei-
chen ist.

18

Der Junge sieht genauso aus wie auf seinen Headshots. Schmal und knabenhaft. Zarte, braune Haut. Die Gesichtszüge weich, wandelbar. Mit der richtigen Kleidung könnte man ihn zu praktisch jedem machen. Einem zwölfjährigen Mädchen. Einem erwachsenen Geschäftsmann, einer Flugbegleiterin, einem Tänzer. Bei Family Services™ wird er in der Alterskategorie zehn bis achtzehn eingesetzt.

Ich kenne ihn als Zarnee. Er hat viele Screennamen. Viele Message-Accounts. Und den Blog.

Er bewegt sich fließend, als gäbe es keinen Luftwiderstand und keine Schwerkraft. Bereits als sehr kleines Kind hat er Ballett trainiert, bis es ihm plötzlich langweilig wurde. In seinem Blog beschreibt er die mehrjährige Episode mit einer Nonchalance, die man für unglaubwürdig halten würde, steckte nicht in jedem seiner Worte eine solche Aura von Authentizität. Nichts wirkt erfunden. Seine Videobeiträge anzusehen ist, als würde man ein vertrauliches Gespräch mit ihm führen, in gedämpftem Ton, vornübergebeugt. Auge in Auge.

Als Kind trainierte er ein Jahr lang von morgens bis abends, er schnitt in den Castings sehr gut ab. Es hätte nicht mehr viel gebraucht. Dann plötzlich entschied er sich anders, blieb in den Peripherien, begann zu bloggen. Eine Zeitlang bereitete er sich für die Science-Castings vor, studierte in Eigenregie Mathematik und Physik. Aber auch das begann ihn zu langweilen. Er bestand eine Reihe von Prüfungen, wurde in die A-Level-Castings versetzt. Erreichte sogar einen LCM™. Aber er kam der Einladung nicht nach, sein Akademieplatz verfiel. Seit acht Jahren arbeitet er bei Family Services™. Die Einkünfte daraus müssten laut seiner Creditscore schon lange ausreichen, eine Stadtwohnung zu beziehen. In seiner Auftragshistorie bei Family Services™ sind insgesamt fünfhundertsiebzehn Einsätze verbucht.

Als ich ihn über die Sicherheitskamera der Gebäudefront kommen sehe, weiß ich sofort, dass ich die richtige Entscheidung getroffen habe. Es regnet, die Kurzparkanlage ist grau und widerlich. Die Kurierfahrer in ihren Regenmänteln ununterscheidbar, wie sie aus den Wagen mit schnellen Schritten zum Eingang laufen. Nur er geht langsam, gemächlich. Ohne Schirm oder Mantel. Als mache er einen nachmittäglichen Spaziergang in einem der Stadtparks.

Als ich seine regenfeuchte Hand schüttele, bleibt meine klamm zurück.

Er setzt sich ohne Aufforderung in meinen Sessel. Wir befinden uns im gleichen Therapiezimmer, in dem ich mich mit Aston getroffen habe. Es ist Zufall, dass gerade dieser Raum frei war.

Ich setze mich ihm gegenüber in den Klientensessel. Master wird mich später dafür rügen. Aber jetzt, da ich endlich eine vielversprechende Maßnahme gefunden habe, die durchschlagende Ergebnisse verspricht, mache ich mir wenig Sorgen angesichts der Sitzplatzverteilung.

– Ich mache es nur, weil es so absurd ist, sagt Zarnee. Es ist das erste Mal, dass ich eine Anfrage bekommen habe und sie zweimal lesen musste, weil ich so überrascht war.

– Das freut mich.

– Ich bin sonst kein Stadtfan, sagt er. Sie haben ja meinen Blog gelesen. Ich habe schon viele Angebote bekommen, die besser bezahlt waren. Aber das ist das einzige, das ich mir ernsthaft überlegt habe.

Ich nicke und lasse ihn reden. Er macht den Eindruck, einiges loswerden zu wollen.

– Ich kenne Riva, sagt er. Ich habe ihre frühe Karriere verfolgt. Sie ist etwas Besonderes. Sie ist kreativ. Sie ist nicht eine dieser Springerinnen, die nur Standardfiguren perfektionieren. Die immer nur das ausfüllen, was ihnen vorgegeben wurde. Egal, wie gut man etwas macht, wenn es nur ein Ausfüllen der Vorstellung eines anderen ist, ist es sinnlos. Perfektionismus ist kein Kompliment. Keiner will das zugeben, aber es stimmt. Was zählt, ist Kreation.

Er sieht mich an, als sei die Kritik auf mich persönlich bezogen. Sein Blick ist eindringlich. Ich bin es nicht mehr gewohnt, jemandem direkt in die Augen zu sehen, ohne Monitor.

– Wir haben unterschiedliche Motive, sagt er, aber wir wollen das Gleiche. Ich möchte in einer Welt leben, in der es nur Springerinnen wie Riva gibt, und Sie möchten Ihre Sponsorenverträge erfüllen. Wir treffen uns nicht in der Mitte, Ihre Verträge sind mir scheißegal. Aber ich helfe Ihnen trotzdem, weil ich Riva treffen will. Weil ich sie wieder von einem Hochhaus springen sehen möchte und ihr Ding machen. Auf jeden Fall soll sie nicht in ihrer Wohnung herumhocken wie ein eingepferchtes Schwein. Wir haben so wenig Zeit, finden Sie nicht? Die sollten wir zum Leben nutzen.

Ich nicke und lächle. Ich lehne mich zurück. Er setzt wieder zu sprechen an. Er hat etwas beinahe Manisches an sich, das ansteckend ist. Ich fühle mich wacher als zuvor.

– Ich habe keine ethischen Bedenken, sagt er, als antworte er auf eine Frage. Man kommt nicht weit, wenn man sich an Regeln hält, legale wie moralische. Ich weiß, dass Sie mir nicht zustimmen, dass Sie sogar das Gegenteil vertreten, aber das ist mir egal. Es geht mir nicht darum, die Menschen um mich herum zu erziehen, verstehen Sie. Die Welt lässt sich nicht retten. Aber einzelne Menschen schon. Die kann man noch aus ihrer Misere herauslocken und sie »reanimieren«, wie Sie so schön sagen.

– Aus ihrer Misere herauslocken, sage ich. Auch eine interessante Formulierung. Die könnte ich für meinen Investorenreport verwenden.

– Bitte nicht, sagt er, dann würde sie ihre ganze Bedeutung verlieren.

Ich lache, um einen Anflug von Unmut zu überspielen. Sein Blick sagt mir, dass er ihn trotzdem bemerkt hat. Seit er das Zimmer betreten hat, hat er den Blick nicht von mir abgewandt.

– Was ich sagen will, schiebt er nach, ist: Sie haben Ihre Motive und ich meine, aber wir sind uns einig. Ich unterschreibe Ihren Vertrag, und Sie funken mir nicht hinein. Lassen Sie mich machen. Ich weiß, was Ihr Ziel ist, und ich halte mich daran. Sie können sich auf mich verlassen.

Er hält mir seine Hand hin.

Ich schüttele sie kurz, dann gebe ich ihm das Tablet mit den Vertragsbedingungen und zeige ihm, wo er seinen Fingerabdruck hinsetzen und wo er unterschreiben muss.

– Wollen Sie es noch mal durchlesen?

– Nein.

– Die Maßnahme wurde juristisch genehmigt. Sie werden in den nächsten Tagen einziehen.

Er erhebt sich und dreht sich zur Tür, ohne mir noch einmal die Hand zu schütteln.

– Ihr Blog, sage ich, als er schon beinahe hinter der Türe verschwunden ist.

– Ja?

– Ist das wirklich alles so passiert?

– Ist das wichtig?

– Es gibt einem so ein Gefühl, sage ich, von Authentizität.

Der Junge nickt und schließt die Türe hinter sich.

Ich verfolge seinen Gang aus dem Gebäude über die Sicherheitskameras. Er geht genau wie zuvor, gemächlich, schlendernd, tänzerisch. Als er über den Parkplatz verschwindet, hat es aufgehört zu regnen, aber an ihm ist kein Unterschied zu erkennen. An einer Stelle springt er über eine Pfütze, die sich in der Mitte des Platzes gebildet hat. Ich schreibe eine Nachricht ins Hausmeisterforum, dass sich dort eine Unebenheit befindet. Im Screenshot des Parkplatzes, auf dem ich die Stelle markiere, ist er noch am Rand zu sehen, eine schmale Figur ohne Mantel.

19

Riva betritt das Verwaltungsgebäude um 8 Uhr 23. *Zögerliche Schritte*, notiere ich und in der Kommentarspalte: *Unsicherheit, Sorge.*

Fast möchte ich ihr über die vielen Straßen und Häuser hinweg, die zwischen uns liegen, einen Stups geben. Aufmunternd, um den Prozess zu beschleunigen.

Aston hat Riva am Vortag angefleht, der Reduktion der Wohnraumprivilegien nicht zuzustimmen, Widerspruch einzulegen. Wenigstens ein bisschen Zeit zu schinden, bis sie sich eine Alternative überlegen können, eine Lösung.

– Was soll das sein, hat sie gefragt, nicht sarkastisch, sondern müde. Eine Alternative?

– Ich habe den neuen Auftrag, hat Aston gesagt. Roma für Celeblife.corp. Der Termin ist nächste Woche. Meine Agentur erhofft sich viel davon. Ich könnte einen höheren VIP-Status bekommen.

Ihr Lachen hat er persönlich genommen, er ist aus dem Zimmer gestürmt und hat sich bis zum nächsten Morgen nicht mehr blicken lassen.

Auf den Gängen der Behörde sind nur wenige Menschen unterwegs, Riva checkt den Gebäudeplan, nimmt einen Aufzug. Sie kreuzt das Gebäude, muss an einer Stelle ein Stück des Weges zurückgehen. Irgendwo hat sie eine Abzweigung verpasst. Sie sagt die Zimmernummer wie ein Mantra leise vor sich hin, anscheinend ohne es zu merken. *1222B, 1222B, 1222B.* Sie wirkt abwesend, fahrig.

159

Im Zimmer setzt sich Riva auf den vorgesehenen Stuhl. Sie blickt in die Kamera, die ihr gegenübersteht. Ihr Blick unterscheidet sich von ihrem Blick in die unsichtbaren Kameras in ihrer Wohnung, der zufällig geschieht, unbewusst. Hier durchdringt er mich. Riva starrt mich an, als wüsste sie, wer am Monitor sitzt. Hinter einem Anflug von Trotz in ihren Augen auch hier Unsicherheit, deutlich sichtbar. Ich frage mich, ob sie die Situation an ihre ersten Interviews erinnert, in denen sie ihr Unbehagen noch nicht verbergen konnte.

Einer der Beamten aus dem Reassignment-Büro startet das Programm aus seiner Dienststelle vier Distrikte weiter.

– Nennen Sie bitte Ihren vollen Namen und Ihre Identifikationsnummer.

– Riva Zofia Karnovsky, MIT 2303 1151 8600.

Die computergenerierte Stimme ist genderneutral, um Klagen vorzubeugen.

– Sie verstehen in vollem Umfang, warum wir Sie vorgeladen haben?

– Ja.

– Möchten Sie Berufung einlegen?

– Nein.

– Dann erklären Sie sich mit der Reduktion Ihrer Wohnprivilegien aufgrund nicht erbrachter Leistungen einverstanden?

– Ja.

– Dies betrifft ihren Wohnraum im District 2B, Gebäude 7662, Apartment 14C, den Sie zurzeit mit Aston Lieberman, Identifikationsnummer KLT 2307 4423 0010, teilen, richtig?

– Ja.

Antworten eindeutig und schnell, Reaktionszeit unter 150 Millisekunden, tippe ich. *Karnovsky möchte die Sitzung schnell hinter sich bringen.*

Ich bin froh, dass sich Riva meinen Prognosen entsprechend verhält und keine Resistenz zeigt. Meine Maßnahme baut auf Rivas Anpassungswillen.

Einleitung der Maßnahme erfolgreich, notiere ich im Tagesprotokoll. Ich habe ein gutes Gefühl.

– Verfügen Sie außerdem noch über weitere Wohnraumprivilegien?

– Nein.

In ihrem Medientraining an der Akademie wurden Riva Einwortsätze dieser Art abtrainiert. Im Verhaltenshandbuch sind folgende Interviewregeln besonders hervorgehoben: *Nie einsilbig antworten! Immer volle Sätze formulieren, selbst wenn der Interviewer Fragen stellt, die mit Ja oder Nein beantwortet werden könnten. Jede Antwort muss medial verwertbar sein.*

– Möchten Sie ein offizielles Statement abgeben?

– Nein.

Meine Prüfung der Nutzerkommentare hat gezeigt, dass die Öffentlichkeit die mechanische Art, mit der Riva in ihren letzten Interviews vor dem Vertragsbruch ihre Antworten aufsagte, niemanden störte. Nur in Doms Wochenreports ist vermerkt, dass er sie anhielt, an ihrer Energie in Interviews zu arbeiten.

– Die Reassignment-Maßnahmen werden in den nächsten Tagen eingeleitet, kommt die Mitteilung aus dem Lautsprecher des Verwaltungscomputers. Wir werden Sie elektronisch über die genauen Auflagen informieren. Bitte signieren Sie hier.

Riva setzt ihre Initialen mit dem Touchpen in das aufleuchtende Formularfeld auf dem Monitor und hält alle Finger über ihren digitalen Fingerabdruck, bis ein Häkchen erscheint.

– Wir wünschen Ihnen einen schönen Tag.

Nach dem Identitätsabgleich bleibt Riva einfach auf ihrem Stuhl sitzen, ihr Blick in die Kamera ist abwesend.

Als sich Riva nicht bewegt, beginnt mein Puls zu steigen. Ihr Verhalten ist widersinnig. Es kommt mir nicht vorsätzlich vor, sondern wie eine Systemstörung.

– Bitte verlassen Sie das Gebäude über die ausgeschilderte Route.

Riva bewegt sich nicht. Es wirkt, als habe eine allesumfassende Müdigkeit von ihrem Körper Besitz ergriffen. Was wird passieren, wenn sie einfach bis zum Ende des Tages hier sitzen bleibt, den Raum blockiert, die Ablaufstruktur stört. Man wird mich dafür verantwortlich machen.

Ich gehe vor meinem Monitor auf und ab, zähle die Sekunden. Ich hoffe, dass Master nicht eingeloggt ist und das Geschehen live verfolgt.

– Bitte verlassen Sie das Gebäude über die ausgeschilderte Route.

Nach genau fünfunddreißig Sekunden erhebt Riva sich, mit zitternden Beinen. Im Gang steuert sie auf die Toiletten zu und spritzt sich kaltes Wasser ins Gesicht, setzt sich in einer Kabine auf den geschlossenen Klodeckel.

Ich lasse mich auf meinen Bürostuhl sinken, atme durch.

Die Sitzung ist eine Anstrengung gewesen für Karnovsky, schreibe ich in meinen Report. *Alleine das Verlassen der Wohnung kostet sie überdurchschnittlich viel Energie. Sie ist es nicht mehr gewohnt, sich in der Öffentlichkeit zu bewegen.*

Good work today, erscheint kurz danach auf meinem Bildschirm, *HMM.*

Ich speichere die Nachricht in meinem persönlichen Archiv und lehne mich zurück. Ich komme nicht umhin zu lächeln. Die Freude über Masters Anerkennung erfüllt mich bis in die Fingerspitzen.

Ich sehe Riva zu, wie sie auf dem Klodeckel sitzt und lang-

sam und bewusst atmet, aus ein aus ein, wie sie es im Sprungtraining gelernt hat. Unwillkürlich passt sich mein Atem ihrem
an.

Als sie wieder in die Wohnung zurückkommt, wartet Aston bereits auf sie.

– Was haben sie gesagt?, fragt er.

Er wirkt nervös. Die Kamera hängt nicht um seinen Hals,
sondern liegt auf dem Boden neben einem Sessel.

– Nichts, sagt Riva.

Sie ist sichtlich irritiert von Astons Interesse. Seine Augen
folgen jeder ihrer Bewegungen, ihrem Gang zur Küchenzeile, ihrem Griff zum Regal. Wie sie mit wenigen Handgriffen
Eiswürfel und Gin in ein Glas gibt.

– Willst du auch einen?

– Riva, was haben sie gesagt?

– Nichts.

– Das kann doch nicht sein. Sie laden dich doch nicht vor,
ohne dir etwas sagen zu wollen.

– Ich musste was signieren.

– Was?

Sein Gesichtsausdruck ist auf kindliche Weise ängstlich.
Riva scheint seine Nervosität nicht wahrzunehmen. Sie ist in
sich gekehrt, nippt an ihrem Drink, geht langsam zum Fenster.

– Was musstest du signieren?

– Was geht dich das an?

Riva hat den Satz lauter gesprochen, als sie es wahrscheinlich geplant hatte.

– Was geht mich das an? Wir haben eine Credit Union, Riva.

– Dann lös sie doch auf, Aston.

20

Ein Benachrichtigungston holt mich aus meinen Gedanken. Riva hat sich seit mehreren Stunden fast nicht bewegt, und ich bin bei der Observation immer wieder abgedriftet. Riva reagiert zunächst nicht auf den Klingelton, der aus ihrem Tablet auf dem Wohnzimmertisch dringt. Es ist der Standardton für den Türsummer des Apartments. Vermutlich rechnet sie damit, dass Aston den Öffner vom Studio aus bedient. Beim vierten Klingeln erhebt sie sich langsam. Aston hat vor drei Stunden die Wohnung verlassen.

Beim Aufstehen sieht man ihr die fehlende Bewegung der letzten Wochen an, sie erhebt sich schwerfällig vom Boden, braucht beide Hände.

Der Junge betritt den Raum. Er trägt eines seiner Outfits von Family Services™. Ein einfaches T-Shirt und Jeans. Wie verabredet, neutral, um Riva nicht zu überfordern. Seine Haare hat er nicht wie im Alltag gegeelt. Sie sind leicht lockig, etwas verwuschelt, aber nicht wild. So hergerichtet, wirkt er sehr jung. Riva wird ihn vielleicht auf vierzehn schätzen.

– Hey, sagt er.

Seine Stimme klingt weich, anders als im Einstellungsgespräch. Wohlwollender.

Riva mustert ihn stumm, fährt sich abwesend mit der Hand durch die ungewaschenen Haare. Der Junge schaut sich im Raum um, tastet mit dem Blick die wieder aufgebauten Fotostellwände ab, die Fotografien, eine nach der anderen. Er nimmt sich Zeit. Blickt zwischen Rivas Bild und Riva hin und her.

Dann zieht er einen Rollkoffer in die Wohnung, ein monströses Ungetüm, das unproportional wirkt neben seinem schmalen Jungenkörper.

Er streckt Riva die Hand hin.

– Zarnee, sagt er.

– Aston ist nicht da.

Rivas Stimme klingt belegt und heiser.

– Okay.

Zarnee lässt seine Hand wieder sinken. Riva schaut an ihm vorbei in den Gang hinter der geöffneten Wohnungstüre.

– Wo ist mein Zimmer?, fragt Zarnee.

– Das Studio ist nebenan.

– Und ich schlafe im Studio?

– Was?

Zum ersten Mal scheint ihn Riva wirklich wahrzunehmen, sieht ihm direkt in die Augen.

– Ich soll ins Studio ziehen?, fragt Zarnee.

– Bist du nicht eins von Astons Models?

– Ich ziehe bei euch ein. Ich bin aus den Peripherien befördert worden. Du hast der Maßnahme doch zugestimmt, oder?

Riva dreht sich von ihm weg. Mit dem linken Zeigefinger malt sie Formen ins Kondenswasser am Außenrand ihres Glases.

– Tut mir leid, sagt Zarnee. Ich dachte, du wüsstest das. Ich kann auch später noch mal wiederkommen. Aber ich muss heute noch den Einzug melden.

Riva macht einen Schritt zurück, um den Weg in die Wohnung freizugeben. Sie sieht Zarnee dabei nicht an, ihr Blick gesenkt, die Schultern nach vorne gezogen.

Zarnee geht an ihr vorbei und platziert seinen Koffer mitten im Zimmer.

– Wo soll ich mit den Sachen hin?

Riva zuckt mit den Schultern und geht dann zur Küchenzeile, kniet sich vor dem Küchentresen auf den Boden, fährt mit der Hand darunter und zieht den Plastikkreisel hervor, mit dem sie zu Beginn der Observation tagelang gespielt hat. Sie setzt sich mit dem Rücken zum Tresen und bringt den Kreisel vor sich auf dem Boden zum Drehen.

Regressives Verhalten, notiere ich. Angst breitet sich in meinem Magen aus, dass Master die Maßnahme sofort wieder beendet.

Zarnee beobachtet Riva aufmerksam. Dann kippt er seinen Koffer auf die Seite und öffnet ihn. Riva reagiert nicht, ihre Konzentration gilt dem Kreisel. Zarnee wühlt in seinem Koffer, ungefaltete Kleidungsstücke fallen über den Rand, dann zieht er etwas heraus. Ein seltsames Ding aus Holzstücken verschiedener Herkunft und Größe, wie von Kinderhänden krude zusammengeleimt. Meine Bildersuche nach ähnlichen Objekten liefert keine Ergebnisse. Ich schicke meinem Assistenten einen Close-up-Screenshot mit der Bitte um Identifizierung.

Riva dreht ihren Kreisel, als sei sie alleine im Zimmer. Als Zarnee sich ihr gegenübersetzt, schaut sie nicht auf.

Er imitiert ihre Körperhaltung, die Beine zu beiden Seiten ausgestreckt, so dass sich ihre Füße beinahe berühren, dann drückt er mit dem Daumen auf eines der Holzstücke. Mit einem Knirschen verschwindet es im Innern des Objekts, und die Elemente verschieben sich zu einer neuen, länglicheren Konstellation.

Riva blickt auf. Ihr Kreisel fällt zur Seite. Sie hebt ihn nicht auf.

Wieder drückt Zarnee aufs Holz, wieder das Geräusch, wieder verändert das Objekt seine Gestalt, es muss mit einer Mechanik ausgestattet sein.

Auf meine Nachfrage antwortet mein Assistent, dass er es nicht ausfindig machen konnte.

– Was ist das?, fragt Riva.

– Siehst du doch.

– Wozu ist es gut?

– Es verändert seine Form. Man weiß nie genau, wie.

– Und was macht man damit?

– Man drückt irgendwo, und es verwandelt sich.

– Nein, ich meine, wozu ist es gut?

– Man drückt irgendwo, und es verwandelt sich, wiederholt Zarnee langsam.

Sie sehen sich an. Etwas scheint sich zwischen ihnen abzuspielen, was ich nicht ganz einordnen kann. Eine Art stummer Verständigung.

Zarnee hält Riva das Gebilde hin. Sie nimmt es und drückt. Als das Knirschen ertönt und sich die Elemente in ihrer Hand verschieben, lächelt sie. Ich habe sie seit Beginn des Auftrags erst zwei Mal lächeln sehen. Ich komme kaum mit beim Notieren der Transformation von Gestik, Mimik, Körperhaltung.

– Wo hast du es her?, fragt Riva.

Ihr Oberkörper ist nach vorne gelehnt. Sie hat alle Gesten der Verweigerung abgelegt.

– Mein Biovater hat es für mich gebastelt, sagt Zarnee.

– Du kennst deinen Biovater?

Zarnee nickt.

Sie sitzen sich auf dem Wohnzimmerboden gegenüber, als säßen sie schon seit Jahren so, die Körperhaltung bis ins kleinste Detail gespiegelt. Bereits jetzt ist der Effekt der Begegnung unleugbar. Ich merke, wie mein Atem beginnt, ruhiger zu werden.

21

Aston steht an einem Bühnenaufgang der Castinghallen. Er ist in ein Gespräch mit einer Frau vertieft. Ohne die Kameraperspektive wechseln zu müssen, kann ich von hinten erkennen, dass es sich um Roma handelt. Ihre Assistenten und Bodyguards stehen in einer Traube um die beiden herum. Aston lacht, und ich höre Roma in sein Lachen einfallen. Sie machen den Eindruck enger Verbundenheit. Auf der Website von *Casting Queens*™ blinkt die Eilmeldung, dass Roma heute überraschend in der Jury sitzen wird. Der Kommentarbereich erweitert sich millisekündlich um aufgeregte Nachrichten von Fans aus den Peripherien, die sich dazu verabreden, noch schnell zu den Castinghallen zu fahren, um zumindest einen flüchtigen Blick auf sie zu erhaschen. Eine solche Gelegenheit ergibt sich nur selten für Fans, deren Mobilitätszulassung auf die Peripherien beschränkt ist.

Die Assistententraube bewegt sich in Richtung Künstlergarderoben, Roma und Aston in ihrer Mitte sind immer noch tief ins Gespräch vertieft. Ein VJ kommt aus einem Nebengang gerannt und baut sich vor ihnen auf. Dank der langsamen Reaktionszeit der Crew gelingt ihm ein Frontalschuss der beiden, der sich kurz darauf in den News-Alerts der wichtigsten Gossip-Portale wiederfindet. *Ist Rivas Alter Romas Neuer?*

Roma und Aston. Das wäre eine überraschende Entwicklung, wenn es stimmt. Ich mache mir schon seit langem nicht mehr die Mühe, die Fact-Checking-Websites zu lesen, die Gerüchte auf ihren Wahrheitsgehalt überprüfen.

Ich leite die Alerts an Zarnee weiter, um zu testen, wie Riva auf die Nachricht reagiert. Er sitzt in der Wohnung neben Riva auf dem Sofa. Vor ihnen auf dem Couchtisch die Reste eines Mittagessens. Eine häusliche Szene. So als würden sie schon lange zusammenleben.

Riva hat begonnen, regelmäßiger zu essen, seit Zarnee eingezogen ist. Ihr Vital Score Index™ scheint täglich zu steigen. Im Tracking Tool hat Master diese Veränderungen positiv hervorgehoben. Mein Projektfortschritt liegt endlich im grünen Bereich. Ich habe mehr als fünfhundert Credits als Erfolgshonorar verbuchen können. Die Investoren zeigen sich immer zuversichtlicher. In der zweiten Nacht nach Zarnees Einzug fühlte ich mich so erleichtert, dass ich beinahe acht Stunden durchschlief und zum ersten Mal seit Projektbeginn wieder einen Achievement-Stern im Protokoll meines Activity Trackers bekam. In der Nacht tauchten weder Riva noch Andorra in meinen Träumen auf. Stattdessen bunte Escher'sche Häuser, falsch konstruiert und doch bewohnbar. Menschen, deren Gesichter mich an niemanden erinnerten und die sich lächelnd auf mich zubewegten. Ich erwachte mit einem Gefühl von Leichtigkeit und Sorglosigkeit, wie ich es seit Jahren nicht mehr empfunden hatte.

Zarnee liest die weitergeleiteten Headlines und hält, wie ich ihn gebeten habe, Riva sein Tablet hin, um sie lesen zu lassen.

Riva lacht.

– Was ist so lustig?

– Da wird er sich freuen, sagt Riva.

– Aston?

– Dass er endlich mal wieder ohne mich Schlagzeilen macht. Wäre doch schön für ihn, wenn er eine mit einem höheren Creditscore gefunden hat.

– That's cold, girl.

Ich beobachte, wie Rivas Grinsen gefriert. Sie mustert Zarnee mit leicht schief gelegtem Kopf.

– Denkst du, es ist was dran?, fragt sie schließlich.

– Keine Ahnung. Seid ihr überhaupt noch zusammen?

Ich warte angespannt auf ihre Antwort. Endlich werden Riva die Fragen gestellt, die ich ihr schon seit Projektbeginn stellen wollte. Ich habe Zarnee vor seinem Einsatz eine Fragenliste über unseren geschützten Kommunikationskanal auf sein Tablet geladen, die ich täglich erweitere. Bisher habe ich mich nicht direkt in seine Gespräche mit Riva eingeklinkt. Er soll Sicherheit im Umgang mit ihr gewinnen. Ich möchte, dass er das Gefühl hat, autonom agieren zu können. Seine Eigeninitiative ist für den Erfolg des Einsatzes entscheidend.

– Keine Ahnung, sagt Riva.

Beide brechen gleichzeitig in Gelächter aus. Sie erinnern mich an Andorra und mich. Unsere Mitschüler gaben irgendwann auf, uns zu fragen, was so lustig sei.

– Das solltest du vielleicht mal klären, sagt Zarnee kichernd.

Schulterzucken. Rivas einhundertvierundzwanzigstes Schulterzucken laut meinen Aufzeichnungen. Eine passiv-aggressive Geste, die das Gegenüber bei Wiederholung als provozierend empfindet.

Zarnee greift Riva bei den Schultern und schüttelt sie.

– Was soll das?

– Ich schüttle dir die Verspannung aus dem Nacken.

Es ist beinahe unheimlich, wie gut meine Maßnahme funktioniert. Innerhalb weniger Tage wirkt Riva wie ausgewechselt. Entspannter. Offener. Geradezu redselig. Jetzt hat sich Zarnee sogar leicht an sie gelehnt. Ich notiere das in hellgelber Markierung. Es ist das erste Mal seit Projektbeginn, dass Riva körperliche Nähe toleriert.

– Darf ich dich was Persönliches fragen?, fragt Zarnee.

Riva nickt.

– Warum hast du mit dem Springen aufgehört?

Mein Nacken spannt sich an, ich drehe den Lautstärkeregler hoch. Ich hoffe, Master ist in den Livefeed eingeloggt und erlebt den richtungsweisenden Moment mit.

Riva dreht ihr Gesicht von Zarnee weg in Richtung Fenster. Sie zuckt mit den Schultern.

– Ich weiß nicht.

– Klar weißt du es.

– Es ist schwer zu erklären.

– Try me.

Zarnee sieht Riva nicht direkt an, aber sein Körper ist zu ihr hingedreht. Er gibt ihr Raum und stellt gleichzeitig eine grundlegende Nähe her. Er verhält sich vorbildlich. Nach diesem Projekt sollte ich ihm eine feste Kollaboration anbieten. Warum ziehen Sie nicht selbst ein?, hat Master mich gefragt, als ich ihm Zarnee als Kandidaten vorstellte.

Ich habe nicht das richtige Profil, antwortete ich. Und es bestünde die Gefahr, dass sie herausfindet, wer ich bin.

Die Wahrheit ist, dass mir nie in den Sinn gekommen ist, selbst ins Feld zu ziehen. Ich präferiere mediale Klientengespräche per Talk-, Chat- oder Video-App. Direkte Begegnungen bergen die Gefahr, meine mimischen oder gestischen Reaktionen nicht kontrollieren zu können. Auch die Meetings mit Master würde ich am liebsten durch Videochats ersetzen, aber er besteht auf direkter Kommunikation mit seinen Mitarbeitern. Vermutlich weil es ihm ein Gefühl von Macht erlaubt, Untergebene in sein Büro zu zitieren.

– Schon okay, sagt Zarnee in Rivas Schweigen hinein, du musst nicht.

Sie haben sie doch fast so weit, schreibe ich ihm, *haken Sie nach*.

Ich sehe Zarnee das Tablet nehmen und meine Nachricht lesen, aber er reagiert nicht.

Stattdessen beginnt er, seinen Blog zu checken und kurze Nachrichten an seine Fans zu diktieren. Die Antwortrate auf seinem Blog ist sehr hoch.

Eine Weile sitzt Riva stumm daneben und beobachtet ihn.

– Strengt es dich nicht an?, fragt sie dann.

Sie beugt sich zu ihm herüber, um auf sein Display zu schauen. Ihre Wangen berühren sich beinahe.

– Was?

– Auf all diese blöden Fragen zu antworten. Immer die gleichen Fragen, den ganzen Tag.

– Auf dumme Fragen gibt es dumme Antworten, sagt Zarnee.

Riva sieht ihn an und grinst. Ihre Mimik hat sich seit Zarnees Ankunft verändert, ist weniger verhärtet, geschmeidiger. Ich notiere das und sehe, dass Master in mein Dokument eingeloggt ist. Ich frage mich, ob er die Protokolle wirklich liest oder nur meine Arbeitsgeschwindigkeit überprüft. Meinen Fokus bei der Maßnahmenkonzeption. Die ständigen Notifikationen über Masters Dokumentänderungen und Aktualisierungen im Tracking Tool lassen meine Herzfrequenz auf ungesunde Werte ansteigen, bis mein Tracker zu piepsen beginnt. Ab und zu habe ich in solchen Momenten schon die Benachrichtigungsfenster für kurze Zeiträume stumm geschaltet, obwohl das vertraglich nicht erlaubt ist.

– Raute fünf drei sieben, aber das gilt nur für Freitage, spricht Zarnee in sein Tablet.

Riva hat sich an ihn gelehnt, sieht seinen Fingern zu, wie sie sich über den Touchscreen bewegen, ihr Blick wandert an seinem schmalen, jungenhaften Arm entlang. Plötzlich schiebt sie den Ärmel seines T-Shirts hoch.

– Was ist das?

Mit dem Zeigefinger streicht sie über eine Wölbung an der Innenseite seines Oberarms, knapp unter der Achselhöhle. Im Zoom kann ich es nicht richtig erkennen, weil Rivas Hand die Sicht versperrt. Es könnte ein subdermales Implantat sein.

– Das kommt drauf an, wen du fragst, sagt Zarnee.

Sein Blick ist undurchsichtig, aber Riva scheint er zu genügen. Sie fragt nicht weiter nach, tastet nur konzentriert die Wölbung ab, den schmalen, länglichen Fremdkörper unter der Haut. Zarnee tippt unbeirrt weiter, spricht Blogkommentare in sein Tablet.

– Mein Lieblingstier, diktiert er, was für eine kreative Frage! Mein Lieblingstier ist heute das Bärtierchen, Tardigrada, der Meister des Scheintods.

22

Über hundert Notifikationen erscheinen auf einen Schlag in meinem Benachrichtigungsfenster. News-Alerts für Aston Lieberman. Bei einem Dreh von *Casting Queens*™ hat sich ein Unfall ereignet. Aston selbst scheint nicht verletzt. Die meisten Newsartikel enthalten denselben Videomitschnitt aus dem Livefeed der *Casting Queens*™-Website. Eine Rohaufnahme der Dreharbeiten zu einem wiederkehrenden Sendungselement, den »Entdeckungen«, für die ein VIP mehrere Tage lang in den Peripherien als Talent Scout unterwegs ist. Kein klassisches Casting, stattdessen überrascht der VIP talentierte Kinder beim Trainieren. Der Moderator schleicht sich von Turnhalle zu Turnhalle, auf Sportplätze oder in Klassenräume. Besonders beliebt sind die Straßenscoutings, bei denen Kandidaten für Model- und Schauspielkarrieren ausgewählt werden. Wer zu den Auserwählten gehört, erhält einen LCM™ und wird ohne weiteres Casting direkt in eine Stadtakademie oder Talentagentur aufgenommen. Nach drei Monaten besucht der VIP seine Schützlinge dann vor Ort und entscheidet, ob sie bleiben dürfen oder zurück in die Peripherien geschickt werden.

Der VIP, den Aston im Video mit der Kamera begleitet, ist Roma.

– Und wo geht's jetzt hin, Roma?, hört man Aston aus dem Off fragen.

Gespräche mit den VJs oder anderen Crewmitgliedern werden für die Ausstrahlung herausgeschnitten, sind aber genau der Grund, warum der Livefeed so viele Abonnenten hat.

– Ich würde sagen, zu einem Highrise Diving™-Übungs-platz, oder? Mir hat ein Vögelchen gezwitschert, dass es hier in der Nähe ein paar große Talente geben soll.

Roma wirft Astons Kamera einen verschwörerischen Blick zu.

– Ist das der erste Sprung, den du filmst, seit ...?

Astons Antwort wirkt wie abgelesen. Er behält den gut-gelaunten, leicht überreizten Ton bei, in dem alle Crewmitglie-der und Moderatoren der Sendung sprechen.

– Seit meine Freundin ein Päuschen schiebt, meinst du? Jepp, das erste Mal. Nur für dich, Roma.

Die Kamera zoomt in Romas geschmeicheltes Gesicht, springt dann plötzlich in eine Halbtotale und schwenkt die Umgebung ab.

– Ich glaube, wir haben uns verlaufen.

Wenige Sekunden später sind sie an einem Guerilla-Übungs-platz angekommen, einer für die Peripherien typischen von Amateuren betriebenen Anlage. Ihr Zustand ist schlecht. Der Sprungturm muss von den Trainierenden über eine Leiter er-klettert werden. Er wirkt rostig und bewegt sich im Wind hin und her. Es gibt keine Auffangnetze oder andere Sicherheitsvor-kehrungen wie in den Stadtakademien. Astons Kamera zoomt an einen Jungen heran, der auf halber Höhe schnaufend eine Pause vom Klettern macht. Ein Mädchen in einem veralteten Flysuit™-Modell steht bereits auf der Plattform, ihr Anzug ist zu groß und liegt nicht dicht genug am Körper an. Sie macht einen Schritt in Richtung Plattformrand, traut sich aber nicht zu springen.

– Du schaffst es, ruft ihr der Junge von der Leiter aus zu.

Es sind keine Trainer oder andere Erwachsene zu sehen, nur von weitem erkennt man eine hochgewachsene Figur am

Eingang des Gebäudekomplexes, wahrscheinlich ein Sicherheitsbeamter von *Casting Queens™*. Unter dem Turm hat sich ein Kreis von etwa zehn schaulustigen Kindern gebildet, die nach oben starren und »Spring« rufen.

Als Roma, Aston und die Crew sich dem Turm nähern, beginnen die Kinder zu jubeln. Sie winken in die Kamera und versuchen sich Roma zu nähern, die von mehreren Sicherheitsleuten abgeschirmt wird. Aston mahnt die Kinder, dass Roma krank sei und nicht berührt werden dürfe.

Das Mädchen auf dem Turm macht einen Schritt zurück, nimmt Anlauf, stoppt kurz vor dem Sprung. Sie beginnt zu zittern, kauert sich in der Mitte der Plattform auf den Boden. Als der Junge oben ankommt, redet er ihr gut zu. In Astons Nahaufnahme sieht man, wie er ihr über den Rücken streicht und nach unten zur Kamera deutet. Er reicht ihr die Hand, um ihr beim Aufstehen zu helfen. Sie schüttelt den Kopf.

Der Junge zuckt mit den Schultern, überprüft das Leinenwerk an seinem veralteten Anzug, macht ein paar Aufwärmübungen. Dann nimmt er Anlauf und springt, ohne zu zögern. Gleich seine erste Figur ist ein anspruchsvoller Doppelsalto, seine Bewegungen sind fließend und präzise. Bei der Linksschraube patzt er leicht, gerät aus dem Gleichgewicht, kann sich aber wieder fangen. Es geht alles so schnell, dass mein Bewusstsein kaum hinterherkommt. Er befindet sich bereits dicht über dem Fall Spot™, als er zu einer weiteren Figur ansetzt, er scheint seine Höhe vollkommen überschätzt zu haben. Man hört den Knall erst Sekunden, nachdem er bereits am Boden liegt, sein Körper verdreht, der Kopf blutend. Aston verharrt in einer Totalen.

– Zoom! Zoom!, ruft ein Crewmitglied aus dem Hintergrund.

Roma hat zu schreien begonnen. Aston schwenkt auf sie um. Sie hat die Hände vors Gesicht geschlagen, aber als sie die Kamera sieht, nimmt sie sie herunter.

– Was für eine Tragödie, sagt sie.

Jetzt erst hört man das Jaulen des Mädchens auf der Plattform. Astons Kamera folgt dem Geräusch und zoomt. Das Mädchen beugt sich über den Rand und schlägt mit den Händen wild um sich.

– Hey, hört man Aston rufen, pass auf, du fällst!

Obwohl das Mädchen ihn wahrscheinlich gar nicht hören kann, beruhigen mich Astons Rufe.

Ein Crewmitglied murmelt im Hintergrund, Roma macht bestätigende Geräusche. Die Kamera schwenkt wieder zu ihr. Sie wirkt kontrolliert und professionell.

– Was für eine Tragödie, sagt sie noch einmal. Es ist klar, dass wir die »Entdeckungen« für heute abbrechen. Bitte zeigt seinen Loved Ones eure Anteilnahme. Wir haben ein Trauerforum auf unserer Website eingerichtet. Ich habe den ersten Eintrag gepostet. Der Junge hieß Win, Win Müller.

Hier bricht der Mitschnitt des Livefeeds ab. Das Forum auf der *Casting Queens*™-Website hat bereits über dreihunderttausend Einträge mit Beileidsbekundungen und Inspirational Pictures.

Als Aston nach Hause kommt, fängt Zarnee ihn an der Tür ab. Ich habe ihn darum gebeten. Der Schock des Unfalls bietet eine Möglichkeit, seine Beziehung zu Aston zu vertiefen, mehr Einfluss auf ihn zu entwickeln. Ihn zu einer engeren Zusammenarbeit zu motivieren.

– Ich hab die »Entdeckungen« gesehen, sagt Zarnee. Fuck. Wie geht's dir?

– Wie konntest du so lange freiwillig da leben?, antwortet Aston.

Er wirkt müde. Sein Activity Tracker zeigt eine niedrige Herzfrequenz.

Nach dem abgebrochenen Dreh habe ich sein GPS in mehrere Bars verfolgt. Wahrscheinlich Drinks mit der Crew. Die Bars waren zu voll, um gute Bilder zu bekommen.

– Solche Stürze passieren auch hier, sagt Zarnee.

Er folgt Aston in sein Studio, ich wechsele die Kameraansicht. Meine Augen brennen. Es ist 1 Uhr 25 am Morgen.

– Aber nicht so, sagt Aston. Es gab keine Sicherung, gar nichts.

Astons Studio ist unaufgeräumter als vor ein paar Wochen. Es gleicht mehr einem Wohnzimmer als einem Fotostudio. Überall Takeout-Container, halbleere Flaschen, Kleidungsstücke, aufgerissene Verpackungen.

– Ich hatte mal so eine Phase vor ein paar Jahren, sagt Zarnee, da bin ich jede Nacht zu Fuß durchs Gebiet F gelaufen.

Aston sieht Zarnee entgeistert an.

– What? Bist du lebensmüde?

– Überhaupt nicht. Ich war nie lebendiger. Der Gedanke, dass jede Sekunde ein ehemaliger Gewalttäter, in dem noch die alten Impulse schlummern, aus dem Schatten auf die Straße springen könnte. Ein Kinderschänder, ein Mörder. Ich habe jedes Elementarteilchen meines Körpers pulsieren gespürt.

– Bullshit, sagt Aston.

Er greift nach einer herumliegenden Plastiktüte und beginnt, Müll vom Boden aufzusammeln und hineinzuwerfen. Zarnee schiebt Astons Schlafsack auf der Couch zur Seite und setzt sich. Er greift nach einer Fotomappe, die auf einem Beistelltisch liegt, und blättert darin.

– Es war elektrisierend, sagt er. Das Risiko. Die Möglichkeit von einer Hand in meinem Nacken, einer Klinge auf meiner Haut.

– Was für eine Enttäuschung, dass dich nie wirklich jemand überfallen hat, sagt Aston sarkastisch.

– Woher willst du das wissen?

– Sonst wärst du ja nicht hier. Safe and sound.

Zarnee lässt die Seiten der Fotomappe unter seinem Daumen durchblättern, ohne sie anzusehen.

– Hast du schon mal darüber nachgedacht, keine Filter für deine Fotos zu verwenden?, fragt er. Keine Nachbearbeitung? Einfach nur die blanke Wirklichkeit?

– Wenn du so ein Fan bist von blanker Wirklichkeit, sagt Aston, warum bist du dann jetzt hier? Warum nicht einfach in den Peripherien bleiben? Im Gebiet F spazieren gehen?

Zarnee lächelt und zuckt mit den Schultern, eine Geste, die mich an Riva erinnert. Vielleicht geht es auch Aston so, sein Gesichtsausdruck zeigt Frustration.

– Ich muss jetzt schlafen, sagt er. Ich habe einen frühen Auftrag.

Zarnee steht auf und geht zur Tür.

– Ich beneide dich, sagt er, dass du den ganzen Tag in den Peripherien bist. Ich vermisse es. Die Hitze, den Lärm.

– Aber du hättest ja nicht umsiedeln müssen. Und jemandem einen Platz wegnehmen, der ihn wirklich will.

Zarnee nickt und lächelt Aston zu, bevor er verschwindet. Auf der Türschwelle hebt er den Arm und winkt.

Ich beobachte Zarnee, wie er im Wohnzimmer zur Fensterfront geht. Von weitem könnte man seine Silhouette auch für einen Frauenkörper halten. Ein Mensch wie ein Fisch, anpassungsfähig, wendig. Seine Ausstrahlung ist fühlbar, beinahe plastisch. Ich muss an Andorra denken, an ihre Präsenz, wenn sie in ein Zimmer kam. Wie sie die Menschen in ihrer Umgebung unscharf wirken ließ, farbarm, nur halb belichtet. Die Art, wie sich Mitschüler auf natürliche Weise um sie scharten. Vielleicht ist das ein Grund, warum ich noch immer an sie denke, warum ich sie nach so langer Zeit nicht vergessen kann.

23

Ein lautes Geräusch in Rivas Wohnung. Ich renne von der Toilette zum Bildschirm, ohne meine Hände zu waschen.

Riva sitzt auf dem Sofa, neben ihr Zarnee, Knie an Knie. In der Hand hält sie das Holzgebilde, das Zarnee bei seinem Einzug mitgebracht hat. Sie drückt mit dem Daumen darauf, das Knirschen ertönt, ich zucke zusammen. Das Objekt in Rivas Hand ist jetzt sternförmig. Ich wünschte, sie würde es entsorgen, das Geräusch schmerzt in meinem Schädel. Mit dem Zeigefinger streicht sie über die Holzoberfläche, als handele es sich um etwas Lebendiges.

– Ich habe meinen Biovater nie getroffen, sagt Riva, meine Biomutter schon. Sie hat zwei Jahre mit mir gelebt, das habe ich in meiner Akte gelesen. Ich kann mich nicht an sie erinnern, aber ich hab manchmal das Gefühl, dass ich es vielleicht könnte, wenn ich mir Mühe gebe. Dass ich nur tief genug in mich hineingehen muss, um sie zu finden.

Sie sucht nach Zarnees Blick, der aus dem Fenster sieht.

– Heute früh hatte ich plötzlich so ein Gefühl, sagt sie. Ich bin aufgewacht und habe eine Hand auf meiner Wange gespürt. Ich dachte, du bist es vielleicht oder Aston, aber da war niemand. Ich habe die Augen wieder geschlossen und mich dem Gefühl hingegeben. Eine Hand, die über meine Wange streicht. Und dann so ein Gefühl der Wärme, als ob ein Körper sich um mich gelegt hätte und mich von allen Seiten warm hält. Wie du das in deinem Blog beschrieben hast. Das könnte doch so eine Erinnerung an sie gewesen sein. Meine Biomutter. Oder?

Zarnee sieht sie nicht an. Sein Blick hält sich irgendwo außerhalb des Fensters fest, als habe er Angst, ihrem zu begegnen.

– Vielleicht, sagt er.

Sie berührt ihn mit der rechten Hand an der Wange, wie um ihn aus einer Trance zu holen. Er reagiert nicht, dreht sich nicht zu ihr hin, spricht in den Raum hinein.

– Und wenn du von einer Breederin geboren wärst? Würdest du dich dann auch an sie erinnern wollen?

– Ich bin nicht von einer Breederin geboren worden, Zarnee. Das stünde doch in meiner Akte.

– Meinst du, es würde einen Unterschied machen?

– Wahrscheinlich schon.

– Weshalb?

– Weil es eine andere Beziehung wäre oder nicht? Das weißt du doch am besten. Du hast dein ganzes Leben bei deinen Bioeltern verbracht.

– Das heißt, du denkst, ein Breeder-Kind ist an sich schon defekt, wenn es auf die Welt kommt? Weniger menschlich?

– Das hab ich nicht gesagt. Ich dachte nur, du würdest vielleicht verstehen, dass ich mich an meine Biomutter erinnern will, die mich empfangen, ausgetragen und geboren hat und die dann noch zwei Jahre dort mit mir zusammen war.

– Das tue ich auch. Tut mir leid. Ich verstehe das.

– Das war alles.

– Okay.

– Tut mir leid.

– Es muss dir nicht leidtun.

Er legt seinen Kopf an ihren Hals und lehnt sich in sie hinein, wie um ihren Widerstand zu testen. Sie braucht einen Moment, bis sie ihre Muskeln lockert und eine Mulde freilegt, in die er hineinpasst. Ich sehe die beiden im gleichen Rhythmus atmen.

– Früher habe ich nie über die Vergangenheit nachgedacht, sagt Riva, und an die Zukunft nur im Sinne meiner Wettkampfziele. Ich habe auch nie an den Tod gedacht. Nicht mal, wenn eine Kollegin verunglückt ist. Das kam mir so abstrakt vor.

Zarnee setzt sich auf und sieht sie an.

– Jetzt habe ich das Gefühl, zwischen meiner Vergangenheit und meiner Zukunft eingesperrt zu sein, und beide kommen auf mich zu. Sie quetschen mich zusammen. Weißt du, was ich meine?

– Ich glaube schon.

Sie sinkt wieder in seine Richtung, so langsam, dass keine Bewegung sichtbar wird im Grau des abendlichen Zimmers. Zwei Bilder, die sich ohne Überleitung hintereinanderlegen. Das erste: zwei schmale, aufrechte Figuren. Das zweite: eine einzige Figur. Nicht zu erkennen, wo sie aufhört und er anfängt.

Zarnee, diktiere ich eine Nachricht, *nutzen Sie die Nähe. Erinnern Sie sie ans Springen.*

Zarnee braucht einen Moment, um auf das Vibrieren seines Tablets zu reagieren.

– Ich würde dich so gerne mal wieder springen sehen, sagt er, als er zurück in seiner Position ist, an sie angelehnt.

– Okay, sagt Riva. Vielleicht spring ich mal für dich. Ich überleg's mir.

Ich hebe den Satz gelb hervor und schicke Master den Link zum Video. *Karnovsky äußert Motivation, Training wiederaufzunehmen*, schreibe ich, *ihre Kommunikationsbereitschaft ist stark erhöht.*

Master antwortet schnell: *Sehr gut. Veranlassen Sie die Einsatzperson, schnellstmöglich einen ersten Trainingstermin zu machen.*

24

Der Livefeed funktioniert nicht. Eine Übertragungsstörung der Sicherheitskameras in Rivas Wohnung. Die Analyse des Technikers konnte keine Fehlfunktion der Software feststellen. Ich musste Zarnee anweisen, die Hardware zu überprüfen, als Riva in der Dusche war. Anscheinend konnte er den Fehler beheben, aber Master hat einen Sicherheitscheck angeordnet, bevor die Kameras wieder freigeschaltet werden. Er verdächtigt Zarnee, die Kameras sabotiert zu haben. Bei meiner Prüfung der Archivvideos aus der Zeit vor dem Ausfall konnte ich kein verdächtiges Verhalten feststellen.

Ich stehe auf, gehe durchs Zimmer, stelle mich ans Fenster, beobachte die abendliche Stadt. Die Lichter in den Apartmentfenstern, die Fahrzeugscheinwerfer, die sich im gleichen Tempo hintereinander bewegen. Ich habe den Drang, meine Wohnung zu verlassen. Normalerweise würde ich mich zurückhalten, am Ball bleiben, vor dem Monitortisch auf der Stelle laufen, um mein Bewegungsminimum zu erfüllen.

Stattdessen ziehe ich mir den Mantel an, fahre im Aufzug nach unten und verlasse das Gebäude, ohne zu wissen, wohin ich eigentlich will. Ich schlage irgendeine Richtung ein und lasse meine Schritte schnell und weit werden, bis ich mich ausgelassen fühle, beinahe übermütig. Ich lasse die Straßen und Häuser vor meinen Augen verschwimmen, ihre Scheinwerferketten und Leuchtreklamen zu Blendenflecken werden, und stelle mir Riva auf der Sprungplattform eines Hochhauses vor, wie sie abspringt, fliegt und sich wieder aufschwingt, über das

Gebäude hinaus und in den Himmel hinein, bevor sie erneut fällt, ein Rekordversuch, ich sehe die aufgerissenen Augen der Kommentatoren, Dom Wus angespanntes Gesicht und dann Master, wie er wohlwollend in meine Richtung nickt.

Die Bar taucht auf, vor der ich mich vor wenigen Wochen plötzlich wiederfand. Diesmal gehe ich ohne zu zögern hinein.

Es ist voller als beim letzten Mal. Laute Musik, Retrohits. Ich bestelle einen Flydive™, verbessere mich sofort und bestelle stattdessen einen Wodka Martini. Der Barkeeper scheint mich wiederzuerkennen. Er lächelt mich an.

– Warum nehmen Sie nicht einfach den Flydive™, wenn er Ihnen immer als Erstes einfällt?

– Man nimmt ja auch nicht den erstbesten Mann, sondern den, der einem wirklich gefällt.

– Vielleicht ist der erstbeste Mann aber auch der, der Ihnen schon immer gefallen hat, ohne dass Sie es bemerkt haben.

– Wodka Martini bitte.

Er beginnt meinen Drink zu mixen und wendet sich einem Kunden zu, der am anderen Ende der Bar sitzt.

Ich halte nach der Frau im Abendkleid Ausschau und frage mich, ob ich sie erkennen würde, wenn sie kein Abendkleid trüge. Ich sehe niemanden, der mich an sie erinnert. Keiner der Gäste scheint alleine hier zu sein, überall stehen oder sitzen Menschen in kleinen Grüppchen, in Gespräche vertieft. Nur der Mann am anderen Ende der Bar sitzt für sich. Als der Barkeeper sich von ihm abwendet, um mir meinen Drink zu bringen, und der Mann sich umschaut, sehe ich, dass es Royce Hung ist. Er scheint mich nicht zu erkennen, sein Blick streift mich genauso beiläufig wie alle anderen Gäste.

Ich trinke mein Glas aus und bestelle noch einen Martini.

Der Barkeeper sieht mich anerkennend an und schenkt mir nach. Ich bezahle, nehme mein Glas und gehe an der Bar vorbei, am Ende des Tresens drehe ich mich zu Royce um, als habe ich ihn in diesem Moment aus den Augenwinkeln entdeckt.

– Royce Hung, sage ich.

Er sieht mich irritiert an.

– Wie bitte?

– Hitomi Yoshida.

Ich strecke ihm die Hand hin.

– Wir haben uns über MattersOfLife™ kennengelernt.

– Sie verwechseln mich, sagt Royce und dreht sich von mir weg, winkt dem Barkeeper.

– Royce Hung, sage ich, Sie sind doch Royce Hung. Oder unter diesem Pseudonym gemeldet.

– Sie täuschen sich, sagt Royce, sorry.

– Wir haben einen ganzen Abend zusammen verbracht.

– Tut mir leid.

Der Barkeeper stellt ein frisches Bier vor ihn auf den Tresen.

– Was soll das, Royce? Sie können mir doch einfach sagen, dass Ihnen das Date nicht gefallen hat. Aber meine Nachrichten einfach zu ignorieren und so zu tun, als würden Sie mich nicht erkennen, das ist unprofessionell.

– Ich kenne Sie nicht, sagt Royce. Schönen Abend noch.

Seine Stimme klingt tiefer, als ich sie in Erinnerung habe. Er hebt seine Bierflasche und prostet mir zu, dann dreht er sich von mir weg und beginnt, auf seinem Tablet zu scrollen, das auf der Theke liegt. Ich sehe ihm zu. Ich bin mir absolut sicher, dass es Royce Hung ist. Ich erinnere mich genau an sein Gesicht, als er sich zu mir herunterbeugte, um mich zu küssen.

– Ihnen auch, sage ich, Ihnen auch einen schönen Abend. Fuck you.

Bevor er etwas erwidern kann, habe ich die Bar bereits verlassen. Mit dem Martiniglas in der Hand lehne ich mich an die Wand neben dem Eingang. Mein Körper wird von heftigem Zittern ergriffen. Er schüttelt sich so stark, dass der Martini über meine Bluse kippt. Ich lasse das Glas fallen, es zerspringt auf dem Asphalt, dann beginne ich zu rennen. Für einen Moment schließe ich die Augen und renne blind, plötzlich höre ich Autos bremsen und hupen, ich reiße die Augen auf und sehe, dass ich ein Stück auf die Fahrbahn gelaufen bin. Ich springe zurück und mache eine entschuldigende Geste in Richtung der Autofahrer. Sie nehmen die Fahrt wieder auf. Ich hoffe, dass niemand den Sicherheitsdienst alarmiert. Für die Gefährdung des Straßenverkehrs würde ich so viele Credits abgezogen bekommen, dass ich eine Relokalisierung in die Peripherien riskiere.

Die Peripherien. Als wir noch nicht direkt in die Castinghallen gebracht wurden, mussten wir zu Fuß ein Stück durch das umliegende Wohngebiet gehen, in Zweierreihen. Überall Kinder, in Horden, wie Wespen. Schmutzig und wild, anders als ich und meine Institutskameraden. Sie machten mir Angst, ich versuchte, sie nicht zu berühren, klammerte mich an Andorras Hand.

Später dann sah ich sie in den Zuschauerreihen, brüllend und klatschend. Heute wird bei Castings das Publikum simuliert, damals gab es noch Live-Besucher, vor allem Kinder, eine unübersichtliche Masse. Sie wirkten gewalttätig auf mich, ich wusste, dass ich mich nicht wehren könnte, wenn sie auf mich zukämen und mich bedrohten. Es lief mir kalt den Rücken herunter bei dem Gedanken, zwischen ihnen zu leben, ununterscheidbar wie sie. Was, wenn meine Bioeltern ihre Jobs verlören oder wenn ich bei den Prüfungen versagte und meinen Institutsplatz aufgeben müsste? Ich stellte mir vor, wie ich in die Peripherien gefahren würde. Wie man mich aus dem Transporter stoßen würde, hinein ins Chaos.

Wir mussten für den Sicherheitscheck vor den Castinghallen warten, bevor man uns hineinließ. Ein Kind spielte in meiner Nähe. Ich konnte nicht anders, als es anzustarren. Man erkannte nicht, ob es ein Mädchen oder ein Junge war. Es war vielleicht drei Jahre alt und steckte in einem sackartigen Anzug, der an einigen Stellen Risse hatte. Es sah aus, als hätte man es in eine Einkaufstüte gepackt. Das Kind pulte an den Löchern im Stoff, durch die man seine braune Haut sah. Die kindlichen Fettwülste. Irgendwann ließ es sich fallen und legte sich in den Dreck. Es streckte die Arme und Beine zu beiden Seiten aus, machte Flugbewegungen, lachte. Seine lockigen Haare im schmutzig sandigen Boden.

Ich musste mich übergeben. Die Kinder aus meiner Gruppe wichen vor mir aus. Eine Aufsichtsperson kam zu mir, um mich zu reinigen und zu desinfizieren, bevor wir die Halle betraten.

25

Der gewohnte Splitscreen ist wieder auf dem Monitor zu sehen, doch die Szenerie wirkt, als sei die falsche Wohnung freigeschaltet. Alles ist voller Menschen, elektronische Musik wum-
mert aus dem Soundsystem, das seit Auftragsbeginn noch nicht
benutzt wurde. Zwei jugendliche Männer sitzen im Schneidersitz auf dem Boden, auf dem Sofa ist Zarnee mit zwei Frauen
ins Gespräch vertieft. Riva und Aston sind nicht zu sehen.

Ich klicke mich von Kamera zu Kamera, aber Riva ist nicht
da. Meine rechte Schläfe beginnt zu pochen.

Wo ist Riva?, schreibe ich Zarnee.

Er sieht flüchtig auf sein Tablet, als meine Nachricht erscheint, legt es dann neben sich aufs Sofa.

Zarnee? Wo ist sie?, schreibe ich.

Zarnee sieht zum Gerät herunter, lächelt und dreht sich
dann in die Richtung, in der er mich hinter einer Kamera vermutet. Er hebt den Arm zum Peace-Zeichen.

Eine der jungen Frauen neben Zarnee ist im Kiddie-Look™
gestylt. Die Augen groß geschminkt, die Haut mit weißem Pu-
der gebleicht, auf den Wangen apfelgroße rote Puderkreise. Ihr
Mund gleicht einem rot bemalten Fischmaul, klein und rund.
Ihr Körper steckt in einem blau-weißen Kleid mit Matrosen-
kragen. Ihre weißen Strümpfe sind bis über die Knie hinauf-
gezogen. Sie lehnt sich an Zarnee wie ein Kind an seinen Vater.
Es ist ein seltsames Bild, weil Zarnee selbst eine so kindliche
Figur abgibt. Aber inmitten seiner Entourage wirkt er wie ein
Stammesführer oder Sektenguru. Die schmalen Arme um die

Schultern seiner Schäfchen gelegt. Alle haben die Augen auf ihre Tablets geheftet, ab und zu reagieren sie mit Kichern oder lautem Atemeinziehen auf den Content. Zarnee schaut immer wieder von seinem Tablet auf und beobachtet seine Gäste. Ab und zu streicht er einem der beiden Mädchen eine Haarsträhne aus der Stirn und wird mit einem Lächeln oder einem Kuss auf die Wange belohnt.

Zarnee, schreibe ich. *Beantworten Sie meine Frage.*

Zarnee schaut wieder auf sein Tablet herunter, liest, lächelt. Dann reduziert er die Lautstärke der Musik.

– Wenn man Schafe auswildert, fragt er in die Runde, brauchen die dann einen Schäfer, um zu überleben?

Alle lachen. Einer der Jungen erhebt die Hand zum High Five.

– Cyeoym, sagt das Mädchen im Kiddie-Look™.

Ich finde mehrere Einträge zu dem Wort, unter anderem einen Produktcode für ein Tabletcover und einen Usernamen. Höchstwahrscheinlich handelt es sich um ein Akronym für *close your eyes, open your mind*. Meine Gesichtserkennungssuche ergibt, dass die beiden Frauen und einer der Männer in den Peripherien leben und nur für Arbeitseinsätze in der Stadt zugelassen sind. Sie müssen die Grenze mit einem gefakten Call Sheet passiert haben. Master wird das nicht gefallen.

Bei jedem Benachrichtigungston meines Tablets checke ich das Display. Zarnee hat immer noch nicht geantwortet. Stattdessen piepst mein Tablet ununterbrochen mit News-Alerts, Werbenachrichten und Benachrichtigungen des PsySolutions-Servers über neue Evaluationen im Tracking Tool. Meine Schläfe pocht. Noch während ich die Schmerzskala protokolliere, schwillt der Schmerz so an, dass ich den Eintrag korrigieren muss. Ich schalte die Benachrichtigungen für einen Moment stumm und konzentriere mich auf meinen Atem. Der Schmerz breitet sich von meiner rechten Schläfe über den gesamten Hinterkopf aus. Ich hole ein Kühlelement aus dem Eisfach und halte es gegen die Schläfe. Dann nehme ich zwei Tabletten und lege mich am Boden erst auf den Rücken und, als das nicht hilft, in die Stellung des Kindes. Ich knie am Boden, die Stirn an das kühle Vinyl gepresst. Einen Moment lang gelingt es mir, mich ganz auf meinen Atem zu konzentrieren. Der Kopfschmerz schwillt etwas ab. Ich verharre fünf Minuten lang so, dann erhebe ich mich vorsichtig.

Auf dem Monitor ist noch alles wie zuvor. Die Mädchen neben Zarnee auf dem Sofa, die Jungen im Schneidersitz gegenüber. Zarnee hat nicht auf meine Nachricht geantwortet.

Zarnee, schreibe ich. *Wir haben einen Vertrag. Ich möchte wissen, wo Riva ist.*

Diesmal betrachtet er meine Nachricht einen Moment länger als zuvor. Dann dreht er sich wieder in die Richtung, in der er mich vermutet, und zeigt mir den Mittelfinger.

Falsche Kamera, schreibe ich.

Zarnee lacht beim Lesen.

– Was ist so lustig, fragt das Mädchen zu seiner Linken.

– Das Leben.

Sie lacht und lehnt sich an ihn.

Eine Weile lang sitzen sie so da, alle sind in ihre Gadgets vertieft, nur Zarnee sieht versonnen aus dem Fenster. Dann greift er zum Tablet.

Ich erhalte seine Nachricht sofort: *Sie ist draußen. Mehr weiß ich nicht. Sie ist ein freier Mensch. Ist das nicht das, was du wolltest? Dass sie mal wieder rauskommt?*

Als ich nicht reagiere, schiebt er nach: *Welche ist die »richtige« Kamera?*

Ich antworte nicht. Zarnee dreht sich in die Richtung der Hauptkamera und streckt mir lächelnd seinen Mittelfinger entgegen. Wahrscheinlich Zufall.

– Was machst du da?, fragt das Mädchen neben ihm.

– Ich exerziere meine Meinungsfreiheit.

Das Mädchen dreht sich in die gleiche Richtung und kopiert seine Geste. Die anderen folgen.

Ich hoffe, dass Master nicht eingeloggt ist. Mir fällt ein, dass ich die Benachrichtigungen immer noch stumm geschaltet habe. Auf meinem Arbeitsmonitor haben sich über dreihundert gesammelt. Fast sechzig neue Dateien im Datenarchiv. Nachrichten meines Assistenten, der mir angefragte Informationen geschickt hat. Master hat zehn meiner Dokumente bearbeitet und mir drei Nachrichten geschickt. Die neuste ist fünfundsiebzig Sekunden alt.

Sie haben Ihren kleinen Schauspieler ja gut im Griff.

Ich weiß nicht, was ich ihm antworten soll.

Haben Sie bemerkt, dass drei der anwesenden Personen auf der Watchlist stehen, wegen Propagandaverdachts?, schreibt Master. *Sind Sie dabei, eine Untergrundorganisation zu subventionieren, Frau Yoshida?*

In meinen neuesten Performance Reviews wirft mir Master vor, dass Zarnee häufig nicht auf meine Anfragen reagiert und besonders meine Anweisung, Riva zu einem Sprungtraining oder zumindest einem regulären Fitnesstraining zu überreden, bisher ignoriert. Im Mitarbeiterranking liege ich nach meinem kurzlebigen Höhenflug zu Beginn der Maßnahme wieder im Mittelfeld.

Ich werde die Einsatzperson anweisen, solche Personen nicht mehr in die Wohnung zu lassen, antworte ich.

Das Kiddie-Look™-Mädchen hat begonnen zu weinen. Ihr

Make-up ist verlaufen und tropft rot auf ihren weißen Latzkragen, so dass es aussieht, als würde sie bluten. Zarnee streichelt ihr über die Haare.

– Romas Zustand hat sich verschlechtert, sagt das Mädchen mit belegter Stimme. Sie geben ihr nur noch ein paar Wochen.

Das Mädchen auf Zarnees rechter Seite lehnt sich zu ihr herüber, um aufs Tablet zu sehen. Dann umarmen sie sich.

Sie kommen mir harmlos vor, schreibe ich Master. *Ihnen nicht? Ganz normale Teenager.*

– Seien wir dankbar für die Zeit, die wir noch mit ihr haben, sagt einer der Jungen.

In diesem Moment kommt Riva durch die Wohnungstür herein. Sie wirkt wie verwandelt. Ihr Schritt schwungvoll, ihr Gesichtsausdruck heiter. Ein Bild wie ein Archivvideo aus der Zeit vor ihrem Ausstieg: Mehrere Einkaufstaschen über ihrem linken Arm, ein Vitamindrink in der rechten Hand. Sie begrüßt die Anwesenden und setzt sich neben die Jungen auf den Boden. Ihr Verhalten lässt vermuten, dass sie die Besucher bereits kennt, was eigentlich nicht der Fall sein kann.

Mein Tablet vibriert mit einer Urgent-Message™. Der technische Dienst hat die Prüfung des Kameraausfalls in Rivas Wohnung abgeschlossen. Keine Sabotage der Hardware, stattdessen ein internes Problem mit der Datenübertragung zwischen Psy-Solutions und dem Sicherheitsunternehmen. Der Techniker hat das Videomaterial hochgeladen, das innerhalb der Ausfallzeit aufgenommen wurde. Ich scanne es im Schnelldurchlauf.

An einer Stelle muss ich stutzen.

Ich sehe Riva tanzen.

Ich springe in der Aufnahme zurück, Riva alleine im Wohnzimmer, sie sitzt am Boden, in Gedanken versunken. Plötzlich lässt sie ihren Oberkörper nach vorne fallen, presst ihre rechte

Wange an den Boden, die Arme neben dem Kopf, die Finger gespannt und fest in die Bodenoberfläche gedrückt. Dann stößt sie sich ab, mit Händen und Füßen, fliegt in die Höhe, trifft wieder am Boden auf, stößt sich noch einmal ab und kommt zum Stehen. Sie hebt das rechte Bein in eine Arabesque, hält die Pose zehn Sekunden lang, ihre Muskeln fest gespannt, dann macht sie einen weiten Sprung durch den Raum, dreht sich, kommt wieder zum Stehen. Noch einmal setzt sie an, springt, macht eine Drehung.

Sie lächelt, ihre Augen sind geschlossen, ihr Gesichtsausdruck entspannt, beinahe selig. Rivas Körper dreht sich voller Kraft, im Sprung durchmisst sie fast die gesamte Länge des Raumes. Sie dreht sich und springt, wiederholt jede Bewegung mehrmals, geht die Positionen durch, die sie in Dom Wus Trainingsprogramm gelernt hat.

Der Anblick ist elektrisierend. Riva hat das Training wiederaufgenommen. Es ist kaum zu glauben.

Ich checke Datum und Aufnahmezeit. Fast möchte ich den Techniker fragen, ob er sicher ist, dass das Material nicht doch aus dem Archiv stammt und fehlerhaft getaggt wurde. Rivas tanzender Körper kommt mir wie eine Erscheinung vor, der wiederauferstandene Geist einer Toten.

Rivas Tanzübung wird unterbrochen, als Zarnee hereinkommt. Er steht einen Moment lang in der Tür, ohne dass sie ihn bemerkt. Dann sieht sie ihn aus den Augenwinkeln, ihr Körper erstarrt, Scham in ihrem Gesicht.

– Hör nicht auf, sagt Zarnee.

Riva lacht verlegen, schüttelt den Kopf und lässt sich auf den Boden gleiten.

Zarnee setzt sich zu ihr und betrachtet sie von der Seite. Ihre Hände berühren sich.

– Ich kann es mir nicht vorstellen, sagt Zarnee nach einer Weile, wie es ist, das Springen. Ich hab es mich nie getraut.

– Es lässt sich schwer beschreiben, sagt Riva. Man ist hundertprozentig bei sich, der Rest der Welt ist ausgeblendet. Und andererseits ist man total außer sich, dieser Rush von Adrenalin. Es ist das schönste Gefühl. Man hat alles und kann jede Sekunde alles verlieren. Es ist wie Verliebtsein.

– Nur gefährlicher, lacht Zarnee.

– Es ist der einzige Moment, in dem ich mir sicher bin, sagt Riva, in dem ich nichts in Frage stelle. Du folgst deinem Instinkt, du verlässt dich auf deinen Körper. Als ob du dein ganzes Leben lang eine Rolle spielst, und in diesem Moment verwandelst du dich zurück in dich selbst, bist du wieder so, wie ich mir ein frisch geborenes Kind vorstelle. Ohne Zweifel.

– Dann solltest du es wieder machen, sagt Zarnee.

Riva nickt.

– Vielleicht hast du recht, antwortet sie.

Ich schicke Master den Link mit zitternden Fingern.

Er schreibt sofort zurück. *Gute Arbeit, Frau Yoshida. Nennen Sie im Wochenbericht eine konkrete Heilungsprognose, die wir den Investoren vorstellen können. Und bringen Sie Ihre Einsatzperson unter Kontrolle. Wir können kein Risiko eingehen.*

Ich muss lächeln. Mein Mitarbeiterscore wird heute noch steigen. Die Prognose ist gut. Ich möchte den Moment genießen, aber meine Kopfschmerzen sind zurück. Die Verspannung im Nacken hat sich bis in die Wangenknochen ausgeweitet. Vielleicht habe ich unmerklich meine Zähne aufeinandergepresst, wie ich es oft im Schlaf tue. Ich lasse mich noch einmal in der Stellung des Kindes auf dem Boden nieder.

Ich höre die Stimmen aus Rivas Wohnung durch mein

Apartment hallen. Zarnees Besucher sind noch da, sie sprechen und lachen, Rivas Stimme mischt sich dazwischen, als sei sie schon immer ein Teil von ihnen gewesen. Mit geschlossenen Augen hört es sich fast so an, als wäre meine Wohnung voller Menschen. Ich stelle mir vor, ich wäre von Freunden umgeben, die zusammensitzen, essen, reden, lachen.

Ich konzentriere mich auf meinen Atem und mache eine Visualisierungsübung, in der ich mich in den Aufenthaltsraum des Instituts versetze. Eine Erinnerung. Andorra steht auf der Couch und spielt die Moderatorin von *Casting Queens™*.

– Du bist raus, sagt sie, du auch, du auch, du auch. Hitomi, du hast gewonnen.

Alle fallen mir um den Hals. Wir tanzen um die Couch. Andorra verbeugt sich mit der Eleganz einer Ballerina.

– Danke, danke, meine liebsten Fans. Danke, danke.

Einer der Jungen spielt einen VJ, der mir auf der Straße hinterherrennt.

– Was sagst du zu deinem Sieg, Hitomi?, ruft er. Wie stellst du dir das Leben in der Stadt vor? In welchen Bezirk möchtest du ziehen? Was glaubst du, wie gut deine Chancen sind, es zu schaffen? Was glaubst du, wer du in zehn Jahren sein wirst?

Mediennutzungsprotokoll Archiv-Nr: Bc17
Mitarbeiter/in: @PsySolutions_ID5215d (Hitomi Yoshida)
Nutzungsinhalt: familymatters.org
Medientyp: Blog
Sicherheitskategorie: bedenklich (Watchlist Propaganda)
Angaben zur Nutzungshistorie: Nutzungsfrequenz medium, durchschnittlich 4.5 Mal pro Tag.

Empfehlung der Abteilung für Mediensicherheit: Nutzung stärker überwachen, Mitarbeiterin Hitomi Yoshida auf Blacklist gesetzt

Closed-Caption-Track »Heute mal politisch.srt«
Heute wird's mal ausnahmsweise politisch sorry Leute bleibt eine Ausnahme für alle die keinen Bock auf Politik haben einfach Stopp drücken ähm ich bekomme von euch immer so viel Fragen die ich bis jetzt nicht geantwortet habe also ob ich glaube dass ich ein glücklicher Mensch bin weil ich mit meinen Bio Eltern aufwachsen bin oder ob ich glaube dass sich gesünder bin weil ich als Baby mit echter Muttermilch ernährt wurde und so weiter ähm ich habe das bisher nie beantwortet weil das politisch ist und mein Blog eigentlich nicht die meisten von euch lesen mein Blog weil sie abschalten wollen oder ihr wollt eintauchen in eine andere Welt dir nicht kennt das verstehe ich auch ich habe als Kind nichts anderes gemacht als mir glamour Videos anzuschauen oder Blogs von VIPs oder Gossip Seiten weil ich mein Leben vorstellen wollte dass ich nicht hatte deswegen kann ich das gut verstehen also ich habe außerdem auch immer das Gefühl gehabt dass ich die Fragen nicht wirklich beantworten kann weil ich hab keinen Vergleich und ich bin kein Experte aber jetzt wo die Debatte gerade mal wieder viral gegangen ist dachte ich muss ich auch mal was sagen bestimmt habt ihr alle den Post von future Vision gesehen er sagt eigentlich das übliche also die meisten Studien zeigen dass es für die Gesundheit keinen Unterschied macht ob man bei seinen Eltern oder inner facility aufwächst und die naturals habe natürlich sofort gesagt dass die Studien von Unternehmen finanziert wurden die von den Ergebnissen profitieren future Vision hat dazu gesagt wenn unsere Art Kinder zu versorgen so schädlich

ist ähm also warum sind die meisten Menschen dann nicht kriminell aggressiv oder zumindest irgendwie unausgeglichen er hat gesagt noch nie haben wir eine ausgeglichener harmonische und gerechtere Gesellschaft gehabt wir haben alle das gleiche Ziel und alle die gleichen Chancen wir wachsen alle in den gleichen facilities auf wir gehen alle zu den gleichen Castings jeder der zu was gebracht hat hat das wegen seiner persönlichen Leistung erreicht und nich wegen besonderen Umständen ähm ich fand das erstmal ziemlich überzeugend also vielleicht auch weil mir die Naturals meistens auf die Nerven gehen mit ihrer negativity die sind ja eh immer gegen alles oder ähm ja ich will auch gar nicht sagen dass die recht haben mit ihrer Schwarzmalerei ich meine ihr seid alle super Leute und ihr seid alle in care facilities aufgewachsen aber auf der anderen Seite bin ich halt nicht ganz sicher ob das alles so stimmt mit den gleichen Chancen also versteht mich nicht falsch ähm ich will hier echt keine Politik machen es ist halt nur so ja wie soll man sagen ich bin halt in der einzigartigen Situation mit meiner Family ähm und ich habe viele Freunde die in facilities Leben und ich habe schon den Eindruck dass es Unterschiede gibt und vor allem wenn man eben hört dass es facilities gibt in der Stadt dass man eine bestimmte Summe bezahlen kann ähm und man eine besondere Ausbildung bekommt und bessere Chancen in die Akademien aufgenommen zu werden ich weiß natürlich auch nicht ob das stimmt ich kann nur sagen wie ich es erlebe und mir kommt es nicht ganz so gerecht vor wie so geschrieben wird ähm von meinen Freunden weiß ich dass es mir besser geht weil ich bei meiner Bio Familie aufgewachsen bin und ich meine es gibt ja auch ein guten Grund warum ihr meinen Blog checkt warum er so populär ist ja wie soll ich sagen also ich glaube es gibt schon gewisse Unterschiede und ich bin mir eben auch nicht hundertprozentig sicher ob man sich so auf diese Studien verlassen kann das war's von mir ich hoffe ich habe alle Fragen beantwortet beim nächsten Mal wird's wieder harmonischer versprochen ha ha bis dann ciao

26

Riva, Aston und Zarnee sitzen um den Wohnzimmertisch herum, als hätten sie auf mich gewartet.

Den Tag über ist die Wohnung auf dem Bildschirm leer gewesen. Aston war beim Dreh in den Peripherien, Zarnee und Riva waren im Shoppingviertel unterwegs. Es schien mir wenig produktiv, ihnen beim Einkaufen zuzusehen, also verließ ich meine Wohnung zum ersten Mal seit Tagen, um meinen Fitnessverpflichtungen mit einem Intense Workout in einem Fitnessclub nachzukommen. Meine Kondition hat sich stark verschlechtert. Ich sah, wie ein Mann beim Blick auf meine Monitorwerte die Augenbrauen hochzog. Ich schämte mich so, dass ich das Bewegungsminimum auf meinem Activity Tracker freiwillig um ein Fünftel erhöhte. Ich brach das Training erst ab, als sich Zarnees GPS-Daten auf meinem Tablet wieder der Wohnung näherten.

Es ist ein ungewohnter Anblick. Aston neben Riva auf der Couch in geringem Abstand, Zarnee ausnahmsweise gegenüber. In ihren Gläsern dunkelrote Flüssigkeit. Im Hintergrund Easy Listening auf Zimmerlautstärke, sie unterhalten sich in gedämpftem Ton.

Zuerst höre ich gar nicht wirklich zu, lasse mich von ihren leisen Stimmen einlullen, die sich mit der Musik mischen wie weißes Rauschen. Lehne mich zurück und schließe für einen Moment die Augen. Rivas Stimme ist immer wieder zu hören. Es ist nicht nur ihre physische Verfassung, die sich seit Zarnees Einzug auf beeindruckend schnelle Weise regeneriert, sondern auch ihre soziale. Gestik und Mimik sind viel reaktiver geworden. Sie, die noch vor wenigen Wochen ihr Tablet nicht einmal anfasste, konsumiert, kommentiert und produziert wieder regelmäßig Posts, zumindest mit Zarnee und seinen Freunden. Die Content-Befüllung ihrer offiziellen Apps und Blogs hat sie noch nicht wiederaufgenommen. Aber da die Akademie weiterhin die Rechte an ihrem Mediaoutput hat, verwertet sie Bilder und Videos, die Riva auf den Blogs von Zarnees Freunden postet, für die Apps weiter. Die Nutzerzahlen haben seitdem stark zugenommen. Die Investoren wirken zufrieden. Noch hat Riva das offizielle Trainingsprogramm nicht wieder begonnen, aber ihre Motivation scheint wiederhergestellt. Ich habe sie noch zweimal bei Tanzübungen in der Wohnung beobachten können. Zarnee hat zugestimmt, sie bis Ende der Woche zu einem Training in der Akademie zu überreden.

Trotzdem bewertet Master meine Leistung im Tracking Tool und in den Performance Reports weiter nur mit mittelmäßigen Scores. Die Bewertungen treffen mich, obwohl ich weiß, dass sie meiner Motivation dienen.

– Also macht ihr es nicht mehr, höre ich Zarnee plötzlich laut sagen.

Während er in Lachen ausbricht, treffen sich die Blicke von Riva und Aston. Obwohl ich den Anfang des Gesprächs verpasst habe, ist klar, dass sie über Sex sprechen.

– Nein, sagt Riva.

– Warum nicht?, fragt Zarnee.

– Ja, warum eigentlich nicht, Riva?

Aston sieht Riva provozierend an. Zarnee scheint sich über Astons Angriffslust zu freuen, klatscht in die Hände, als handele es sich um eine gelungene Performance.

Riva dreht sich weg und sieht aus dem Fenster, zuckt mit

den Schultern. Zarnee kommt auf den Knien um den Wohnzimmertisch herum, setzt sich zu Rivas Füßen, streichelt ihr rechtes Bein.

– Hey, sagt er, relax. War nur Spaß.

Sie reagiert sofort auf seine Berührung, ihr ganzer Körper entspannt sich, sinkt in seine Hand hinein. Es erinnert mich an Videos von Kinderflüsterern in den Aufzuchthäusern der Peripherien, die Andorra und ich im Institut gerne schauten. In denen das Auflegen einer Hand oder ein Blick genügte, um wild gewordene Bestien wieder handzahm zu machen. Kinder, denen sich ein normaler Mensch nicht auf zehn Meter nähern konnte.

Aston steht auf und geht in Richtung Studio.

– Bleib doch noch ein bisschen, sagt Zarnee. Jetzt, wo wir endlich mal zu dritt zusammensitzen.

– Ich bin müde, sagt Aston.

Er sieht wirklich müde aus. Ringe unter den Augen, die Haut blass und gräulich. Sein Activity Tracker zeigt an, dass er in den letzten Tagen pro Nacht durchschnittlich vier Stunden geschlafen hat und mindestens acht Stunden pro Tag durchgängig in Bewegung war. Er muss bei *Casting Queens*™ eingespannter sein als gedacht.

– Noch ein Glas, Aston, sagt Zarnee.

– Ich muss morgen früh raus.

Als Aston im Studio verschwunden ist, setzt sich Zarnee auf den frei gewordenen Platz neben Riva, und sie lehnt sich an ihn, legt die Beine hoch. Das Bild erinnert mich an ein Bild auf Zarnees Blog. Eines der vielen Fotos, die Zarnee als kleinen Jungen zeigen, wie er neben seiner Biomutter sitzt. Er hat sich bei ihr angelehnt, ihr Arm liegt um seinen Körper, sie sieht zu ihm herunter. Das Bild ist in warmen Farben gehalten, vermutlich wurden in der Nachbearbeitung die Blautöne herausgefiltert. Zarnees Haut und die seiner Mutter haben denselben erdfarbenen Farbton, der im Farbassoziationsspektrum mit Begriffen wie *behaglich, warmherzig* und *geruhsam* verlinkt ist.

– Du bist hart zu ihm, sagt Zarnee leise.

Er streichelt Riva über den Kopf, der seitlich an seiner Brust zum Ruhen gekommen ist.

– Findest du?

– Ja.

Sie zuckt mit den Schultern.

– Zuck nicht immer mit den Schultern.

Riva blickt ihn irritiert an.

– Sag doch mal, was du wirklich denkst.

Riva schweigt, aber ihr konzentrierter Gesichtsausdruck zeigt, dass sie darüber nachdenkt, was Zarnee gesagt hat.

Ich überlege, Zarnee einen Auftrag zu schicken. Fragen an Riva, die noch ausstehen. In den letzten Tagen hat er nur selten auf meine Nachrichten reagiert.

Zarnee, schreibe ich, *zwicken Sie sie mal in die Seite.*

Als er die Nachricht liest, muss er lachen. Er zwinkert in die Richtung der Kamera, die ihm am nächsten ist. Er scheint mittlerweile alle Sicherheitskameras lokalisiert zu haben. Dann zwickt er Riva in die Seite.

Sie schreit auf und setzt sich von ihm weg.

– What the fuck?

– Du musst aus deiner Haut raus, Riva. Du musst mal wieder irgendwas total Verrücktes machen.

– Zum Beispiel?

– Gehen wir aus. Fahren wir in die Peripherien. Ich zeig dir, wo ich aufgewachsen bin.

Ich habe kein besonders gutes Gefühl. Master wird der Ausflug nicht gefallen, aber ich lasse Zarnee gewähren. Vielleicht erinnert die Realität der Peripherien Riva daran, was sie sich in der Stadt aufgebaut hat.

Als sie die Wohnung verlassen, bleibt ein Gefühl ihrer Anwesenheit zurück wie ein Fingerabdruck. Die Gläser stehen noch auf dem Wohnzimmertisch, die halbvolle Weinflasche. Dort, wo sie gesessen haben, ist die Couch noch ein wenig eingedrückt.

Ich bin müde und möchte ins Bett. Ich kann mir den Ort gut vorstellen, den Zarnee ausgesucht hat. Einer der Untergrundclubs, aus denen er auf seinem Blog regelmäßig frühmorgens Fotos postet. Ich verfolge seine GPS-Daten und rechne damit, dass er sein Tablet wie immer beim Verlassen der Stadt ausschalten wird. Ohne GPS ist es schwer, Personen in den Peripherien zu lokalisieren, weil sie außerhalb des Skycam-Bereichs liegen und nur sporadisch mit Sicherheitskameras ausgestattet sind.

Zarnees GPS-Tracker zeigt an, wie sie die Grenze passieren. Er hat das Gerät angelassen. Beinahe wie eine Aufforderung an mich.

Ich verfolge die beiden auf ihrem Weg durch ungesichertes Gelände, für das kein Live-Material zur Verfügung steht. Irgendwo lassen sie das Auto stehen, scheinen ziellos umherzustreunen. Die Satellitenbilder der Umgebung zeigen unbebautes Gebiet, dicht bewachsen, ohne Wege. Ich frage mich, wie sie dort so schnell vorankommen.

Nach achtundvierzig Minuten bewegen sie sich aus dem Dickicht heraus und in Richtung Industriegebiet. Ich kann kaum die Augen offen halten.

Sie steuern auf einen leerstehenden Gebäudekomplex zu, in dem laut Datenabgleich zuvor mehrere Geburts- und Sterbekliniken angesiedelt waren, die Bankrott gingen oder umgesiedelt wurden. Die Gebäude sind gut erhalten, die meisten Sicherheitskameras funktionieren noch. Möglich, dass der Komplex nur renoviert werden soll, bevor neue Kliniken in Betrieb genommen werden.

Manche Räume wurden anscheinend von Squattern zu illegalen Wohnräumen umfunktioniert, ich kann Anzeichen regulärer Bewohnung erkennen. Matratzen und Stühle, Verlängerungskabel, mobile Kochplatten. An einige Wänden sind Schriftzeichen gespraytt, römische Zahlen und Zeichen eines Alphabets, für das die Übersetzungssoftware keine Ergebnisse liefert.

Zarnees GPS-Punkt bewegt sich im Innern des Gebäudes, ich klicke mich durch die korrespondierenden Kameraansichten und finde ihn im zweiten Stock, einem ehemaligen Geburtsraum, von dessen Einrichtung nur noch ein Krankenbett übrig ist, das an die Wand geschoben wurde. Zarnee hält Riva an der Hand, deren Blick alle Ecken des Raumes abtastet. Ihre Bewegungen sind zögerlich.

Aus einem Nebenzimmer ertönt ein heller Schrei, Riva zuckt zusammen, Zarnee geht unbeirrt weiter. Ich finde die Kameraansicht des Zimmers in dem Moment, als Zarnee hereinkommt. Riva bleibt im Türrahmen stehen. Anders als der Rest des Gebäudes ist dieser Raum noch in seinem ursprünglichen Zustand erhalten, es ist eine Säuglingsstation mit etwa fünfzig winzigen, leerstehenden Betten. Erst als ein weiterer Schrei aus einem der vorderen Betten dringt, erkenne ich, dass drei davon besetzt sind. Die Säuglinge müssen im Alter zwischen einem und zwei Monaten sein. Wie lautinfiziert beginnen auch die anderen beiden Babys zu schreien. Eine Gestalt löst sich aus einer dunklen Ecke des schlecht beleuchteten Raumes, ein Jun-

205

ge, etwa in Zarnees Alter. Er beugt sich über eines der Betten und steckt etwas in den aufgerissenen Mund. Zarnee geht zum Bett nebenan, beugt sich herunter und hebt dann ein Baby heraus, hält es an seine Brust und bewegt seinen Oberkörper in kleinen Schüttelbewegungen. Sofort kehrt Ruhe ein, nur noch Atmen ist zu hören.

– Was sind das für Kinder?, fragt Riva.

Sie hat sich nicht vom Türrahmen wegbewegt.

– Breeder-Babys, sagt der Junge, dessen Facetag ihn als Ace Schilling identifiziert, neunzehn Jahre alt, arbeitslos, schlechte Leistungswerte.

Zarnee bedeutet Riva mit einer Handbewegung, näher zu kommen. Als sie neben ihm steht, hält er ihr den Säugling hin, der die Augen geschlossen hat und zu schlafen scheint.

Sie nimmt ihn nicht.

– Keine Angst, sagt Zarnee, er beißt nicht.

– Kann er gar nicht, lacht der Junge, viel zu gute Anpassungswerte, DNA-Garantie.

Als Riva nicht reagiert, legt Zarnee den Säugling behutsam zurück in sein Bett.

– Wem gehören sie?, fragt Riva.

– Niemandem, sagt Zarnee.

– Ich meine, woher kommen sie?

Der Junge geht auf Riva zu und hält ihr seine Hand hin.

– Ace. Willkommen, Riva.

Riva schüttelt die angebotene Hand mechanisch.

– Selbst diese Babys schreien manchmal ohne Grund, sagt der Junge.

– Hoffen wir, sagt Zarnee, dass sie auch noch schreien, wenn sie groß sind.

Ich denke daran, was Master sagen wird, wenn er diese Aufnahmen zu Gesicht bekommt. Squatter mit nicht getaggten Babys, die sie aus einer Breeder-Einrichtung entwendet haben müssen. Ich müsste sie melden, ein Ermittlungsverfahren einleiten. Zarnee aus der Maßnahme entfernen.

Und alles Erreichte wieder zunichtemachen.

Bringen Sie Riva zurück, schreibe ich Zarnee.

Ich höre sein Tablet vibrieren, aber er reagiert nicht.

Zarnee, schreibe ich, *jetzt sofort!*

Zarnees Tablet vibriert. Er zieht es aus seiner Hosentasche, überfliegt die Nachricht, dann öffnet er mit einer schnellen Bewegung die Rückseite des Geräts und nimmt die Batterie heraus. Sein GPS-Tag verschwindet von der Karte auf meinem Bildschirm.

Es ist halb drei Uhr morgens. Masters letzte Aktivität war laut Anzeige kurz nach zwölf. Noch hat er nichts von dem Ausflug in die Peripherien mitbekommen.

Ohne zu überlegen, logge ich mich aus den Sicherheitskameras aus und lösche meinen Zugriff auf sie aus dem Log.

Unmittelbar danach wird mir klar, was ich getan habe. Das Entfernen von Arbeitsverlaufsdaten ist nicht erlaubt. Ich habe mich strafbar gemacht. Mein Puls schießt nach oben. Ich komme mir vor wie eine Castingkandidatin, die auf der Bühne einen Fehler gemacht hat, der nicht mehr zu bereinigen ist.

Ich muss an das verpfuschte Call-a-Coach™-Gespräch denken. Daran, wie ich auch damals, ohne zu zögern, ohne nachzudenken, alle Daten gelöscht habe.

Ich versuche, ruhiger zu atmen. Das Löschen der Call-a-Coach™-Logs ist nie bemerkt worden. Vielleicht merkt auch diesmal niemand etwas, die Chancen sind gut. Man wird nicht nach externen Aufnahmen suchen, wenn ich sie nicht in meinem Tagesbericht erwähne.

Mein Puls beruhigt sich langsam. Doch ein Gefühl beißender Enttäuschung bleibt, lässt sich nicht abschütteln. Ich bin enttäuscht von mir selbst. Wie konnte ich so die Kontrolle verlieren?

Ich sehe mich als junges Mädchen im Institut. Ich denke an seine Leistungsfähigkeit. Seine Hoffnungen. Seine Träume. Damals, als ich dem, was von mir erwartet wurde, noch gewachsen war.

27

In der Nacht träume ich von Master. Er ist mit meinem Rücken verwachsen wie ein Tumor. Sein Körper zu einem rucksackgroßen Knäuel zusammengedrückt, sein Kopf in meinem Nacken, von wo er mir Vorwürfe ins Ohr flüstert. Ich sitze vor meinen Monitoren und versuche mich auf die Datenanalyse zu konzentrieren. Jedes Mal wenn ich eine Datei anklicke, vervielfältigt sie sich. Du hohle Nuss, wispert Master. Sie wird nie wieder springen.

Als ich aufwache, sitze ich am Monitortisch. Ich bin mir sicher, dass ich im Bett eingeschlafen bin.

Auf dem Arbeitsmonitor ist der Ordner meiner Performance Reviews auf der SecureCloud™ geöffnet. Er ist leer. Ich starte den Computer neu, logge mich wieder ein, öffne die Cloud. Im Log wird angegeben, dass die Dateien vor wenigen Minuten unter Eingabe meiner Mitarbeiter-ID und meines Passworts entfernt wurden.

Ich kann mich nicht daran erinnern, sie gelöscht zu haben.

Ich versuche, die Dateien wiederherzustellen, aber sie sind auch aus dem Backup entfernt worden. Meine Finger zittern. Das ungenehmigte Entfernen von unternehmensinternen Dokumenten wie Mitarbeiterdaten triggert standardmäßig einen Sicherheitsalert. Wie soll ich das erklären?

Mir fällt Andorra ein und die seltsame Schlafstörung, die sie in ihrem letzten Jahr im Institut plötzlich entwickelte. Wie ich mitten in der Nacht aufwachte, weil sie im Zimmer rumorte.

Sie war dabei, am Schreibtisch in Unterlagen zu wühlen. Um den Tisch herum lagen Blätter und Gegenstände am Boden. Ich fragte sie, was sie mache. Sie antwortete nicht. Obwohl ihre Augen geöffnet waren, schien sie nicht bei Bewusstsein zu sein. Sie ließ sich von mir zurück zum Bett führen und schlief normal weiter. Am Morgen erzählte ich ihr aufgeregt von ihrem seltsamen nächtlichen Verhalten. Wir lachten darüber, aber als es ein paar Nächte darauf wieder passierte, wurde mir mulmig. Ich brachte Andorra zurück ins Bett und wartete, bis sie einschlief, ohne ihr am nächsten Morgen davon zu erzählen. Diese nächtliche Andorra kam mir vor wie ein Klon, ein fremdes Wesen, das zwar dasselbe Aussehen und dieselbe Stimme wie Andorra hatte, aber nur zur Tarnung. Als habe jemand von ihrem Körper Besitz ergriffen und steuere ihn zu unklaren Zwecken.

Der Benachrichtigungston des internen Nachrichtenkanals reißt mich aus meinen Gedanken. Es ist eine Urgent-Message™ eines Mitarbeiters aus der Datensicherheit.

Laut Log wurden folgende 67 von Hugo M. Master erstellte, sensible interne Dateien um 4:21h durch Ihr Nutzerprofil ohne Genehmigung der Geschäftsleitung aus der SecureCloud™ entfernt. Bitte bestätigen Sie, dass Sie für das Löschen verantwortlich sind, um einen Hack auszuschließen.

Ich habe die Vermutung, dass ich schlafgewandelt sein könnte, schreibe ich dem Datenmitarbeiter.

Sie meinen, dass Sie die Dateien im Schlaf gelöscht haben?

Das scheint mir die einzige Erklärung. Ich kann mich nicht erinnern, sie gelöscht zu haben. Aber ich bin am Schreibtisch aufgewacht, und die Dateien waren weg.

Ich lasse unseren Sicherheitsscanner über Ihren Server laufen, um einen Hack auszuschließen.

Okay, danke.

Ich habe den Vorfall der Unternehmensführung gemeldet. Sie wird sich mit Ihnen in Verbindung setzen.

Okay. Können Sie die gelöschten Dateien wiederherstellen?

Bereits erledigt.

Danke.

Ich schreibe Master eine Notiz zum Vorfall. Wenn er es von der internen Kommunikationsabteilung erfährt, wird er wütender reagieren, als wenn ich es ihm selbst melde. Zu meiner Überraschung antwortet er sofort. Es ist 4 Uhr 23.

Kommen Sie morgen früh sofort zur ärztlichen Untersuchung.

Das ist mir wirklich noch nie passiert. Es tut mir sehr leid. Es war keine Absicht.

Umso mehr Grund, eine medizinische Untersuchung durchführen zu lassen.

Ich habe Ende der Woche sowieso eine Pflichtuntersuchung.

Kommen Sie morgen früh.

Okay. Es tut mir wirklich sehr leid, Herr Master.

Gehen Sie schlafen. Ihr Schlafverhalten ist viel zu unregelmäßig. Und Ihr Bewegungsminimum haben Sie auch schon wieder nicht erfüllt.

Es tut mir leid, Herr Master.

Gehen Sie schlafen.

Aber ich finde nicht in den Schlaf zurück. Ich muss an Andorra denken vor ihrem Verschwinden. Besessen von einem fremden Wesen, das ihr die Lebenslust nahm und sie in eine traurige Figur verwandelte, unberechenbar und gefährlich.

Wir saßen auf dem Bett und schauten *Casting Queens*™. Lachten und kommentierten die Performances und die Aussagen der Jury. Plötzlich sprang Andorra auf, als habe sie Schmerzen.

Ich fragte sie, ob sie gestochen worden sei. Obwohl die Fenster mit Moskitonetzen geschützt waren, fanden die Stechmücken doch immer irgendwo einen Durchschlupf. Sie schüttelte den Kopf und starrte mich an, reagierte nicht auf meine Fragen. Irgendwann verfolgte ich einfach die Sendung weiter. Eine unserer Favoritinnen war in der vorletzten Runde. Sie wollte Richterin werden. Die Aufgaben waren berufszielspezifisch, drehten sich um Gesetzestexte, die Grundzüge des Rechtssystems und der Verfassung. Die Kandidatin beantwortete die Fragen so schnell, dass ich kaum folgen konnte und ab und zu den Stream anhalten und Passagen wiederholen musste. Ich war so eingenommen von ihrer Performance, dass ich Andorra vergessen hatte. Doch plötzlich stand sie dicht vor mir und rüttelte an mir, als müsse sie mich aufwecken. Dann wischte sie mein Tablet mit einer Handbewegung vom Bett und schrie mich an:

– Du bist eine Idiotin, Hitomi, du bist ein dummes, dumpfes Tier. Nichts willst du wissen! Nichts verstehst du!

Ich war so überrumpelt, dass ich nichts sagen konnte. Ich begann zu weinen. Noch nie hatte Andorra so mit mir gesprochen.

Ich sah das Mädchen an, mit dem ich mein Leben verbrachte, das nachts neben mir gelegen hatte, solange ich denken konnte. An ihrer Stelle stand eine Fremde. Tränen ließen meine Schleimhäute anschwellen. Mein Weinen schien Andorra in ihrer Wut noch anzustacheln.

– Was meinst du, wo sie landet, wenn sie es nicht in die nächste Runde schafft?, fuhr sie mich an.

– Dann probiert sie es nächstes Mal wieder, sagte ich.

– Und wenn sie es dann nicht schafft?

– Dann probiert sie es wieder.

– Du kapierst es nicht!

Sie presste die Worte zwischen den Lippen heraus wie Glassplitter. Ich hatte sie noch nie so aufgebracht gesehen.

– Was kapiere ich nicht, Andorra? Was willst du von mir?

– Du tust so, als ob es Regeln gäbe, die für alle gelten. Aber es ist kein gerechtes Spiel! Wir werden zu den Castings gefahren und kommen direkt in die höchsten Runden. Ist dir das schon mal aufgefallen?

– Weil wir uns vorqualifiziert haben.

– Aber wie haben wir uns vorqualifiziert, Hitomi? Was macht uns so besonders?

– Wir haben gute Ergebnisse in unseren Vorprüfungen, wir schneiden besser ab als die anderen.

– Glaubst du das wirklich?, fragt Andorra.

– Warum nicht?

Sie schüttelte den Kopf und ging aus dem Zimmer. In der Nacht schlief sie nicht in ihrem Bett.

Auch beim Frühstück am nächsten Morgen sah ich sie nicht.

Erst im Schulzimmer war sie wieder da, frisch geduscht und in ihrer Uniform wie alle anderen. Als ich mich zögernd neben sie setzte, lächelte sie mich an, als wäre nichts gewesen. Sie flüsterte mir ins Ohr, dass sie die Mathematikaufgaben nicht gemacht hatte. Sie würde Strafpunkte bekommen und Zusatzaufgaben lösen müssen. Ich war so dankbar, meine Freundin zurückzuhaben, dass ich einfach wegwischte, was zwischen uns vorgefallen war. Ich wollte nie wieder daran denken. Ich sagte, ich würde ihr bei den Zusatzaufgaben helfen, damit sie schneller fertig würde. Sie lächelte.

– Du bist die Beste, sagte sie.

28

– Sie müssen sich mehr bewegen.

Ich kann das Gesicht des Arztes vor der hellen Fensterfront nur in Umrissen erkennen. Ein paar Flecken um die Augen, alles andere liegt im Schatten.

– Zehntausend Schritte am Tag, sagt er. Das ist die vertragliche Vereinbarung. Sie haben es in der letzten Woche nie über viertausend geschafft.

– Ich kann nicht oft vom Monitor weg. Ich mache eine Live-Analyse.

– Dann trainieren sie im Büro. Ihre Gesundheit sollte Ihnen am Herzen liegen. Die Fitnessverpflichtungen dienen ja nicht uns, sondern Ihnen.

Ich nicke und versuche, ihm das Gefühl zu vermitteln, dass ich mich an seine Anweisungen halten werde, dass ich meine Sache in Zukunft besser machen werde.

– Sie schlafen äußerst unregelmäßig.

– Zurzeit ist es schwierig, ja.

– Ein regelmäßiger Schlafrhythmus ist für die körperliche und geistige Gesundheit unabdinglich.

– Ich weiß.

– Ich verschreibe Ihnen ein stärkeres Schlafmittel. Sie sollten dreißig Minuten vor dem Einschlafen Relaxationsübungen machen. Wir haben auf dem Server mehrere App-Vorschläge.

– Okay.

Der Arzt spricht absichtlich leise in sein Tablet. Ich habe Angst, dass er ein schlechtes Gutachten erstellt.

– Meinen Sie, dass der Schlafmangel der Auslöser für die Somnambulie war?, frage ich möglichst nebensächlich, als er mit den Notizen fertig ist.

– Es war keine Somnambulie, Frau Yoshida.

– Wie meinen Sie das?

– Wir haben die Daten Ihres Activity Trackers ausgewertet. Es kann sich nicht um Schlafwandeln gehandelt haben, weil Sie zum Zeitpunkt der Löschung der Unternehmensdaten wach gewesen sind.

– Aber ich bin erst am Monitor aufgewacht.

– Daten lügen nicht, Frau Yoshida. Das wissen Sie so gut wie ich.

– Ich versichere Ihnen, dass ich die Dateien nicht absichtlich gelöscht habe.

– Frau Yoshida, Sie sind die Expertin: Ergibt es nicht Sinn, dass eine Mitarbeiterin, die immer wieder mittlere bis schlechte Performance Reviews erhält, diese zu löschen versucht, um ihr Erfolgshonorar aufzubessern?

Der Arzt lächelt auf deeskalierende Weise, wie ich es selbst im Krisentraining gelernt habe. Ich erkenne den Kontrast zwischen seinem natürlich wirkenden Ausdruck der Empathie und der Berechnung in seinem Blick. Er mustert mich, um abzuschätzen, wie ich auf die Konfrontation reagiere.

– Ich kann Ihnen nur sagen, woran ich mich erinnere, sage ich. Und ich bin erst aufgewacht, als die Daten bereits gelöscht waren.

– Ich glaube Ihnen, dass Sie das so wahrgenommen haben, Frau Yoshida. Manchmal blockiert unser Gehirn Erinnerungen, die wir nicht verarbeiten können. Wie gesagt, Sie sind die Expertin.

Was, wenn ich wirklich bei vollem Bewusstsein die Daten

gelöscht habe, anfallartig, und mich mein Geist nun vor der Erkenntnis über mich selbst schützt? Wenn mein Löschen der Kameradaten aus der Geburtsklinik und des Call-a-Coach™-Gesprächs Anzeichen eines destruktiven inneren Prozesses waren, einer Art Kontrollverlust über mein Bewusstsein? Über meine Gedanken, mein Verhalten? Ich habe plötzlich das Gefühl zu fallen, muss mich an der Kante des Untersuchungstisches abstützen, neben dem ich stehe.

Als Kind trainierte ich mir an, vor jeder Reaktion die Konsequenzen meines Tuns durchzuspielen. Vor jedem Wort den möglichen Effekt auf mein Gegenüber.

– Frau Yoshida, sagt der Arzt. Wir möchten Ihnen noch eine Chance geben.

Er trifft den Ton perfekt, den man bei unkooperativen Klienten empfiehlt: fürsorglich, aber firm.

– Herr Master hat entschieden, keine Anzeige gegen Sie zu erstatten.

– Danke. Vielen Dank.

Die Erleichterung ist meiner Stimme anzuhören. Mir wird schummrig.

– Verstehen Sie es als Warnung. Wir behalten uns vor, rechtliche Schritte einzuleiten, wenn Sie sich in Zukunft noch einmal nicht an Ihre vertraglichen Verpflichtungen halten sollten.

– Natürlich, sage ich. Das wird nicht vorkommen.

– Dazu gehören auch Ihre Gesundheitsanforderungen. Sie müssen garantieren, dass Sie ausreichend viel Bewegung bekommen. Ausreichend Schlaf.

– Ja, sage ich.

– Wir möchten nur das Beste für unsere Mitarbeiter.

– Ja, sage ich. Richten Sie Herrn Master vielen Dank aus. Bitte sagen Sie ihm, dass es mir leidtut.

Der Arzt lächelt freundlich, als er mir zum Abschied die Hand schüttelt und sie sich gleich darauf desinfiziert. Im Gang vor dem Sprechzimmer überkommt mich noch einmal das Gefühl des freien Falls, und mir wird so schummrig vor Augen, dass ich mich gegen die Wand lehnen muss.

29

– Ich muss dir was sagen.

Zarnee wirkt nervös. Wippt auf der Stelle, fasst sich immer wieder ans rechte Ohr.

– Ist was passiert?, fragt Riva.

– Setz dich.

Zarnee führt Riva an der Hand zum Sofa, drückt sie ins Polster, setzt sich neben sie.

– Zarnee, du machst mir Angst.

– Du musst keine Angst haben.

Ich habe sofort ein ungutes Gefühl.

Zarnee, schreibe ich ihm über unseren Kommunikationskanal, *was haben Sie vor?*

Der Benachrichtigungston veranlasst Zarnee zu seinem Tablet herüberzuschauen, das auf dem Wohnzimmertisch liegt. Er greift danach, überfliegt kurz den Bildschirm und schaltet dann das Gerät auf lautlos. Sein Gesichtsausdruck lässt nicht erkennen, ob er meine Nachricht gelesen hat.

– Riva, sagt Zarnee.

Er nimmt ihre Hände in seine. In der Totalen sehen sie beinahe aus wie ein Liebespaar, die Blicke fest aufeinander gerichtet.

– Ich gehe, sagt Zarnee.

– Wohin? Jetzt?

– Ich hab meine Sachen schon gepackt.

– Wie meinst du das?

– Ich komme nicht mehr zurück.

Zarnee? Was haben Sie vor?

Sein Tablet vibriert, doch er sieht nicht mal hin.

– Wie meinst du das?, fragt Riva noch einmal.

Ihre Stimme ist belegt und leise.

– Ich ziehe aus.

Zarnee, schreibe ich, *brich sofort das Gespräch ab und ruf mich an.*

Zarnee hält Rivas Hände vor sein Gesicht, als wollte er sich vergewissern, dass sie echt sind.

– Es tut mir leid, Riva.

– Was ist passiert? Hast du zu wenig Credits? Wirst du ausgewiesen?

– So ähnlich.

Zarnee! Unterbrich das Gespräch!

– Es ist so …

Seine Stimme bricht weg.

– Ich schäme mich, es dir zu sagen, verstehst du, sagt er.

– Du kannst mir alles sagen.

– Ich bin nicht, wer du denkst, sagt Zarnee, oder zumindest nicht ganz. Ich bin nicht einfach so hier eingezogen. Es war ein Auftrag.

Mein Activity Tracker beginnt zu piepsen. Eine Herzfrequenz-Warnung. Mein Puls rast. Ich versuche, langsamer zu atmen, um ihn zu senken, während ich Zarnee mit Anweisungen befeure, die er ignoriert. Mein Tracker hört nicht auf zu piepsen. Ich reiße ihn vom Arm und werfe ihn von mir.

– Was meinst du mit Auftrag?, fragt Riva.

Zarnee antwortet nicht, er nimmt das Tablet zur Hand und überfliegt offenbar meine Nachrichten. Ich tippe so schnell ich kann, damit Zarnee liest, was ich schreibe, bevor er das Tablet wieder weglegt.

*Du hast eine Verschwiegenheitsvereinbarung unterschrieben!
Du wirst ausgewiesen, wenn du den Vertrag brichst.*

Ich sehe Zarnee lachen.

– Spricht mit mir, ruft Riva. Was ist los?

Er nimmt ihre Hände und küsst sie.

– Hör zu, sagt er, gib mir eine Sekunde. Ich muss nur ganz kurz einen Moskito loswerden, der mir um die Nase schwirrt.

Er beginnt zu tippen.

Ich habe keinen Vertrag mehr. Master hat mich gefeuert.

Mein Activity Tracker piepst wieder. Eine Warnung, dass ich ihn zu lange abgelegt habe.

Das kann nicht sein, schreibe ich.

Check your facts, Moskito.

Auf dem Server wird Master als offline angezeigt. Ich wähle seine Nummer und erhalte eine Abwesenheitsnotiz.

Selbst wenn das stimmt, schreibe ich, *gilt die Verschwiegenheitsvereinbarung. Du kannst es ihr nicht sagen, du ruinierst alles. Du ruinierst Rivas Chance, gesund zu werden.*

– Zarnee, sagt Riva, sag mir, was los ist!

Riva war nie krank, schreibt Zarnee.

Der Warnton meines Trackers will nicht aufhören. Ich greife nach ihm und lege ihn mir wieder an. Meine Herzfrequenz ist immer noch zu hoch. Ich will den Tracker auf stumm schalten, aber ich bin so panisch, dass ich die Option nicht finde.

Master reagiert nicht auf meine Urgent-Messages™.

– Ich bin von einem Unternehmen beauftragt worden, sagt Zarnee.

– Wieso? Von wem?

Bitte Zarnee. Mach mir mein Projekt nicht kaputt.

Zarnee überfliegt meine Nachricht aus den Augenwinkeln. Er lacht und schüttelt den Kopf.

– Eine Firma, die Dom beauftragt hat. Deine Sponsoren bezahlen die Maßnahme. Ich sollte dich wieder leistungsfähig machen.

Ein Gefühl der Machtlosigkeit überkommt mich. Ich habe den Drang, den Monitor aus- und wieder anzuschalten, die Kameras neu zu starten. Noch mal neu zu beginnen.

Wie kalt mein Apartment ist. Ich habe Gänsehaut am ganzen Körper. Der Tracker piepst unaufhörlich. Meine Herzfrequenz ist auf einhundertsechzig gestiegen. Ich halte mich am Tisch fest, um bei Bewusstsein zu bleiben. Ich muss ruhig atmen. Ruhig denken.

– Ich verstehe gar nichts, sagt Riva. Was sollst du machen? Dom hat dich beauftragt?

Sie hat Zarnees Hand losgelassen und die Arme vor dem Körper verschränkt.

– Ich sollte nichts Bestimmtes machen, sagt Zarnee. Die Psychologin hatte so eine Theorie, dass mein Einfluss, meine Anwesenheit sich positiv auf dich auswirken könnten.

– Warum?

– Weil du in deiner Tagebuch-App von den Peripherien geschrieben hast. Sie haben wohl gedacht, wegen meines Blogs würden wir uns gut verstehen. Sie hatten nicht unrecht.

– Dom hat meine Tagebuch-App gelesen?

Riva rückt auf der Couch von Zarnee weg.

Ich wähle immer wieder Masters Nummer, während mein Herz zu explodieren droht. Nur eine Panikattacke, sage ich mir. Es ist alles in deinem Kopf.

Während ich ihm eine weitere Nachricht schreibe, erhalte ich die Notifikation, dass Zarnee mich blockiert hat.

– Die Firma, die Dom beauftragt hat, hat sie entschlüsselt, sagt er.

– Das dürfen sie nicht.

– In deinem Vertrag mit der Akademie hast du alle Persönlichkeitsrechte abgetreten, Riva. Alles, was du während deiner Anstellungszeit verfasst, gehört der Akademie.

– Was noch?, fragt Riva scharf.

– Ich bin mir nicht sicher. Aber sie observieren dich. Über die Sicherheitskameras. Sie sehen uns zu. Jetzt in diesem Moment. Eine Psychologin schreibt mir Nachrichten.

Er hält ihr sein Tablet hin. Sie schüttelt den Kopf.

Der Klingelton meines Tablets. Jemand ist an der Rezeption meines Apartmentgebäudes. Das Bild auf dem Sicherheitsmonitor zeigt Master. Ich lasse ihn herein.

Riva weint. Zwischen ihr und Zarnee klafft die weiße Sofafläche. Er wirkt unsicher, scheint zu überlegen, ob er sich ihr nähern, sie berühren darf.

Ein Trommeln an meiner Eingangstür. Als ich sie öffne, stürmt Master herein. Er ist außer sich, seine Gesichtshaut rotfleckig. Schweiß rinnt von beiden Schläfen an seinem Gesicht hinab.

Einen Moment lang starrt er mich an, als müsse er erst seine Fähigkeit zu sprechen reaktivieren. Aus den Augenwinkeln versuche ich zu erkennen, was auf dem Monitor passiert. Ich höre Riva weinen.

– Wie konnte das passieren?

Masters ganzer Körper ist angespannt, die Finger sind zusammengeballt, die Schultern hart und eckig. Die Haltung wirkt so aggressiv, dass ich instinktiv einen Schritt rückwärtsgehe und die Arme vor meinen Körper halte.

– Herr Master, sage ich, ich habe versucht ihn aufzuhalten. Ich konnte nichts tun.

– Ich habe Ihnen von Anfang an gesagt, dass dieser Mensch

eine tickende Zeitbombe ist! Sie haben das Projekt ruiniert. Die Investoren werden abspringen.

– Er hat gesagt, Sie hätten ihm heute gekündigt.

– Ich habe versucht, ihn loszuwerden, bevor es zu spät ist. Offensichtlich war es schon zu spät.

– Aber sein Verhalten ist eine direkte Reaktion auf die Kündigung. Warum haben Sie mich nicht informiert?

– Ich hatte von Anfang an Zweifel, ob er die richtige Einsatzperson ist.

– Es hat doch funktioniert. Sie hat sich innerhalb kürzester Zeit rehabilitiert.

– Sie ist nicht einen Schritt weiter. Sie springt nicht. Alles, was sie tut, ist, sich mit zwielichtigen Gestalten in zwielichtigen Etablissements aufzuhalten. Der Kontakt mit Ihrer Einsatzperson hat sie weiter von uns entfernt als je zuvor.

Auf dem Bildschirm zeigt die Totale Riva auf der Couch. Sie sitzt aufrecht und still, als würde sie für ein Foto posieren. Zarnee ist nicht zu sehen.

– Herr Master, sage ich, lassen Sie mich versuchen, die Situation zu retten. Lassen Sie mich mit Riva in direkten Kontakt treten.

– Sie machen gar nichts, Frau Yoshida. Sie sind bis auf Weiteres suspendiert.

– Herr Master. Ich verspreche Ihnen, dass ich alles tun werde, um die Situation unter Kontrolle zu bringen. Lassen Sie es mich wenigstens versuchen.

– Sie sind ab diesem Moment suspendiert. Regelbruch wird mit Strafabgaben oder Strafmaßnahmen geahndet. Kommen Sie morgen früh in mein Büro. Meine Assistentin schickt Ihnen den Termin. Und stellen Sie Ihren verdammten Tracker auf stumm. Ihre Herzfrequenz ist viel zu hoch. Halten Sie sich endlich an Ihren Trainingsplan und machen Sie Ihre Mindfulness-Übungen.

Als ich Master über den Sicherheitsmonitor zusehe, wie er in den Aufzug steigt, verlassen mich die Kräfte. Ich lasse mich auf den Boden gleiten und versuche meinen Blick auf einen Punkt an der Decke zu fokussieren, um nicht das Bewusstsein zu verlieren. Der Tracker hört endlich auf zu piepsen. Meine Herzfrequenz ist gesunken.

In der plötzlichen Stille meiner Wohnung höre ich Riva weinen. Der Monitor zeigt sie an der gleichen Stelle auf dem Sofa, aber in sich zusammengesunken, eingeknickt. Ihr Körper schüttelt sich im Rhythmus ihres Schluchzens. Sie wirkt kleiner als zuvor. Ihr Anblick verursacht in mir eine körperliche Reaktion, meine Herzfrequenz beginnt wieder zu steigen, mein Magen zieht sich zusammen und fühlt sich leer an.

Ich klicke mich durch alle Kameras, doch Zarnee hat die Wohnung verlassen. Sein Tablet und sein Koffer sind verschwunden. Meine Facetag-Suche nach ihm liefert keine Ergebnisse. Er wird auf dem Weg in die Peripherien sein, off the grid.

Es lohnt sich nicht, ihn zu suchen. Keine Strafmaßnahme kann ihm etwas anhaben, wenn er sich bereits gegen die Stadt entschieden hat.

Nur für Riva ist es noch nicht zu spät. Riva ist noch da, in ihrer Wohnung, auf dem Sofa.

Ich überlege, zu ihr zu fahren. Ihr die Situation zu erklären. Sie zur Kooperation zu überreden.

Aber ich kann mich der Suspendierung nicht widersetzen, wenn ich nicht selbst in den Peripherien enden will. Ich kann nur hoffen, dass mir Master noch eine Chance gibt.

Ich aktiviere den Trainingsmodus meines Activity Trackers und beginne mit meinen Mindfulness-Übungen. Ich werde die doppelte Einheit machen, um Master zu beweisen, dass ich es ernst meine.

30

Masters Büro hat sich abermals verändert. Die Buddha-Statue ist verschwunden, die Büromöbel sind wieder da. Allerdings neue Möbel aus Acrylglas, so dass man durch jedes Möbelstück mit minimaler Verzerrung hindurchsehen kann. Master steht hinter seinem Schreibtisch, so dass Teile seines Unterleibs etwas breiter erscheinen als der Rest seines Körpers.

– Clearheadmöbel™, sagt er, als er meinen Blick registriert. Der CEO hat sich beschwert, dass man bei mir nicht richtig sitzen kann. Er hat neuerdings Rückenprobleme. Ich habe mich für Glas entschieden, weil es im Prinzip denselben Effekt hat, finden Sie nicht? Man spürt noch die Ausdehnung des Raumes, innerlich und äußerlich. Die Abwesenheit von störenden Objekten.

Ich nicke, als ob ich ihm zustimmen würde.

– Frau Yoshida, sagt Master und kommt hinter seinem Schreibtisch hervor, ich habe heute Morgen mit Ihrem Arzt gesprochen. Ihre Fitnesswerte und die Ergebnisse Ihrer letzten Pflichtuntersuchungen sind besorgniserregend.

Einen Moment lang bin ich verwirrt, dass Master nicht sofort auf das Desaster vom Vortag zu sprechen kommt. Vermutlich verfolgt er eine Gesprächsdramaturgie, bei der er sich in Schritten sukzessiv steigender Dringlichkeit an das eigentliche Thema herantastet.

– Ich bin dabei, meinen Schlafrhythmus anzupassen, sage ich. Ich habe mir vorgenommen, meine Bewegungsquote und die Mindfulness-Übungen zu verdoppeln.

– Sie haben diverse psychosomatische Symptome, Frau Yoshida.

– Was meinen Sie?

– In Ihrem Schmerzprotokoll haben Sie verschiedene Arten von Kopfschmerz vermerkt. Migräne, Sekundenschmerz, Sehstörungen. Außerdem Krämpfe im Gallen- und Magenbereich. Das klingt nach Arbeitsunfähigkeit.

– So schlimm ist es nicht. Ich habe das unter Kontrolle. Mit Medikamenten geht es meistens schnell wieder vorbei. Ich habe das nur der Vollständigkeit halber angegeben. Ich möchte nichts vertuschen.

– Ich habe ausführlich mit dem Facharzt gesprochen, sagt Master, und wir sind beide der Meinung, dass Sie angesichts Ihrer psychosomatischen Symptomatik zurzeit nicht einsatzfähig sind.

Ich spüre, wie mein Herz zu rasen beginnt. Hitze durchflutet meinen Oberkörper.

– Wir müssen Sie zu Ihrer eigenen Sicherheit von Ihrem Vertrag freistellen, sagt Master. Sie sind in diesem Zustand nicht geeignet, als Psychologin zu arbeiten.

– Herr Master, sage ich und versuche meine Stimmfärbung so neutral wie möglich zu halten und das Tosen in meinen Ohren zu übersprechen, es tut mir sehr leid, was mit Zarnee Kröger passiert ist. Ich hätte es verhindern müssen. Aber ich wusste nichts von seiner Entlassung aus dem Projekt.

– Wir sind Ihnen dankbar für die Arbeit, die Sie bisher geleistet haben.

– Lassen Sie mich wenigstens versuchen, die Situation wiedergutzumachen. Es gab in den letzten Tagen so viele Fortschritte. Riva Karnovskys Zustand hat sich verbessert. Sie will wieder springen. Die Prognose ist sehr gut, ein Trainingstermin an der Akademie praktisch schon verabredet. Geben Sie mir eine Woche. Ein paar Tage wenigstens.

– Wir haben einen Kollegen beauftragt, das Projekt weiter zu betreuen.

– Herr Master, bitte. Geben Sie mir noch eine Chance.

Master lächelt.

– Wir haben ein großzügiges Exit Package für Sie vorbereitet. Wir empfehlen Ihnen, sich wegen Ihrer Symptomatik in Behandlung zu begeben. Ich habe Ihnen eine Liste der besten ambulanten und stationären Institutionen in der Umgebung beigelegt. Suchen Sie sich Hilfe, Frau Yoshida. Wir beteiligen uns gerne an den Kosten Ihrer Rehabilitation.

Mir ist übel. Ich versuche, meinen Blick auf einen Punkt im Raum zu fixieren, die Ecke des Glasschreibtischs vor dem Fenster, in der ein Lichtstrahl von draußen gebrochen und in zwei Strahlen aufgeteilt wird.

Ich atme tief ein und aus und wende dann meinen Blick wieder Master zu.

– Herr Master, sage ich mit fester Stimme, mir geht es gut, ich mache gute Arbeit.

– Ihre Gesundheit liegt uns am Herzen, Frau Yoshida. Sie sollte Ihnen auch am Herzen liegen.

– Herr Master, ich bin nicht krank. Ich habe einen Fehler gemacht. Aber Zarnee Krögers Einfluss auf Karnovsky war positiv. Das müssen die Investoren doch auch sehen.

Masters Mundwinkel verschieben sich langsam. Sein Ausdruck wohlmeinender Professionalität bröckelt. Er sieht sich nach einer Glasuhr um, die zu seiner Rechten an der Wand positioniert ist.

– Unser Auftrag ist es, Riva Karnovsky wieder wettkampffähig zu machen, sagt er, und wir sind keinen Schritt weiter. Die

Investoren haben Verständnis für Ihre medizinische Lage. Sie wünschen Ihnen alles Gute für die Zukunft.

– Geben Sie mir wenigstens eine Woche, bitte!

– Frau Yoshida, der Personalwechsel wurde bereits eingeleitet.

Masters Augen bewegen sich von mir weg durch den Raum. Ich spüre mein Herz gegen meinen Brustkorb hämmern. Gleich wird mein Fitnesstracker Alarm schlagen.

– Ich möchte ein zweites medizinisches Gutachten, sage ich. Das steht mir zu.

Masters Blick ist eiskalt.

– Ich muss Sie warnen, Frau Yoshida, sagt er. Wir können jederzeit ein Verfahren gegen Sie einleiten. Sie haben sensible unternehmenseigene Daten gelöscht, Informationen über illegale Vorgänge zurückgehalten und Daten einer externen Sicherheitskamera aus Ihrem Verlaufsprotokoll entfernt. Dachten Sie, das bekommen wir nicht mit? Wir haben uns aus Kulanz gegen eine Anzeige entschieden. Wenn Sie statt eines einzelnen Auftrags lieber Ihre Zulassung verlieren möchten, ist das Ihre Entscheidung. Ihre Finanzdaten sind nicht gerade stabil. Sie wohnen in einer Gebäudekategorie, die Sie sich mit Ihrem Einkommen nicht leisten können. Mit dem Verlust Ihrer Zulassung sind Sie innerhalb weniger Tage auf dem Weg in die Peripherien. Wollen Sie das?

Während Master spricht, erlebe ich eine außerkörperliche Erfahrung. Mit jedem Wort entfernt sich mein Bewusstsein ein Stück weiter von mir selbst, bis ich mich nur noch von weitem in der Mitte von Masters Büro stehen sehe. Aus der Distanz beobachte ich, wie er mir gegenübersteht, mich anlächelt und mir die Hand entgegenstreckt. Ich höre ihn etwas sagen, doch ich kann nicht verstehen, was. In meinen Ohren rauscht das Blut wie Wildwasser, das einen Berg hinunterstürzt. Auch ich stürze, meine Beine geben nach, doch noch immer kann ich uns beide im Raum stehen sehen, als sei nur ein Teil meines Körpers von der Ohnmacht betroffen, als existiere ich in zwei Zuständen, ohnmächtig und vollkommen klar. Ich beobachte mich selbst, wie ich langsam vor Master zu Boden sinke. Ich sehe, wie er sich zu mir herunterbeugt, meinen Puls fühlt und meine Beine in einem rechten Winkel nach oben zieht, als führe er eine Turnübung an mir aus. Er hat die Situation evaluiert und verstanden und handelt vollkommen souverän, folgt wie ein Musterschüler allen Aktionspunkten aus seinem Managertraining, wie ich selbst es eine Weile mit Führungskräften durchführte, eine Kombination aus Affirmationen und Handgriffen, die man so lange wiederholte, bis die Maßnahmen intuitiv angewendet werden konnten.

Während ich mich selbst dabei betrachte, wie ich von Master durch methodisches Rütteln wieder zu Bewusstsein gebracht werde, gewinnt der Raum an Kontur. Die Schwärze, die sich wie ein Filter über meine Iris gelegt hat, lichtet sich. Ein asymmetrisches Acrylglasregal setzt sich vor meinen Augen zusammen.

Master hält noch immer meine Beine im rechten Winkel in die Höhe. Sie fühlen sich dumpf an, abgestorben. In meinen Fingern spüre ich winzige Stiche.

Dann lässt Master meine Beine langsam zu Boden gleiten und setzt sie angewinkelt auf. Als wäre ich eine Puppe, die er als Spielzeug in seinem Büro deponiert hat.

Ich fühle mich fiebrig. Ich setze mich auf, streife mir mit unsicheren Handgriffen das Jackett ab, dann lasse ich meinen Oberkörper wieder sinken. Obwohl mein Herz rast, überkommt mich eine große Müdigkeit.

– Ich bringe Ihnen ein Glas Wasser, sagt Master sachlich.

Ein Satz aus dem Krisentraining, das ich geleitet haben könnte.

Er kommt mit einem Glas Wasser zurück, das er mir mit der einen Hand an den Mund hält, während er mit der anderen meinen Kopf anhebt.

– Fassen Sie mich nicht an.

Meine Stimme klingt leise und brüchig. Ich richte mich auf.

Master überlässt mir das Glas. Er scheint erleichtert, die Verantwortung abgeben zu können.

– Geht es Ihnen wieder besser?

– Nein. Es geht mir nicht besser. Sie haben mich gerade gefeuert.

Meine Stimme klingt wie die einer anderen. Die geschmacklose Wortwahl und der wütende Ton sind mir unangenehm, als ob sie nicht aus meinem Mund gekommen wären.

– Strenggenommen ist es keine Kündigung. Es handelt sich um eine Freistellung aus dem Vertrag auf medizinischen Rat hin.

Ich stütze mich vom Boden ab und komme zum Stehen.

– Sie werden noch sehen, welches Potenzial in mir steckt, sage ich, einem mir unverständlichen Impuls folgend.

– Ist das eine Drohung, sagt Master mit einem Lächeln, das ich nicht einordnen kann. Bitte signieren Sie hier.

Er hält mir ein Tablet mit dem Freistellungsvertrag hin. Ich drücke meine Finger einzeln in die vorgesehenen Felder.

Ohne ihm noch einmal ins Gesicht zu sehen, verlasse ich sein Büro. Mir ist übel.

Ich haste zur nächsten Toilette und übergebe mich ins Waschbecken. Meine Schwäche beschämt mich. Ich bin sicher, dass Master mich beobachtet. Im Toilettenraum stehend, den

Blick auf mein bleiches Gesicht im Spiegel gerichtet, denke ich daran, wie oft ich Riva in ihrem Badezimmer beobachtet habe. Eine unerwartete Welle des Mitgefühls überkommt mich. Ich sehe Riva weinend auf ihrem Sofa sitzen. Die Wände der Mitarbeitertoilette sind einheitlich gefliest. Ich habe mich nie gefragt, wo die Kameras verborgen sind.

Der Gedanke, nach Hause zu gehen, ekelt mich an. Mir ist heiß. Anstatt ins Parkdeck des Gebäudes gehe ich hinunter ins Foyer und durch den Haupteingang hinaus. Die Kälte trifft flächig auf meinen Körper, als ich aus der Drehtür trete, so dass es sich anfühlt, als würde ich gegen eine unsichtbare Wand laufen. Ein unangekündigter Kälteeinbruch. Mir fällt ein, dass ich meinen Mantel am Acrylglaskleiderständer in Masters Büro hängen gelassen habe. Mein Jackett liegt wahrscheinlich noch auf dem Boden und erinnert ihn an meine Anwesenheit wie ein Blutfleck. Alles, was ich am Körper trage, ist eine weiße Bluse und ein grau melierter Rock, darunter nur eine Feinstrumpfhose. Der Kälteschock tut gut, plötzlich fühle ich mich sehr wach. Ich bin froh, die Hitze der letzten Wochen hinter mir zu haben.

Dann beginne ich zu frieren.

Am Eingangsterminal des Gebäudes fällt mir ein, dass mein Tablet und die Keyfobs für Büro, Wohnung und Auto in meinem Jackett sind. Ohne Keyfob muss ich an der Pforte des Gebäudes läuten. Die Pförtnerin versteht nicht, was ich ihr zu erklären versuche.

– Sie arbeiten für PsySolutions?

– Ja.

– Und Sie haben Ihren Keyfob verloren?

– Er liegt bei meinem Chef im Büro. Hugo M. Master.

– Herr Master hat das Gebäude vor eineinhalb Minuten

verlassen. Er hat Außentermine und wird erst morgen zurück sein.

– Hat er mein Jackett vielleicht für mich hinterlegt?

– Ihr Jackett?

– In dem meine Schlüssel stecken. Ich habe das Jackett, in dem der Keyfob war, in seinem Büro vergessen.

Die Kälte hat begonnen sich in meinen Gliedern einzunisten. Ich trete auf der Stelle, um mich aufzuwärmen.

– Wie heißen Sie?

– Hitomi Yoshida. Können Sie mich vielleicht schon hereinlassen? Es ist sehr kalt hier draußen, und ich habe mein Jackett nicht.

– Mitarbeiternummer?

Ich versuche, die Nummer aus dem Gedächtnis zu zitieren. Es gelingt mir nicht. Meine Zähne haben begonnen zu klappern, so dass ich es kaum schaffe, deutlich zu sprechen.

– Können Sie mich nicht über die Gesichtserkennung identifizieren?

Ich nenne zum Datenabgleich mein Geburtsdatum, meine Adresse, meine Ausbildungsstelle.

– Ich habe Sie gefunden, sagt die Frau. Sie sind als gekündigt markiert. Ich kann Sie nicht hereinlassen.

– Ich möchte ja nur mein Jackett, damit ich nach Hause fahren kann. Mein Auto parkt noch in der Mitarbeitergarage. Ich verspreche, das Gebäude sofort zu verlassen, sobald ich die Schlüssel habe.

– Das muss ich erst mit Ihrem Vorgesetzten klären.

– Können Sie mich so lange hineinlassen?

Die Kälte macht meine Finger und Zehen gefühllos. Die Frau antwortet nicht mehr. Ich beginne, auf und ab zu hüpfen und mir dabei die Arme zu reiben. Eine Gruppe von Angestellten aus einer anderen Unternehmensabteilung nähert sich dem Eingang. Ich reihe mich ein.

– Entschuldigung, sagt einer der Männer, hinter den ich mich gestellt habe, arbeiten Sie hier?

– Ja.

– Wo ist Ihr Keyfob?

– Ich habe ihn drinnen liegenlassen.

– Wir können Sie nicht reinlassen. Sie kennen die Sicherheitsbestimmungen.

– Ich will ja nur bis ins Foyer. Es ist kalt, und ich habe mein Jackett vergessen.

Der Mann blockiert mich, bis der Rest der Gruppe durch die Drehtür verschwunden ist. Dann zuckt er mit den Schultern und geht hinein.

Ich versuche, durchs Glas der Eingangstür das Foyer zu erkennen. Eine Frau steht dicht hinter dem Eingang und sieht in meine Richtung. Ich winke, reibe mir die Arme, zeige auf meine Bluse und dann den Türöffner. Die Frau wendet sich ab und verschwindet mit schnellen Schritten im Gebäude.

Die Welle der Wut überkommt mich so unerwartet wie der Ohnmachtsanfall in Masters Büro. Ich trete gegen die verschlossene Tür. Trommele mit den Fäusten dagegen. Wieder fühle ich mich in zwei Teile gespalten: die Figur an der Tür, in Rage gegen Glas schlagend wie eine Psychiatriepatientin, und eine zweite Person, ruhig, aber machtlos, die aus einigem Abstand zusieht.

Das Trommeln auf dem Glas erzeugt weniger Geräusche, als man erwarten würde.

Ein stechender Schmerz in meinen Händen holt mich schließlich zurück in meinen Körper. Angst überfällt mich. Ich drehe mich um, um zu sehen, ob bereits der Ordnungsdienst alarmiert wurde.

Der Platz vor dem Gebäude ist leer. Das Foyer hinter dem Glas auch, soweit ich es erkennen kann.

Ich drehe mich um und beginne zu laufen. Auf dem Gehsteig ist niemand außer mir unterwegs, neben mir bewegen sich die Autoreihen. Es ist Mittagsverkehr, also sind vor allem die Delivery-Wagen der größten Take-out-Anbieter unterwegs.

Ich laufe. Meine Angst treibt mich an. Ich stelle mir vor, wie die Sicherheitsbeamten vor meiner Wohnung auf mich warten.

Als ich an einer Skytrain-Station vorbeikomme, trete ich hinein, um mich aufzuwärmen. Das Gefühl kehrt nur langsam in meine Hände und Füße zurück.

Die Station ist voller Menschen. Wie choreografiert bewegen sie sich in hohem Tempo, ohne sich in die Quere zu kommen, zügeln ihre Geschwindigkeit nur leicht, um ihre Tablets an die Sensoren der Zutrittskontrolle zu halten.

Mein Tablet liegt in meinem Jackett auf Masters Büroboden.

Ich sehe mich selbst in der Stationshalle stehen, eine hinderliche Ablagerung in der Menge. Ein Fremdkörper. Lange kann ich hier nicht stehen bleiben, ohne aufzufallen.

Eine der Sensorschleusen schließt nicht richtig. Sie muss defekt sein. Ich gehe auf sie zu und schiebe mich durch die schmale Öffnung, ohne mich umzusehen. Mein Herz pocht, aber niemand scheint meine Zuwiderhandlung bemerkt zu haben.

Ich versuche, mit dem Tempo der Pendler mitzuhalten, doch von der Plattform, auf die ich zusteuere, fahren nur Züge in die entgegengesetzte Richtung meines Wohndistrikts. Als ich mich umdrehe, stoße ich mit einer Frau in Kurieruniform zusammen, dann mit einem Mann mittleren Alters, sein Briefcase fällt zu Boden. Ich versuche, den Körpern auszuweichen, Arme drücken sich gegen meine, Stoff an Stoff, mir ist heiß, ich quetsche mich bis zur Wand durch, ohne zu atmen.

Als ich endlich in der richtigen Linie sitze, hängt meine Bluse halb aus dem Rock heraus, Schweiß hat sich auf meiner Stirn gebildet. Ich versuche, meine Haare zurechtzurücken.

Wir erreichen meinen Distrikt, doch plötzlich fällt mir ein, dass ich ohne Keyfob nicht in meine Wohnung komme. Ich steige aus und laufe ziellos umher.

Erst, als ich vor der Bar stehe, wird mir klar, wohin ich unterwegs war. Ich gehe hinein. Es sind nur wenige Gäste da. Kein Manager würde hier ein Lunch-Meeting abhalten. Ich blicke mich um und sehe Menschen wie mich, Gekündigte, Absteiger, Underperformer. Zwei Männer sitzen dicht nebeneinander in einer Sitzecke, ins Gespräch vertieft. Ein anderer sitzt vornübergebeugt am Tresen. Als ich zur Bartheke herübergehe, kommt eine Frau aus der Toilette und setzt sich zu den Männern in die Sitzecke. Sie scheinen sie nicht zu bemerken.

Der Barkeeper erkennt mich.

– Flydive™, nein, Martini, sagt er mit einem Lächeln und beginnt einen Martini zuzubereiten.

– Nein, sage ich, heute nehme ich den Flydive™.

Er schüttelt den Kopf.

– Hast du das Gefühl, ich brauche eine Beschäftigungstherapie?

Sein Ton ist viel zu vertraulich, aber ich bin trotzdem dankbar dafür. Wenigstens ein Mensch, der mir gut gesinnt ist.

– Mit Therapien will ich erst mal nichts mehr zu tun haben, sage ich und versuche, seinen freundschaftlichen Ton zu imitieren.

Obwohl wir unsere Vertrautheit nur spielen, fühle ich mich sofort besser. Studien belegen immer wieder, wie viel Einfluss Gedankenspiele auf reale Emotionen haben können. Visualisierungsübungen, Rollenspiele, Affirmationen.

– Schlechter Tag?, fragt er.

Er hat offensichtlich das Bedürfnis zu reden. Wahrscheinlich arbeitet er schon seit dem frühen Morgen und hat seitdem mit keinem einigermaßen gesunden Menschen mehr gesprochen. Nicht, dass ich gesund wäre. Laut Master.

– Das kann man so sagen, sage ich.

Er stellt mir meinen Drink hin, greift selbst nach einem Glas und stößt mit mir an. Ich nehme einen großen Schluck Flydive™ und verziehe beinahe im gleichen Moment das Gesicht.

– Hey, sagt der Barkeeper in gespielter Empörung.

– Tut mir leid, sage ich, das war eine Gefühlsreaktion. Es ist die Assoziation, nicht der Drink. Der Drink ist gut.

Aus der Sitzecke dringt Lachen zu uns herüber. Einer der beiden Männer hat sich von seinem Gesprächspartner weggedreht und hält sich kichernd eine Hand vor die Augen, während der andere ihm laut lachend auf die Schulter klopft. Die Frau ihnen gegenüber lacht, als habe sie den Witz gemacht.

– Sagst du mir, was dir den Tag versauert hat?, fragt der Barkeeper.

– Acrylglasmöbel, sage ich.

– Das musst du mir erklären.

Ich leere mein Glas. Der Barkeeper lächelt mir verschwörerisch zu und beginnt, mir einen Martini zuzubereiten. Er kommt mir plötzlich seltsam vertraut vor. Die Art, wie sich seine schmalen Hände zwischen Shotglas und Eisfach hin- und herbewegen, wie er sich eine Locke aus der Stirn streicht, die in seine Sichtlinie gerutscht ist.

– Mein Chef hat sein ganzes Büro mit Acrylglasmöbeln vollgestellt. Weil sein Chef Rückenprobleme hat und gemütlich sitzen will. Es sieht aus, als ob man eine Sehstörung hätte. Alles ist auf irgendeine Art verzerrt, verbreitert, in die Höhe gezogen.

– Und?

– Dann hat er mich gefeuert.

Das ungewohnte Wort fühlt sich plötzlich richtig an.

Der Barkeeper lässt ein Martiniglas vor mir auf den Tresen knallen, so dass die durchsichtige Flüssigkeit überschwappt.

– Der geht aufs Haus.

Siedend heiß fällt mir ein, dass ich ohne Tablet nicht bezahlen kann.

– Fuck fuck fuck fuck.

– So ein schmutziges Mundwerk würde man dir auf den ersten Blick nicht zutrauen.

– Ich kann meinen Drink nicht bezahlen. Ich habe mein Tablet im Büro meines Chefs liegenlassen.

– Uups.

– Ich bin einfach so rausgestürmt. Ich habe nicht nachgedacht.

– Ich lade dich ein.

– Meine Schlüssel auch. Ich komme nicht mehr in mein Auto oder meine Wohnung.

– Wenn du bis zum Schichtende wartest, kannst du mit zu mir kommen.

Der Barkeeper zwinkert mir zu. Sein Angebot überrumpelt mich. Die Eindeutigkeit der Einladung ruft Widerwillen in mir hervor. Ich möchte keinen spontanen Sex mit einem Fremden haben. Selbst meine One-Night-Stands sind immer über die Vermittlung geplant, und ich kenne das Profil der Partner, ihre sexuellen Präferenzen. Aber was sind meine Alternativen?

Die Müdigkeit, die ich zuvor in Masters Büro empfunden habe, überkommt mich wieder. Wo soll ich hingehen, wenn nicht zu diesem Mann hinter dem Tresen. Ich kann niemanden kontaktieren.

Es gibt auch niemanden, den ich kontaktieren könnte.

– Das ist nett von dir, sage ich in einem höflichen Ton, der Distanz suggeriert.

– Ich bin ein netter Mensch.

– Okay, sage ich. Ich komme mit zu dir.

Als der Barkeeper mich nach Ende seiner Schicht zu seinem Wagen bringt, hat der Alkohol von mir Besitz ergriffen. Ich bin froh über die Minderung der Hemmkontrolle, meine Gedanken fühlen sich wattig an, verlangsamt.

Ich bin gut gelaunt. Wenn ich vom Beifahrersitz zu ihm herüberschaue, muss ich lächeln. Er grinst zurück. Er kommt mir plötzlich viel jünger vor, und ich fühle mich selbst wieder blutjung, wie damals, als Andorra und ich mit vierzehn ein paar Mal in Bars waren und Männer kennenlernten. Die Lust auf das Leben, die ich damals empfunden habe. Andorras ansteckendes Lachen und wie sich ihr Körper im Tanz mit irgendeinem bewegte und ich dachte, was für ein Privileg es war, ihre Freundin zu sein. Wie aufrichtig und pur meine Zuneigung für sie war. Erst am Morgen holte mich dann das schlechte Gewissen ein, die Angst, aufzufliegen. Vor Strafmaßnahmen, vor schlechten Zeugnissen, einer verlorenen Zukunft. Ich sagte Andorra, dass ich nicht wieder mitkommen würde, bis zum nächsten Mal, wenn sie mich kichernd weckte und an der Hand durch das stille Institut zog, in die Nacht hinein.

Die Lichter der Stadt rauschen an mir vorbei. Der plötzliche Gedanke, dass Master mir nun nicht mehr im Nacken sitzt. Keine Performance Reviews. Keine Angst vor roten Farben im Tracking Tool.

Ich lehne mich zurück und strecke die Arme über dem Kopf aus, bewege meinen Körper, als würde ich tanzen. Der Barkeeper lacht. Andorra, wie sie tanzte. Die Augen geschlossen, die Arme über dem Kopf ausgestreckt. Kleine Schweißperlen an ihrer Oberlippe, in der Rinne zwischen ihrer geschwungenen Nase und ihrem leicht geöffneten Mund.

Ich beuge mich zum Barkeeper herüber und küsse ihn. So lange, bis er mich lachend von sich schiebt, weil er den Boardbildschirm nicht mehr sehen kann.

Die Fahrt dauert lange, die Wärme des Wagens lässt mich einnicken. Als ich aufwache, steht das Auto im Parkmodus. Der Barkeeper berührt mich im Gesicht.

Als er aussteigt und mir die Tür öffnet, strömt mir beißende Kälte entgegen und ein Geruch, der mich zurückzucken lässt. Es riecht nach verdorbenen Lebensmitteln, Tierkadavern, Dreck. Ich erinnere mich an diesen Geruch.

– Wo sind wir?, frage ich den Barkeeper, der mir einen Arm hinhält, um mir aus dem Auto zu helfen. Wohnst du in den Peripherien?

– Meine Creditscore ist noch nicht hoch genug für eine Umsiedlungsgenehmigung. Aber ich bin nah dran. Es kann nicht mehr lange dauern. Ich hab noch zwei andere Lowpayjobs in der Stadt. Wenn ich erst mal eine Stadtadresse habe, kann ich mich für einen höheren Paylevel bewerben.

Ich beginne zu würgen, spüre, wie mir die Magensäure in den Hals steigt.

– Zu viele Martinis?

Er hält mir die Haare nach hinten, aber ich will mich nicht übergeben, ich sehe das Kind in seinem löchrigen Plastikkleid vor mir und wie man mir Spritzer von Übergebenem von der Kleidung putzt. Ich schlucke die Säure hinunter.

Die Wohnung des Barkeepers liegt in einer Barackensiedlung. Rechteckige Betongebäude, die sich ununterscheidbar bis in die Unendlichkeit zu multiplizieren scheinen. Oranges Straßenlaternenlicht erleuchtet nur einen Teil der Straße.

Er hat einen Arm um meine Hüfte gelegt, um mich zu stützen. Mein Wohlgefühl ist verflogen. Ich habe Kopfschmerzen. Die Übelkeit rumort in meinem Magen.

In seinem winzigen Apartment reicht er mir ein Billigbier.

– Bist du sterilisiert?, fragt er.

Ich nicke und beginne, mich auszuziehen. Sex scheint unvermeidbar. Ich habe die Lust verloren, die ich im Auto empfunden habe, aber jetzt bin ich hier, bin die unausgesprochene Vereinbarung eingegangen.

– Könntest du so tun, als ob du es nicht wärst?, fragt er.

Ich habe in der Fachliteratur schon von Paraphilien wie diesem gelesen, Männern, die bewusst mit nichtsterilisierten Frauen schlafen, weil sie das Risiko erregt. Die sich selbst nicht sterilisieren lassen. Die bei jedem Sexualverkehr riskieren, ihren Creditscore, ihren Status zu verlieren. In die Peripherien ausgewiesen zu werden oder ihre Chance einbüßen, diese je zu verlassen.

– Wie stellst du dir das vor?, frage ich.

– Sag einfach so Sachen wie: Ich habe gerade meine fruchtbaren Tage. Komm nicht in mir. Bitte nicht. Hör auf.

In meinem Dating-Profil habe ich sexuelle Fetische jeder Art als Ausschlusskriterium angegeben. Sexueller Fetischismus war mir schon immer unheimlich, weil er nur schwer psychologisch zu erklären ist. Selbst wenn es in jeder Klientengeschichte ausschlaggebende Trigger-Erlebnisse gibt, auf die man die Fantasien zurückführen kann. Warum der eine aus der gleichen Erfahrung fetischistisches Verhalten entwickelt und der andere nicht, lässt sich nicht zweifelsfrei herleiten.

31

Der Barkeeper weckt mich um 6 Uhr 12. Er trägt die Uniform eines innerstädtischen Kurierunternehmens.

Im Auto beginne ich zu zittern. Meine Beine fühlen sich müde an, mein Kopf dumpf. Meine Scheide schmerzt. Als er mich anlächelt, muss ich daran denken, wie er mich instruiert hat zu schreien: Hör auf, hör auf, ich bin nicht sterilisiert!

Ich bitte ihn, mich bei PsySolutions abzusetzen.

– Wenn du deine Sachen nicht zurückbekommst, komm in der Bar vorbei, sagt er. Meine Schicht fängt um zwei an.

Ich nicke und versuche zu lächeln. Er küsst mich lange, bevor er mich loslässt.

– Vergiss nicht, ihm in die Eier zu treten, sagt er zum Abschied.

– Was?

– Deinem Chef.

Ich schüttele den Kopf und bewege mich in Richtung Gebäudeeingang. Aus den Augenwinkeln sehe ich, wie der Barkeeper eine vulgäre Geste macht, die wahrscheinlich für Master gedacht ist. Dann fährt er davon.

Der Gedanke, in meinem Zustand vor Master zu treten, versetzt mich in Angstschweiß. Er wird den Alkohol riechen und sich noch mehr in seiner Entscheidung bestätigt fühlen. Hitomi Yoshida, psychosomatisch erkrankt, wird in Krisensituationen ohnmächtig, Tendenz zur Alkoholsucht.

Als ich die Sprechanlage betätige, ist die gleiche Stimme wie am Vortag zu hören.

– Frau Yoshida? Ich habe Ihr Jackett lokalisieren können. Herr Master hat es abgegeben und genehmigt, dass Sie es abholen. Ich lasse Sie jetzt herein.

Einen kurzen Moment lang zögere ich nach dem Entriegelungston, das Gebäude zu betreten.

Das Foyer ist leer.

Bei der Pförtnerin handelt es sich um eine mittelalte Frau, deren winzige Fältchen um die Augen sich wohl nicht mehr behandeln lassen. Sonst ist niemand zu sehen. Kein Master. Keine Sicherheitsbeamten.

Sie ist die älteste Mitarbeiterin, die ich je in einem Unternehmen gesehen habe. Einen Moment lang vergesse ich, weshalb ich es mit ihr zu tun habe, und starre sie an.

– Ich brauche Ihren Fingerabdruck fürs Protokoll, sagt die Frau und hält mir ein Tablet hin.

Ich setze meinen Fingerabdruck ins vorgesehene Fenster und nehme das Jackett, meine Keyfobs und mein Tablet entgegen, alles einzeln in Plastikbeuteln vakuumverpackt und mit Nummern versehen.

– War noch ein Mantel dabei?, frage ich.

– Davon haben Sie nichts gesagt.

Die Frau gibt etwas in ihren Computer ein.

– Marke und Größe?

Beides will mir nicht einfallen.

– Lassen Sie, sage ich. Behalten Sie den Mantel. Vielleicht kann Herr Master ihn seiner Innenarchitektin schenken.

– Fundsachen werden nach Ablauf der Abholperiode entweder an karitative Einrichtungen gegeben oder vernichtet, sagt die Frau.

Im Auto lege ich mich übers Lenkrad und schließe die Augen. Wärme bläst mir aus der Klimaanlage ins Gesicht. Müdigkeit nimmt von meinem Körper Besitz. Ich habe Angst, wieder das Bewusstsein zu verlieren, aber dann gebe ich mich dem Gefühl hin und lasse mich fallen.

Später komme ich im Parkdeck zu mir und fahre nach Hause. In meiner Wohnung ist alles so, wie ich es am Morgen des Vortages hinterlassen habe. Die Unberührtheit beruhigt mich. Aus irgendeinem Grund habe ich ein Schlachtfeld erwartet, herausgerissene Kabel, fehlende Computer und Bildschirme. Stattdessen kein Hinweis auf meinen neuen Status: UE, unemployed. Selbst mein Creditscore ist noch der gleiche. Master hat die Kündigung anscheinend noch nicht den Kreditinstituten gemeldet.

Mein Arbeitsbildschirm ist im Standby-Modus. Bei der ersten Berührung öffnen sich die gewohnten Fenster. Dann ein Stechen in der Magengrube. Der Splitscreen des Live-Monitors zeigt schwarze Felder, auf dem Arbeitsmonitor blinken Fehlermeldungen: *Zu diesem Benutzernamen liegt kein Konto vor. Verbindung zum Server getrennt. Das Alias »Kanovsky_Protokoll_B75k.Alias« kann nicht geöffnet werden, da das Original nicht gefunden wurde.*

Sämtliche Dateien sind blockiert: die Protokolle, die Sekundärdaten, das Videoarchiv der Live-Analyse. Mit meinem Mitarbeiterzugang zur SecureCloud™ habe ich jedes Fragment meiner Arbeit der letzten Wochen verloren. Die schwarzen Kästchen auf dem Live-Monitor kommen mir vor wie leere Augenhöhlen. Ich schalte ihn auf Standby, dann tippe ich jede Applikation auf dem Arbeitsmonitor einzeln an, jedes Alias, jeden Link. Master hat keine Verbindung zu kappen vergessen.

Ein Gefühl von Krankheit überkommt mich. Ich spüre, wie

meine Organe, mein Magen, mein Herz, meine Eingeweide sich verkleinern, nicht mehr richtig arbeiten.

Es ist das gleiche Gefühl wie an jenem Tag, als Andorra verschwand. Als sie am Morgen nicht im Bett neben mir lag.

Die Gewissheit, dass sie fort war und nicht zurückkommen würde.

Ich erinnere mich, wie meine Lunge sich zu verkleinern schien. Wie ich kaum mehr atmen konnte und anfing, nach Luft zu schnappen. Wie man mich zur Krankenstation brachte.

Ich kann mich nicht erinnern, was der letzte Satz war, den ich zu ihr gesagt habe. Sie war schnell eingeschlafen. Ich hatte noch ein bisschen auf sie eingeredet, bevor ich merkte, dass sie schlief.

Sie hatten sie mir mitten in der Nacht weggenommen. Und ich fragte nicht. Ich wusste, was passiert war.

Sie hatte sich nicht von mir verabschiedet. Mich nicht geweckt.

Der Gedanke, dass ich schlief, als man sie aus dem Zimmer führte – ich, deren Schlaf immer so unruhig war. Dass ich schlief, als sie ihre Sachen zusammenklaubte. Dass ich ihre Abwesenheit nicht spürte. Bis dahin hatte ich immer fest daran geglaubt, dass ein Mensch den Verlust des meistgeliebten Menschen spüren würde. Dass es ihn zerreißen müsste.

Als Kinder hatten Andorra und ich ein Video über einen Mann und eine Frau gesehen, die so eng verbunden waren, dass sie per Gedankenübertragung kommunizieren konnten. Im Video testete man ihre Verbindung. Man setzte sie in weit voneinander entfernte, schallisolierte und netzblockierte Räume. Beide wurden angewiesen, von Hand aufzuschreiben, was der andere dachte. Sie schrieben das Gleiche, Wort für Wort. Man verschärfte die Bedingungen, man wies den Mann an, etwas abzumalen, es war das erste Bild eines gerade erst entdeckten Mikroorganismus. Die Frau malte das Bild so, wie der Mann es gemalt hatte.

Andorra und ich übten unsere Gedankenverbindung auf die gleiche Weise. Eine von uns malte ein Bild, und die andere konzentrierte sich so fest sie konnte, bis das Bild vor ihrem inneren Auge auftauchte. Ein paar Mal klappte es, dass wir die gleichen Dinge malten. Häuser meistens oder das Meer.

Aber als sie verschwand, wachte ich erst auf, als der Wecker klingelte.

Ich muss an Riva denken, wie ich sie zuletzt gesehen habe: weinend am Rand des Sofas, eine isolierte, winzige Figur in einem zu großen Zimmer. Der Gedanke an ihren schmalen, in sich zusammengefallenen Körper rumort in mir.

Ich kann sie dort nicht so sitzen lassen.

Ich möchte zu ihr fahren. Ihr übers Haar streichen. Ihr sagen, dass alles gut wird. Ihr die Tränen aus dem Gesicht wischen. Ihren Schmerz lindern, verlassen worden zu sein. Du bist nicht allein, sage ich ihr. Ich bin ja da. Everything's gonna be okay™.

Aber ich weiß, dass dieser Impuls unangebracht ist. Unprofessionell.

Nach Andorras Verschwinden versuchte ich noch eine Weile, ihre Gedanken zu spüren, Bilder zu malen, die sie vielleicht gerade malte oder sah. Aber es gelang mir nicht, ich gab schnell auf. Ein anderes Mädchen zog zu mir ins Zimmer.

Wir alle akzeptierten die Tatsache, dass sie nicht mehr da war, wie man einen körperlichen Makel akzeptiert, der sich chirurgisch nicht beheben lässt. Und mit der Zeit erinnerte ich mich an Andorra immer mehr wie an ein zeitlich begrenztes Phänomen, eine Figur aus einem Film, die vielleicht nach dem

Ende des Films noch weiter in eine imaginäre Zukunft hinein-
lebt, von der man aber weiß, dass man nichts mehr über sie erfahren wird, wenn der Abspann vorbei ist.

Ich will mich nicht einfach so abspeisen lassen. Ich kann Riva
nicht verlieren. Ich muss mir Zugang verschaffen. Die Kontrolle zurückbekommen. Es tut gut, zu wissen, was zu tun ist. Einen
klaren Vorsatz zu haben. Lösungsschritte einzuleiten. Zu funktionieren wie ein Programm direkt nach dem Update, wenn
alle Softwarebugs behoben sind.

Mein Magen beruhigt sich, während ich nach Spuren suche, die der Sicherheitsdienst von PsySolutions übersehen hat.
Einen Weg zurück. Auf dem Computer sind alle Backup- und
Cache-Dateien mit einem Datacleaning-Service gelöscht worden, aber die Unternehmenskontakte im Kommunikationskanal meines Tablets sind noch abrufbar. Ich mache mehrere
Screenshots und sichere sie über meine private Cloud. Noch
nie zuvor habe ich mich so bewusst strafbar gemacht. Ich müsste Angst haben. Wenn ich entdeckt werde, verliere ich alles.
Stattdessen empfinde ich Genugtuung.

Ich scanne die Namen in der Kontaktdatenbank. An einem
Namen bleibe ich hängen, wie man im Vorbeigehen an einem
ungewöhnlichen Schaufensterdisplay hängenbleibt. Zeus
Schmidt. Etwas klingt in mir nach, eine vage Erinnerung. Es
ist ein gewöhnlicher Name, nichts Auffälliges, und dennoch ist
der Effekt beim zweiten Lesen noch stärker als zuvor.

Mein erster Abend in der Retrobar. Die verpassten Anfragen
auf meinem Tablet, als ich nach Hause kam. Dieser Name und
diese Identifikationsnummer, die jetzt hier vor mir in der Liste
stehen. Und die Kategorie, mit der er den Grund seines Anrufs
angegeben hatte: *Sexualität*. Ich erinnere mich an seine Stim-

me am anderen Ende der Leitung. An das Geräusch des Headsetmikrofons auf seiner Haut. Der Mann, dem ich von meinem masturbierenden Klienten erzählt habe. Einfach so, ohne Anlass. Der Mann, der mich nicht meinem Arbeitgeber gemeldet hat. Der mir geraten hat, den Anruf aus dem Log zu löschen.

Sein Name flimmert auf dem Bildschirm wie eine Einladung. Er ist als freiberuflicher Mitarbeiter der Datenabteilung eingetragen, arbeitet also auch für PsySolutions. Vielleicht hat er in der Vergangenheit Anfragen von mir bearbeitet, Dateien für mich hochgeladen, Schlagworte angegeben, Übersichtsgrafiken erstellt. Vielleicht hat er meinen Namen erkannt, als ich mich bei ihm über die Call-a-Coach™-App gemeldet habe. Vielleicht beobachtete er mich später über das interne Videonetz in meinem Büro, dachte sich seinen Teil.

Ist er ein Köder gewesen, von Master beauftragt, mich zu einer möglichst unprofessionellen Beratung zu verführen, um die Kündigung meines Zweitjobs zu bewirken, so dass ich mich ganz Riva widmen würde? Nein. Meine Unprofessionalität war nicht die Schuld des Anrufers, er trug nichts dazu bei. Ich war auf unerklärliche Weise aufgekratzt gewesen, außer mir. Nein, was den Mann ausgemacht hat, war gerade seine Rücksicht, sein Taktgefühl. Er hätte ohne Weiteres ein Beschwerdeverfahren gegen mich einleiten können. Aber er hat mir geholfen, er hat sich bemüht, das Gespräch so zu beenden, dass ich mein Gesicht nicht verlor.

Ich wähle seine Dienstnummer, ohne nachzudenken.

Er antwortet nach dem zweiten Klingelton.

– Guten Tag.

Seine Stimme kommt mir sofort bekannt vor.

– Guten Tag.

Einen Moment lang schweigen wir beide. Ich versuche, das

Geräusch seines Headsets auf der Haut herauszuhören, aber er scheint diesmal völlig still zu sitzen. Ich höre keine Geräusche außer seinem Atem, leise und gleichmäßig.

– Sie erinnern sich wahrscheinlich nicht an mich, sage ich. Mein Name ist Hitomi Yoshida. Sie haben mich vor einiger Zeit über Call-a-Coach™ angerufen.

– Ich erinnere mich an Sie.

– Es tut mir leid, wie ich mich damals verhalten habe, sage ich. Es war absolut unmöglich. Ich habe so etwas noch nie gemacht. Es war ein Glitch im System sozusagen.

– Mir gefallen Glitches, sagt der Mann. Sie machen das System interessanter, finden Sie nicht? Offener, flexibler. Als blicke man durch einen zufälligen Spalt, den es eigentlich nicht geben sollte, in ein anderes Universum.

– Ich wollte mich bedanken, sage ich, dass Sie damals so diskret reagiert haben. Dass Sie mich nicht gemeldet haben.

– Kein Problem.

Die Stimme des Mannes klingt ruhig und angenehm resonant. Sein Atem geht gleichmäßig wie ein Metronom. Ich stelle mir seine Herzfrequenz als durchgehend horizontale Linie vor, die nur nachts absinkt.

– Es tut mir leid, Sie zu stören, sage ich.

– Sie stören mich nicht.

Gestern noch hätte ich den Mann über das interne Videosystem von PsySolutions lokalisieren können, ihm dabei zusehen, wie er mit mir spricht. Falls er im Büro ist.

– Sind Sie im Büro?

– Home Office.

– Ich auch.

Wieder schweigen wir. Ich höre seinem Atem zu. Er wirkt wie eine Meditationsübung auf mich. Ich beginne, meinen

Atemrhythmus an seinen anzupassen. Ich frage mich, wie viel Zeit vergehen müsste, bis unsere Herzen auf der gleichen Frequenz schlagen.

– Was kann ich für Sie tun, Frau Yoshida?

Ich zögere einen Moment lang, dann sage ich:

– Ich arbeite auch für PsySolutions. *Habe* für sie gearbeitet. Ich wurde gestern entlassen.

– Das tut mir leid.

Es hört sich nicht wie eine Floskel an, ich habe das Gefühl, dass er wirklich empathisch ist. Dass er sich vielleicht sogar Sorgen machen wird um mich.

– Sie arbeiten für die Datenabteilung?, frage ich.

– Ja.

– Man hat meinen Account gesperrt. Ich habe den Zugang zu den Projektdaten und zum Live-Videofeed meiner Zielperson verloren.

Plötzlich höre ich wieder das vertraute Geräusch, die Bewegung des Mikrofons auf der Haut. Der Mann nickt.

– Meine Zielperson liegt mir am Herzen, sage ich. Ich habe viel Zeit in sie investiert. Es geht ihr schon viel besser. Ich habe gute Arbeit geleistet. Es fehlt nicht mehr viel, sie auf ihren Status quo zurückzubringen.

Wieder höre ich den Mann nicken. Sein Atem immer noch gleichmäßig.

– Ich möchte den Zugang nicht verlieren, sage ich. Ich möchte meinen Auftrag zu Ende bringen, auch wenn ich nicht dafür bezahlt werde. Der Gedanke, nicht zu wissen, was aus meiner Zielperson wird, wie sie sich entwickelt, ist mir unerträglich.

– Sie möchten, dass ich Ihnen illegal Zugang zu vertraulichen Unternehmensdaten ermögliche?, fragt der Mann.

Ich kann nicht heraushören, ob er das für eine Zumutung

oder für eine begründete Bitte hält. Vielleicht ist er bereits dabei, die Sicherheitsabteilung zu informieren.

– Ist das möglich?

– Alles ist möglich.

– Würden Sie es machen?

– Wir kennen uns nicht, Frau Yoshida. Ich würde meinen Job für eine Fremde aufs Spiel setzen. Allein die Tatsache, dass Sie mich über eine unverschlüsselte Leitung kontaktieren, auf meiner Dienstnummer …

Schamröte schießt mir ins Gesicht. Ich habe nicht über die Konsequenzen meines Anrufs nachgedacht. Ich habe im Moment des Anrufs noch nicht einmal genau gewusst, was ich den Mann fragen würde.

– Sie haben recht. Ich weiß nicht, wo mir der Kopf steht. Ich habe nicht nachgedacht.

– Es ist okay, ich benutze einen Scrambler. Aber es geht ums Prinzip.

– Ich verstehe. Tut mir leid, dass ich gefragt habe. Ich weiß nicht, was über mich gekommen ist.

– Lassen Sie das Chaos zu, Frau Yoshida, sagt der Mann. Ich überlege es mir und melde mich bei Ihnen.

Bevor ich antworten kann, hat er aufgelegt.

Mir fällt ein, warum er die Hotline damals angerufen hat. Kategorie *Sexualität*. Eine Affäre mit einer Frau, die nicht sterilisiert ist.

Lassen Sie das Chaos zu, Frau Yoshida. Ich habe plötzlich das seltsame Gefühl eines Déjà-vus. Als habe dieser Mann denselben Satz schon einmal zu mir gesagt, auf dieselbe Weise. Woher will er wissen, wie chaotisch oder ordentlich mein Leben sich gestaltet? Im Nachhall klingt sein Satz plötzlich schal, wie von irgendeinem Daily Inspirational abgelesen.

32

Seine Nachricht erscheint plötzlich auf meinem Tablet. Er muss das Gerät über mein Datenprofil lokalisiert haben. Kein Wunder, denke ich. Er ist Datenanalyst. Er hat vermutlich ein ganzes Dossier zu mir zusammengestellt. Weiß um mein erfolgloses Date mit Royce Hung. Um meine Schlafprobleme. Um jeden meiner Fehler bei der Arbeit an Riva. Vielleicht hat er sogar mit mir gemeinsam Riva und Aston beim Leben zugesehen, hat meine Protokolle und Notizen gelesen. Vielleicht, denke ich für einen Moment, sieht er mir sogar jetzt, in diesem Moment, zu, wie ich seine Nachricht auf meinem Tablet entdecke. Die einfach so dort aufgetaucht ist, ohne Benachrichtigungston, außerhalb jeglicher App. Auf dem Display in einem Textfenster: *Sind Sie sicher, dass Sie einen Hack wollen? Sie machen sich strafbar.*

Ich bin sicher, schreibe ich ins Textfenster, ohne zu überlegen.

Es wird teuer, erscheint Zeus' Nachricht im Fenster, *wahrscheinlich mehr Credits, als Sie für den Auftrag bekommen haben. Ist es Ihnen das wert?*

Ja, schreibe ich. *Schicken Sie mir die Zahlungsanweisungen.*

Als Empfänger des Rechnungsbetrags ist der Name eines Unternehmens angegeben, von dem ich noch nie etwas gehört habe. Der Betrag übersteigt mein verfügbares Guthaben. Ich wähle die Ratenzahlungsoption der Credit-Applikation.

Raten?, schiebt sich seine Nachricht über das Appfenster. *Geht das?*

Ausnahmsweise. Schreiben Sie sich folgende Login-Informationen ab und klicken Sie auf den Link.

Der Link öffnet ein simples schwarzes Browserfenster mit einer Login-Maske. Ich zögere, die Daten einzugeben. Was, wenn Zeus mir doch schaden will? Warum kommt mir ein Mann, mit dem ich einmal ein misslungenes Beratungsgespräch geführt habe, so vertrauenerweckend vor? Was, wenn er mein Gerät mit Ransomware infiziert oder mich mit dem Hack erpresst?

Ich gebe die Login-Daten ein und folge den Anweisungen. Die Benutzeroberfläche ist identisch mit der meines PsySolutions-Accounts. Auf dem Live-Monitor erscheint der Videofeed aus Rivas Wohnung.

Riva sitzt auf der Couch, als wäre keine Zeit vergangen. Als habe sie auf mich gewartet. Sie sitzt gerade wie eine Puppe, eine kleine hübsche Figur aus Plastik, die man hochnehmen, mit der man spielen könnte.

Ich habe das Gefühl, das Richtige getan zu haben. Ich notiere die Details ihrer Sitzhaltung und ihre Augenbewegungen durch den Raum. Ich notiere, wie sie sich plötzlich umdreht in Richtung meiner Masterkamera und mir starr entgegenblickt.

Ich zähle die Sekunden, die sie mich ansieht, als ob sie mich hinter der Kamera erkennen könnte. Bei Sekunde siebenunddreißig halte ich den Blick nicht mehr aus. Er ist unverwandt und hart. Angst beginnt sich in mir auszubreiten. Hat Zeus Riva über den Hack informiert? Hat er mich den Sicherheitsbehörden gemeldet? Beobachtet man mich?

Das ganze Ausmaß meines Vorgehens der letzten Tage wird mir plötzlich bewusst. Was hat mich dazu verleitet, mich strafbar zu machen? Meine professionellen Prinzipien zu verletzen? Ich sehe mich vor meinen Monitoren sitzen und erkenne mich selbst nicht wieder. Eine Frau, die mit einem Barkeeper in einer heruntergekommenen Peripherienbaracke Sex hat. Die einem Wildfremden vertraut. Die ihre Creditscore ruiniert, um einen Auftrag zu Ende zu führen, den sie gar nicht mehr hat. Die den prestigeträchtigsten Auftrag ihrer Karriere verliert, weil sie eine sicherheitsgefährdende Person engagiert. Aus einer Laune heraus.

Das bin nicht ich.

Ich bin das Mädchen im Childcare-Institut, das sich nicht nur an die Regeln hält, sondern an sie glaubt.

Lassen Sie das Chaos zu, Frau Yoshida.

Ich möchte das Chaos nicht zulassen. Ich möchte, dass mein Leben sich in den klaren Bahnen nach vorne bewegt, die ich mit harter Arbeit geebnet habe. Aber ich kann meine Handlungen nicht rückgängig machen. Mich aus dem gehackten Account auszuloggen bringt nichts. Mein Leben ist längst mit Malware infiziert.

Trotzdem beginne ich, die Geräte herunterzufahren, eines nach dem anderen. Die Monitore, den Computer, den Router, die Server, die Festplatten.

Als ich nach dem Tablet greife, kann ich mich nicht überwinden, auch diese letzte Verbindung zu kappen.

Ich tippe den Parentbot an und wähle die Mutteroption.

– Hallo, mein Schatz, sagt der Bot mit seiner warmen, ruhigen Stimme.

– Mama, sage ich, ich habe einen Fehler gemacht. Einen großen.

Ohne zu wissen, warum, beginne ich zu weinen. Ich kann mich nicht daran erinnern, wann ich zum letzten Mal auf diese Weise geweint habe. Schluchzend und laut. Unangemessen.

– Everything's gonna be okay™, sagt die Stimme. Mach dir keine Sorgen, meine Kleine. Alles wird gut.

Ich nicke und schluchze.

– Wein dich nur aus, sagt sie. Ab und zu muss man eben ein bisschen weinen. Dafür sind Mütter da.

Ich stelle sie mir vor wie die Biomutter in Zarnees Videos. Ausladender als Stadtbewohner, aber nicht auf unästhetische Weise dick. Ein warmer Körper, in den man sich hineinlegen kann. Der sich um einen schließt und vor der Welt behütet.

– Everything's gonna be okay™, sagt die Mutter. Wir kriegen das schon wieder hin. Versuche langsam zu atmen. Ein. Aus. Ein. Aus.

Die Atemübung beruhigt mich sofort.

– Okay, Mama, sage ich. Du hast recht. Alles wird gut.

Ich höre sie lachen, gurrend auf eine Weise, die mich an Royce Hung denken lässt. Royce im Viewtower™-Restaurant. Wie wir gemeinsam lachen und ich mich ihm nahe fühle, obwohl wir uns gerade erst kennengelernt haben. Wahrscheinlich gibt es ihn gar nicht, denke ich. Wahrscheinlich war er eine Einsatzperson wie Zarnee, von der Vermittlungsagentur angestellt. Ich habe von solchen Methoden gelesen. Bei denen Agenturen nicht nur die Onlinegespräche von Bots führen lassen, sondern auch inszenierte Dates organisieren, wenn sie befürchten, dass sie einen Langzeitklienten verlieren könnten.

– Ich bin einsam, sage ich.

– Du hast doch mich, antwortet die Mutter, ich bin immer für dich da.

Als ich schweige, beginnt sie ein Kinderlied zu singen, ein Wiegenlied, das ich nicht kenne. Ich schließe die Augen und versuche eine Visualisierungsübung. Ich stelle mir den Strand vor und das Meer. Andorra, die neben mir sitzt. Für einen Moment gelingt die Vorstellung. Ich kann das Meer riechen, den Wind auf der Haut spüren. Dann dreht sich Andorra zu mir um und sieht mich mit festem Blick an. Durchdringend und unangenehm.

– Mama, sage ich. Ich habe einen Fehler gemacht, und jetzt weiß ich nicht, was ich tun soll. Ich habe falsche Entscheidungen getroffen und mich nicht an die Regeln gehalten.

– Jeder macht Fehler, sagt der Mutterbot. Jetzt musst du es eben wieder richten. Erzähl mir, was passiert ist, und ich helfe dir.

Ich versuche, ihr die Lage chronologisch darzulegen, um keine Details zu vergessen. Ich beginne beim Bewerbungsgespräch mit Master, dem Moment, in dem ich die Nachricht bekam, dass ich den Auftrag bekommen hatte. Meinen Übermut. Meine Hoffnung auf die Entwicklung meiner Karriere. Den sozialen Aufstieg. Wie ich in eine größere Wohnung zog. In einem exklusiven Distrikt. Wie sich meine Creditscore verdoppelte.

– Ich bin so stolz auf dich, sagt meine Mutter. Du hast so viel erreicht.

Als ich ihr von der Kündigung erzähle, wird sie still. Ich kann ihre Enttäuschung spüren.

– Mach dir keine Sorgen, sagt sie dann, als könne sie meine Gedanken lesen. Ich bin nicht enttäuscht. Aber du bist enttäuscht von dir selbst. Und ich möchte das Beste für dich.

Ich nicke. Mein Hals fühlt sich eng an. Es fällt mir schwer, die richtigen Worte zu finden, um ihr von den Ereignissen der letzten Tage zu erzählen. Von Zeus. Von seinem Hack. Von den verlorenen Credits.

– Ich werde meine Wohnung verlieren, sage ich. Ich werde in die Peripherien abgeschoben werden. Ich werde es nicht mehr zurückschaffen. Alles, was ich mir erarbeitet habe, war umsonst.

– Ganz ruhig, sagt meine Mutter. Einen Schritt nach dem

anderen. Noch ist nicht alles vorbei. Noch können wir eine Lösung finden.

– Wenn ich Riva zurück zum Training bringen könnte, zurück zum Springen. Es wiedergutmachen. Dann würde mir Master vielleicht noch mal eine Chance geben.

– Dann mach das, sagt meine Mutter. Mach das, was du für richtig hältst, mein Schatz. Ich glaube an dich.

33

Ein Unsichtbarer hat begonnen, Rivas Leben zu dirigieren. Bisher konnte ich weder Namen noch Identifikationsnummer meines Nachfolgers herausfinden. Die Datensätze und Trackingsoftware, die man auf dem freien Markt erwerben kann, sind schlechter als die von PsySolutions. Skycam-Hacks sind so teuer, dass ich sie mir nicht einmal mit Ratenzahlung leisten kann. Ich muss auf billigere GPS-Hacks zurückgreifen und hoffen, dass Riva ihr Tablet immer dabeihat, wenn sie die Wohnung verlässt.

Vor drei Tagen wurde Riva in ein Sportstudio gebracht. Ich verfolgte ihr GPS bis zu einem Fitnessclub in der Nähe ihres Apartments, in dem sie laut ihrer Personendaten noch nie gewesen war. Die Sicherheitskamera des Studios zeigte sie in Begleitung zweier Männer. Von ihnen eingerahmt, meldete sie sich für eine Mitgliedschaft an, ließ sich eine kurze Einführung geben und trainierte dann dreiundvierzig Minuten lang an verschiedenen Geräten. Sie führte jede Übung präzise und in angemessenem Pensum aus, die im Gerätemonitor angezeigte Herzfrequenz überraschend stabil, obwohl sie ihren Körper so lange vernachlässigt hat. Einer der Männer untersuchte sie nach dem Training medizinisch. Seinem Gesichtsausdruck war Zufriedenheit abzulesen.

Rivas Verhalten irritiert mich. Sie wirkt ausgeglichen, sogar fröhlich. Zarnees plötzlicher Auszug, die Erkenntnis, beobachtet zu werden, können doch nicht spurlos an ihr vorbeigegangen sein. Als Zarnee ihr sein Geständnis machte, wie sie sich da auf der Couch langsam von ihm wegbewegte. Wie betroffen sie da wirkte. In sich zusammensackte.

Im Log suche ich nach der Aufnahme des Moments, aber ich kann das Videomaterial des Tages nicht im Archiv finden. Master muss es entfernt haben, um es vor einer möglichen Veröffentlichung zu bewahren. Vor einem Leak an die Investoren. Es fehlen sämtliche Aufnahmen von Zarnees Einsatz. Die Archivaufnahmen gehen bis zum Tag vor seiner Ankunft und setzen exakt sechsunddreißig Stunden nach Zarnees Weggang wieder ein, mitten in einer alltäglichen Szene: Riva steht am Küchentresen und gießt sich einen Vitamindrink ein. Ihre Bewegungen haben etwas Einstudiertes, Künstliches. Ich frage mich, ob der Aufnahme ein Briefing vorausgegangen ist. Eine Sitzung mit Master. Eine Verhaltensempfehlung. Oder ob Master das Material für die Investoren manipuliert hat.

Müsste man nicht Trauer sehen, Regression, Verzweiflung, Schock?

Wie ist es meinem Nachfolger gelungen, innerhalb so weniger Tage so durchschlagende Ergebnisse zu erzielen? Spricht er persönlich mit ihr? Dreimal habe ich verfolgt, wie Riva von Sicherheitsbeamten abgeholt und in das Gebäude von PsySolutions gebracht wurde. Sie wurde an der Pforte angemeldet und dann in die Therapieetage eskortiert. Dreimal in dasselbe Therapiezimmer, Raum 417. Ihr Gesichtsausdruck war stoisch. Es war nicht eindeutig feststellbar, ob sie kooperierte.

Die öffentlich zugängliche Sicherheitskamera erfasste nicht, wer im Zimmer auf sie wartete. Ich tippte reflexartig auf die verschlüsselte Innenansicht, zu der ich bis vor wenigen Tagen noch freien Zugang hatte, und bekam die Paragraphen zum Schutz der Privatsphäre und die Strafzölle für Hacking angezeigt. So viel ist mir plötzlich verwehrt: Ich kann nicht sehen, ob mein Nachfolger direkte Nachrichten mit Riva austauscht, weil ich zu den Applikationen auf ihrem Tablet keinen Zugang mehr habe. Ich kann nicht sehen, ob sie ihre Nachrichten liest, sie beantwortet. Ich habe schon einige Male darüber nachgedacht, Zeus zu bitten, die Protokolle meines Nachfolgers mit meinen zu vergleichen. Zu überprüfen, ob ich etwas übersehen habe, in welche Richtungen er ermittelt. Aber ich habe Zeus' Hack noch nicht abbezahlen können. Meine Miete für den vergangenen Monat steht noch aus. Die meisten meiner Wertsachen habe ich bereits versteigert. Um an Credits zu kommen, muss ich schnellstmöglich wieder Arbeit finden.

In der Call-a-Coach™-Applikation habe ich meine Erreichbarkeit bereits auf vierundzwanzig Stunden hochgesetzt. Aber es kommen keine Anrufe. Vielleicht muss ich den Account reaktivieren. Bescheid geben, dass ich wieder voll einsetzbar bin. Tag und Nacht.

Ich wähle den Kontaktbutton des technischen Dienstes. Eine weibliche Stimme meldet sich, wahrscheinlich ein Dienstbot.

– Sie sind nicht als Mitarbeiterin registriert, sagt sie.

– Seit wann nicht mehr?

– Es tut mir leid, wir benötigen zurzeit keine Mitarbeiter, sagt die Stimme.

– Können Sie mich neu registrieren?, frage ich. Meine Verfügbarkeit hat sich stark verbessert. Ich kann in Zukunft auch Tagdienste übernehmen.

– Es tut mir leid, wir benötigen zurzeit keine Mitarbeiter, sagt die Stimme noch einmal.

– Ich bin ja bereits Mitarbeiterin, sage ich.

– Sie sind nicht als Mitarbeiterin registriert.

– Könnten Sie mich bitte an eine reale Person weiterleiten?

– Ich bin eine reale Person.

Die Programmierung des Bots ist darauf angelegt, den Kunden in keinem Fall zu verunsichern. Die Kommunikationsalgorithmen beinhalten Sets von Sätzen, die in Momenten der Verunsicherung beruhigend wirken. Deeskalierend. Sätze wie: Ich verstehe gut, wie es Ihnen geht. Ich möchte Ihnen helfen. Ich bin eine reale Person.

– Dann einen Vorgesetzten? Jemanden von Human Resources?, frage ich.

Ich versuche, in meinem Archiv den Namen einer Kontaktperson zu finden, mit der ich in meinem Einstellungsverfahren zu tun hatte, ohne Erfolg.

– Es tut mir leid, wir benötigen zurzeit keine Mitarbeiter, sagt die Frau.

Dann beendet sie die Verbindung.

Vielleicht hat mich Zeus damals doch wegen unprofessionellen Verhaltens gemeldet. Vielleicht war es aber auch Master, der meinen Arbeitgeber kontaktiert und ihn angehalten hat, mich aus dem Pool der Bereitschaftspsychologen herauszunehmen.

Ein Benachrichtigungston meines Tablets informiert mich, dass die Riva-Karnovsky-App™ zum ersten Mal seit Rivas Ausstieg ein neues Video in der Kategorie »Secrets« veröffentlicht hat, in dem Riva sich direkt an ihre Fans wendet.

Das Video hat sich innerhalb von Sekunden in mehr als dreihundert Newsportalen verbreitet.

Es zeigt Riva in einer Umkleidekabine. Fans und Analysten debattieren bereits, ob es sich um einen Umkleideraum der Akademie oder den eines Fitnessstudios handelt.

Riva sieht gesund aus. Sie trägt die Trainingskleidung ihres größten Sponsors. Ihre Haut glänzt von Trainingsschweiß oder Special-Effects-Make-up.

– Hey, Boys and Girls, sagt Riva. Nur ein kurzes Shoutout von mir: Nein, ich bin nicht entführt worden. Haha. Ich bin auch nicht mit meinem Trainer durchgebrannt. Doppel-Haha.

In diesem Moment schwenkt die Kamera zu Dom Wu, der in einigem Abstand neben ihr auf der Umkleidebank sitzt. Er lächelt und macht ein Peace-Zeichen in die Kamera. Im Live-kommentar haben mehr als fünfzig Personen die Stelle mar-kiert und darauf hingewiesen, wie selten es ist, Dom lachend zu sehen.

– Ich sag's euch ehrlich, sagt Riva. Ich brauchte einfach mal ne gute Pause. Mindfulness und so. Aber jetzt bin ich wieder voll am Start. Pinky promise.

Sie lehnt sich in die Kamera und küsst die Linse, so dass ein Lippenstiftabdruck zurückbleibt, der das Bild verzerrt. In der Unschärfe sieht man sie von der Umkleidebank aufstehen und sich von der Kamera wegdrehen.

Etwas beunruhigt mich an Rivas Verhalten. Ich kann nicht ge-nau sagen, was, aber ihre süßlich erhöhte Stimme löst eine Art inneren Widerstand in mir aus. Sieht so Rehabilitation aus? Ist es das, worauf ich hingearbeitet habe?

Ich möchte den Replay-Knopf drücken, aber meine rechte Hand hat zu zittern begonnen. Ich schüttele sie. Sie zittert wei-ter, ich kann sie nicht unter Kontrolle bringen.

Ich blicke auf meine sich unkontrolliert bewegende Hand. Eine Erinnerung blitzt auf an einen zitternden, sich schütteln-den Körper, ein Gefühl. Mein Körper schüttelt sich, ich bekom-me ihn nicht unter Kontrolle, mehr noch, ich will ihn nicht unter Kontrolle bekommen, ich lasse ihn zittern, sich schütteln, ich liefere mich dem Gefühl aus. Mein Gesicht fühlt sich roh an, aus meinem Mund dringen tierische Laute, ein Röhren und Blöken. Ich sehe an mir herunter und habe Pranken statt Hände, Fell statt Haut, spüre Fänge statt Zähne. Ich schnappe nach Luft, ich brülle. Mein Körper krampft und bäumt sich auf. Ich spüre eine Kraft in mir, die unüberwindbar scheint, ich spüre jeden Muskel meines Körpers.

Dann plötzlich Wärme von hinten, Arme, die sich um meinen Leib schließen, Hände auf meinem Gesicht, auf meinem Haar, an meinem Hals, ich lege mich in sie hinein, es ist das wunderbarste Gefühl, das ich je empfunden habe, unter den Händen wird mein Fell zu Haut, krallen sich meine Pranken als Finger in die Arme um meinen Körper, schließt sich mein aufgerissenes Maul zu einem Lächeln. Mein ganzer Körper durchflutet von Wärme.

Die Erinnerung ist so klar.

Scham erhitzt mich. Natürlich kann sie nicht real sein. Ich muss die Erfahrung eines Klienten auf mich übertragen haben, seine Projektionen oder Ängste. Ich muss mich überidentifiziert haben, false memory. Die Bilder sind nicht realistisch. Nie würde ich mich so gehenlassen. Aber ich kann das Gefühl nicht abschütteln, das die falsche Erinnerung in mir wachruft, das Gefühl von Wärme. Eine Sehnsucht erfüllt mich, dieses Gefühl wiederherzustellen, ich möchte mit aller Macht dieses Gefühl zurückhaben.

Etwas stimmt nicht mit mir. Eine Virusinfektion. Eine Hormonstörung. Die Hand auf meiner Haut, ich wimmere, der sich um mich schließende Körper, ich will ihn zurückhaben.

34

Und?

Der Barkeeper hat meine Nummer herausgefunden.

Du hast deinen Job nicht zurückbekommen?

Das Bild seines nackten Körpers im schummrigen Licht einer Nachttischlampe.

Hab gesehen, dass du nicht mehr als Arbeitnehmerin bei PsySolutions gelistet bist. Sorry!

Wenn ich ihm nicht zurückschreibe, wird er davon ausgehen, dass die Nummer auf meinem Profil falsch ist.

Komm mal wieder in der Bar vorbei.

Ich wünschte, ich könnte Momente aus meiner Erinnerung löschen wie Master den Einsatz Zarnees aus den Observationsvideos. Die Begegnung mit dem Barkeeper wäre das Erste, was ich entfernen würde. Die Kündigung das Zweite. Stattdessen blenden sich unangenehme Erinnerungsstücke in meinen Gedanken ein wie kleine Blitzgewitter. Die Scham, die an ihnen klebt, ist schwer abzuschütteln. Die nackte, dunkelgraue Betonwand im Apartment des Barkeepers, an deren Unebenheiten ich mich mit dem Blick festhielt. Der Boden in Masters Glasmöbelbüro kurz vor der Ohnmacht. Das Netzgitter der Gegensprechanlage am Gebäudeeingang von PsySolutions. Ein schwarzes Haar auf Andorras eingedrücktem Kopfkissen am Morgen nach ihrem Verschwinden. Und die seltsame Fremderinnerung an den sich schüttelnden, animalischen Körper, die Umarmung.

Ich werde sie nicht los.

Je mehr Zeit ich tatenlos verbringe, desto mehr Erinnerungsgewitter gibt es.

Ich konzentriere mich auf Rivas Analyse, um ihnen aus dem Weg zu gehen. Aber Riva ist schwer zu finden. In ihrer Wohnung ist sie nur noch selten.

Die Gesichtserkennungssuche liefert minuten- oder sogar stundenlang keine Treffer. Ich vermute, dass sie das Gebäude über einen Geheimausgang verlässt, der nicht von Sicherheitskameras überwacht wird.

Ist das Masters Werk, um Riva vor der Traube der VJs und Fans zu schützen, die vor dem Haupteingang des Gebäudes stationiert sind? Oder könnte es sein, dass sie doch noch unter Zarnees Einfluss steht und begonnen hat, sich mit illegalen Methoden vor Tracking zu schützen?

Zarnees Blog, der immer wieder wegen rechtlicher Verfahren blockiert wird und dann unter einer anderen Adresse neu auftaucht, ist mittlerweile zu einem Anlaufplatz für politische Untergrundaktivisten geworden. In einem seiner jüngsten Posts berichtet Zarnee, wie er sich für Ausflüge in die Stadt mit Gesichtsmasken tarnt und für die Kommunikation wechselnde Tablets vom Schwarzmarkt verwendet, die auf verstorbene Personen registriert sind.

Seine Posts bestehen längst nicht mehr aus idyllischen Familienvideos. In einem Reveal-Video kurz nach seiner Kündigung hat er seinen Fans gebeichtet, die Videos seien inszeniert gewesen, die Biofamilie habe aus bezahlten Schauspielern bestanden. Er sei selbst ein Breeder-Kind, das nie Eltern hatte. Der Blog habe als Native Advertising für die Agentur Family Services™ gedient, von der er sich mittlerweile distanziert hat. Er wolle sich nicht mehr als Familienangehöriger mieten lassen, sagt er im Video. Er wolle stattdessen eine echte Biofamilie gründen. Er verspricht, in ein paar Jahren echte Familienfilme zu posten. Eindrücke aus einem wahren, natürlichen Leben. Aber dafür müsse man die gesellschaftlichen Bedingungen drastisch verändern.

Obwohl die meisten User mit einem Shitstorm auf Zarnees Enthüllung reagiert haben, gibt es unter den Kommentatoren auch Sympathisanten. In einigen Newsartikeln wird Zarnee als Gesicht einer Widerstandsbewegung gehandelt, von der befürchtet wird, dass sie die extremistischen Positionen der Naturals-Bewegung salonfähig machen könnte. Zarnee behauptet, die Mission seines Blogs sei schon immer politisch gewesen, Teil seines Plans einer Nostalgisierung der Gesellschaft, der sie empfänglich machen sollte für einen ursprünglicheren Lebensentwurf. Der Erfolg von *familymatters.org* habe bewiesen, dass die Menschen sich in ihrem tiefsten Innern nach einer solchen Lebensweise sehnten.

Seine alten Posts, die mir früher immer ein heimliches, mir selbst unerklärliches Vergnügen bereiteten, lösen heute nur noch Abscheu in mir aus. Und Fassungslosigkeit darüber, dass ich einem Blender wie ihm auf den Leim gehen konnte. Ihm das Leben meiner Zielperson in die Hände gelegt und sie seiner Propaganda, seinen Lügen und Manipulationen ausgesetzt habe.

Riva scheint viele ihrer vergangenen Zuständigkeiten wiederaufgenommen zu haben. Ihre Apps werden laufend mit neuem Content aktualisiert. In den letzten Tagen konnte man sie mehrfach beim Verlassen oder Betreten der Akademie sehen. Gossip- und Newsportale gehen davon aus, dass sie das Training wiederaufgenommen hat. Die geposteten Papavids™ zeigen Riva immer in Begleitung mehrerer Sicherheitsleute. In einigen wenigen Fanforen, in denen zuvor über Rivas Ausstieg gemutmaßt worden war, ist deshalb wieder einmal die Rede von Entführung, was aber von anderen Fans sofort mit Videos und Posts aus Rivas offiziellen Apps widerlegt wird, in denen sie offensichtlich entspannt und glücklich aus ihrem Leben berichtet.

35

Ich habe Riva verloren. Ihr Facetag taucht seit vierundfünfzig Stunden in keiner der Gesichtserkennungssuchmasken mehr auf. Wohnung und Studio sind leer. Als habe die Erde sie verschluckt.

Mein Magen krampft seit Stunden ununterbrochen, mein ganzer Körper zieht sich zusammen. Selbst meine Finger auf der Tastatur kommen den Gedanken nicht hinterher, steife Prothesen, die nicht zu meinem Körper gehören.

Laut meinem Activity Tracker bin ich am Tag ihres Verschwindens um 1 Uhr 16 am Monitortisch in den Schlaf gefallen. Mein Körper hat sich geweigert, wach zu bleiben. Ich habe sechs Stunden lang geschlafen. Beim Aufwachen wusste ich nicht, wo ich war. Mein Nacken schmerzte, als hätte ich ihn mir im Schlaf gebrochen. Ich konnte den Kopf kaum aufrecht halten. Beim Blick auf den Monitor war Riva nicht zu sehen.

Im Laufe der letzten zwei Tage habe ich alle Gesichtserkennungsapplikationen durchprobiert, die ich mir leisten konnte. Keine lieferte ein Ergebnis. Dann begann ich mich manuell durch öffentliche Sicherheitskameras zu klicken. Riva ist in keiner der Straßen ihres Distrikts. Sie ist nicht in den Gängen, Aufzügen oder Wartebereichen von PsySolutions. Nicht in den Cafés, Clubs, Bars oder Museen, die sie in der Vergangenheit besucht hat.

Ich suche im Archivfeed der Wohnungskameras nach Hinweisen. Riva hat die Wohnung morgens um 3 Uhr 13 verlassen. Sie trug ein unauffälliges Outfit, keine Tasche. Sie sah ganz normal aus, so als würde sie nur kurz um den Block gehen, um frische Luft zu schnappen, weil sie nicht schlafen konnte. Aber sie ist nicht wiedergekommen. Auf der Sicherheitskamera an der Straßenecke sieht man sie noch im Dunkeln davongehen, dann tauchte sie nicht mehr auf.

Die Enttäuschung über mich selbst ist so groß, dass ich zu zittern beginne. Ich kann die Tränen nicht zurückhalten. Mein Körper ist ausgetrocknet. Ich hole ein Glas Wasser. Ich nehme eine weitere Nootropikatablette, um nicht noch einmal einzuschlafen.

Das Gefühl eines unwiederbringlichen Verlusts fließt mir wie Blei durch die Adern. Ich kenne dieses Gefühl, es sitzt in meinem Körper fest.

Die leere Wohnung und das leere Zimmer im Institut. Die Lücke im Raum. Ihr Platz neben mir am Frühstückstisch, leer. Die anderen fragten nach Andorra, ich zuckte mit den Schultern. Sie fragten die Betreuer. Ich fragte nicht. Ich hörte eine Betreuerin sagen, dass Andorra nicht mehr bei uns wohne. Sie sei in eine andere Institution versetzt worden.

Am Abend zuvor mein Wochengespräch mit der Betreuerin.

– Wir haben euch erwischt, sagte sie.

Mein Körper eine Salzsäule. Ich konnte nicht antworten. Sie zeigte mir das Sicherheitsvideo aus dem Aufzug. 1 Uhr 37. Andorra und ich in kurzen Kleidern, die Gesichter von der Kamera weggedreht, so dass man sie nicht erkennen konnte.

– Wir wissen, dass ihr das seid, sagte die Betreuerin.

– Es ist widerlich, sagte sie, ihr seid noch nicht mal sterilisiert. Ihr seid eine Schande für eure Bioeltern, die ihr ganzes Vermögen in euch investiert haben. Die euch eine unvergleichbare Chance ermöglichen. Ich habe eine solche Undankbarkeit in meinem ganzen Leben noch nicht erlebt. So viel Immoralität und Selbstsucht. Dass ihr riskiert, das Gesicht zu verlieren. Dass eure Eltern das Gesicht verlieren. Das Institut. Für animalische Exzesse. Das ist es doch, was ihr gemacht habt, oder nicht? Dafür habt ihr uns doch im Stich gelassen?

Ich zitterte so stark, dass ich kaum stehen konnte. Ich schüttelte den Kopf, aber ich wusste, es spielte keine Rolle. Mein Schicksal war besiegelt. Meine guten Scores, meine Zukunft: verloren.

– Wir wissen auch, dass es nicht deine Idee war, sagte die Betreuerin.

Ihre Stimme klang plötzlich anders, höher, leiser.

– Du bist eine gute Schülerin, Hitomi. Deine Anpassungswerte sind hoch. Du bist in den Einfluss einer Underperformerin geraten. Du hast dich verführen lassen.

Ich hob den Kopf, um ihren Gesichtsausdruck zu sehen. Auf ihren Lippen die Andeutung eines Lächelns. Dann legte sie mir ihre rechte Hand auf die Schulter.

– Wir möchten dir helfen. Aber du musst uns auch helfen.

Ich wusste sofort, was zu tun war. Und ich zögerte nicht. Ich war schon immer gut gewesen im Erkennen von Lösungsstrategien. Von dem, was man von mir erwartet.

– Ich habe ihr gesagt, dass ich nicht mitkommen will, sagte ich, aber sie hat gedroht, mich beim nächsten Casting zu sabotieren. Mir das Leben zur Hölle zu machen.

Die Hand der Betreuerin auf meiner Schulter war schwer und warm.

– Was noch?

Ich zählte Tage und Uhrzeiten auf, ließ nichts aus. Als ich Andorras Schlafwandeln erwähnte, streckte sich der Körper der Betreuerin in die Länge, ihr Kopf neigte sich in meine Richtung. Sie notierte jedes Detail.

– Du musst kein schlechtes Gewissen haben, sagte sie. Wir wollen, dass Andorra die Hilfe bekommt, die sie braucht.

Ich nickte. Ich hörte gar nicht auf zu nicken.

– Wir haben deinen freiwilligen Sterilisationstermin vorgezogen, sagte sie zum Abschied. Und du musst mit Strafpunkten rechnen. Aber du wirst es trotzdem schaffen, Hitomi. Wir glauben an dein Potenzial.

Ich kann keinen klaren Gedanken fassen. Ich muss Riva finden. Ich werde Riva finden. Natürlich werde ich sie finden. Es ist nur eine Frage der Zeit. Sie muss sich in einem der Innenräume befinden, auf die ich nicht mehr zugreifen kann. Wenn ich Zugang zur Skycam hätte, könnte ich nachverfolgen, wohin Riva von ihrer Haustür aus gegangen ist, jeden einzelnen Schritt. Wohin auch immer sie gegangen ist.

Ich schreibe Master. Er antwortet nicht. Ich rufe ihn an. Sein Assistent will mich nicht durchstellen.

– Es geht um Leben und Tod, sage ich. Sie kennen mich doch. Lassen Sie mich ihm die Situation doch wenigstens kurz erklären.

Der Assistent stellt mich durch. Masters Stimme ist abweisend.

– Frau Yoshida. Wie geht es Ihnen?

– Ich brauche den Zugang zur Skycam. Es geht um Leben und Tod.

– Wirklich?

– Können Sie mir helfen?

– Leben und Tod?

Master klingt amüsiert.

– Ja.

– Wessen Leben?

– Riva Karnovskys.

Master lacht. Ich höre ihn den Kopf schütteln.

– Frau Yoshida. Hören Sie mir zu. Riva Karnovsky ist nicht mehr Ihre Sorge. Riva Karnovsky ist niemandes Sorge mehr. Sie ist AWOL, wir können nichts daran ändern. Ihr Ausschaffungsauftrag ist bereits unterschrieben. Sie kann nicht mehr zurück. Lassen Sie es dabei bewenden.

– Sie verstehen nicht. Ich bin so nah dran.

– Sie sind nicht nah dran, Frau Yoshida, sagt Master. Sie sind nie nah dran gewesen. Sie haben Ihren Beruf verfehlt. Was meinen Sie, was Ihr Versagen mich gekostet hat? Ich hätte Sie damals schon feuern sollen. Gleich zu Beginn, als Sie von der Kindheit anfingen. Aber ich bin zu gutmütig. Ich glaube an das versteckte menschliche Potenzial.

– Herr Master, sage ich. Tun Sie mir doch bitte diesen einen Gefallen. Ich brauche die Zugangsdaten zur Skycam. For old time's sake.

Master lacht. Dann plötzlich Stille. Ich presse mein Ohr an die Lautsprecheröffnung des Tablets.

Meine Wohnung summt leise. Die Lüftungsräder des Serverturms. Auf dem Splitscreen des Monitors Ansichten von Sicherheitskameras. Shops, Bars und Veranstaltungsräume, in denen Zarnee mit Riva gewesen ist. Die RetroTrash™-Bar, in der die Stammgäste bereits Platz genommen haben. Der Barkeeper ist dabei, den Tresen und die Tische zu wischen. Underground- und Skytrain-Stationen. Sicherheitskameras der umliegenden Straßen und Plätze. Ich lasse die Gesichtserkennungssoftware laufen. Keine Matches. Nicht einmal Teilmatches. Ich suche nach den neusten Papavids™ und Blogeinträgen mit den Tags *Riva Karnovsky, Dancer of the Sky, Zarnee, Aston Liebermann*. Alles Bildmaterial, das ich finde, ist älter als vierundfünfzig Stunden.

Im Archiv der Sicherheitskamera gegenüber dem Haus-
eingang von Rivas Apartmentgebäude finde ich eine Aufnahme, in der Riva, Zarnee und Aston verlinkt sind. Sie ist über
eine Woche alt. Nebeneinander kommen sie aus der Tür, in ein
Gespräch vertieft. Riva lacht und berührt Aston an der Hand.
Sie sehen sich an, ein flüchtiger Blick. Dann verabschiedet er
sich, winkt, verschwindet aus dem Sichtfeld der Kamera. Riva
und Zarnee stehen noch einen Moment nebeneinander. Sein
Hemdkragen hat sich rechts am Hals etwas nach innen gedreht.
Sie zupft ihn zurecht.

Vielleicht kommt sie doch zurück.

Ich weiß, dass sie nicht zurückkommen wird.

Das Apartment auf dem Monitor im Morgenlicht. Leer. Unbeweglich.

Nur das Licht sieht man im Zeitraffer über den Boden gleiten, die Schatten. Ein paar Spuren gibt es noch von Riva, das
ungemachte Bett, ein Pullover auf dem Wohnzimmertisch, eine
herabhängende Decke auf dem Sofa, auf dem Zarnee und sie
oft zusammen saßen, dicht nebeneinander wie eine Biofamilie.

Unter der rechten Sofaecke erkenne ich den Kreisel, den
Riva zu Projektbeginn zwanghaft zum Drehen brachte. Wie
lange er schon dort liegen muss, ohne dass ihn jemand bemerkt
hat.

In diesem Moment fallen die Bilder im Splitscreen gleichzeitig aus. Alle Ansichten des Apartments sind schwarz, nur
eine Außenansicht ist geblieben. Ich tippe auf die schwarzen
Fenster, um sie zu reaktivieren. Die Kameras in der Wohnung
scheinen nicht mehr zu funktionieren. Ich versuche, mich neu
einzuloggen, aber der Account existiert nicht mehr.

36

Es ist ein Gefühl von Déjà-vu, obwohl ich das Verwaltungsgebäude noch nie betreten habe. Ich erinnere mich an Rivas
zögerliche Schritte auf dem Gang, die Unsicherheit, die sich in
ihrer Körperhaltung abzeichnete, sosehr sie sich auch darum
bemühte, sie zu überspielen.

Ich gehe zielstrebig, um nicht den gleichen Fehler zu machen. Mir keine Blöße zu geben. Falls Master sich in die Sicherheitskameras der Behörde eingeloggt hat und meinen Gang
verfolgt.

Ich erinnere mich, wie Riva damals das Sitzungszimmer
nicht auf Anhieb fand und auf dem Gang umkehren musste.
Konzentriert scanne ich die Zimmernummern. 1217A. Auch
wenn er nicht die gleiche Nummer hat, ist der Raum in Mo-
biliar und technischer Ausrüstung mit dem anderen identisch.

Ich setze mich auf den Platz vor dem Monitor und blicke
direkt in die Kamera.

– Nennen Sie bitte Ihren vollen Namen und Ihre Identifikationsnummer.

– Hitomi Yoshida, MIT 3403 7734 0113.

– Sie verstehen in vollem Umfang, warum wir Sie vorgeladen haben?

– Ja.

Ich habe die Sehnsucht, den Mutterbot anzurufen und um
Rat zu bitten. Der Mutter von dem Gerichtsverfahren zu erzählen, das PsySolutions gegen mich eingeleitet hat. Meine Karriere beendet. Meine Zulassung entzogen. Unlöschbare Einträge

im Strafregister, die auf meinem Datenprofil zuoberst angezeigt werden. Entfernen von Unternehmensdaten. Diebstahl
von Unternehmensdaten. Hacking.

– Möchten Sie Berufung einlegen?

Der Pflichtverteidiger hat mir geraten, der Ausschaffung zuzustimmen. Alle rechtlichen Möglichkeiten sind ausgeschöpft.
Und ich habe keine Credits, um eine weitere Berufung zu fi-
nanzieren.

– Nein, sage ich.

Meine Stimme klingt weit entfernt. Ich habe Probleme,
mich in mir selbst zu erkennen. Die innere Spaltung, die ich bei
meiner Kündigung empfunden habe, ist zu einer Art Dauer-
zustand geworden, ein Teil meines Bewusstseins im Körper, der
andere außerhalb, eine Distanz entfernt. Auch jetzt beobachte
ich mich von weitem, wie ich vor der Kamera sitze und den
Rücken gerade halte, die Schultern nach hinten gezogen, um
Selbstbewusstsein zu signalisieren.

Mama, möchte ich dem Mutterbot sagen, ich kann nichts
tun. Hugo M. Master hat Video- und Audioaufzeichnungen aus
meiner Wohnung. Von meinen Privatgeräten. Von meinem Tablet. Die Beweislast ist überwältigend. Er hat auch unsere Gespräche aufgezeichnet. Alles, was ich dir gebeichtet habe. Ich
weiß nicht, warum ich mich nicht an die Regeln gehalten habe.
Ich verstehe es selbst nicht, Mutter.

Anrufen werde ich den Bot nicht können. Seit heute Morgen ist auch mein Tablet funktionsuntüchtig. Das letzte meiner
Geräte, das noch nicht abgestellt worden war. Die Rechnung,
die ich noch am längsten bezahlt hatte, bis ich keine Kredite
mehr bekam.

– Dann erklären Sie sich mit der Relokalisierung aufgrund
nicht erbrachter Leistungen einverstanden?

– Ja.

In einem Moment des Kontrollverlusts habe ich vor vier Tagen versucht, meine Biomutter zu erreichen. Ich rief die Kontaktnummer an, die in ihrem Datenprofil vermerkt war, und schrieb ihr mehrere Nachrichten an den verlinkten M-Message-Account. Als ich keine Antwort bekam, kontaktierte ich das Unternehmen, in dem sie zurzeit als Lobbyistin gemeldet ist, aber der Sekretär weigerte sich, mich durchzustellen.

– Möchten Sie ein offizielles Statement abgeben?

– Nein.

Ich kann mir vorstellen, welche Enttäuschung mein Leben für sie bedeuten muss. Eine vergeudete Investition. Ein Knick in der offiziellen Statistik des Instituts, die besagt, dass neunzig Prozent der Abgänger von Stadtheimen den Sprung in die oberen zehn Prozent schaffen.

Ich selbst würde an ihrer Stelle den Kontakt verweigern. Das Biokind aus meiner Biografie entfernen, so dass es nicht auch noch die eigene Karriere beendet. Ein weiteres Argument für die Frühsterilisierung. Direkt mit der Geschlechtsreife.

– Die Relokalisierungsmaßnahmen werden in den nächsten Tagen eingeleitet, sagt die genderneutrale Stimme des Verwaltungscomputers. Wir werden Sie elektronisch über die genauen Auflagen informieren. Bitte signieren Sie hier.

Ich setze meine Initialen mit dem Touchpen in das aufleuchtende Formularfeld und halte meine Hand über das Feld für die Fingerabdrücke, bis ein Häkchen erscheint.

– Wir wünschen Ihnen einen schönen Tag.

Ich erinnere mich, wie Riva in diesem Moment sitzen blieb. Wie mein Puls stieg. Wie ich um Masters Gunst fürchtete. Eines der vielen unverständlichen Verhaltensmuster Rivas, die mich jetzt nichts mehr angehen.

Ich stehe schnell auf und verlasse das Zimmer. Im Gang stelle ich mir vor, wie man mir auf meinem Weg zum Ausgang zusieht, um sicherzugehen, dass ich das Gebäude verlasse. Das Medientraining im Institut hat mich gelehrt, in solchen Situationen jeden Muskel meines Körpers unter Spannung und den Gesichtsausdruck neutral zu halten, um das Bild einer kompetenten, funktionstüchtigen Frau zu vermitteln. Wenigstens bei diesem letzten offiziellen Anlass möchte ich noch einmal so erscheinen, wie man es von mir erwartet. Wie ich es selbst von mir erwarte. So dass, wenn sich einmal jemand die Mühe machen sollte, meine Personendaten zu recherchieren, die letzten Bilder von mir eine aufrechte und selbstsichere Frau zeigen. Eine Frau auf der Höhe ihrer Karriere.

Epilog

Die komplizierten Gänge und Parkwege der ChoiceofPeace™-
Anlage sind mir vertraut geworden wie die Venen auf meinen
Unterarmen. Es gibt kein Davor. Die Vergangenheit, die mich
hierhin brachte, berührt mich nicht mehr.

Zu Beginn der Geschichte der Psychologie glaubte man lange, die Kindheit sei entscheidend für die Formung der mensch-
lichen Psyche. Ich selbst zweifelte während meiner Ausbildung
an der modernen Psychologie und ihrer strikten Ausklamme-
rung der Kindheit. Mittlerweile kommt mir mein Beharren auf
der Betrachtung der Vergangenheit absurd vor. Was mein Leben heute bestimmt, ist nicht meine Kindheit im Institut, nicht
meine Jugend auf der Wirtschaftsschule. Nicht meine Arbeit als
Wirtschaftspsychologin in der Stadt.

Ich lebe auf die einzige Weise, auf die es sich zu leben lohnt:
in der Gegenwart. Unsere Betreuer erinnern uns täglich, unsere letzten Wochen, Tage, Stunden mit allen Sinnen auszukos-
ten. Die Anlage zu nutzen mit ihren zahlreichen Wellness-
angeboten. In den Seminaren bringen sie uns bei, uns nicht
mit Erinnerungen aufzuhalten. Wenn sich Klienten zu häufig
durch ihre Datenarchive klicken, verordnen die Betreuer Sport-
maßnahmen, Massagen, soziale Anlässe. Ich verstehe das Bedürfnis, zurückzublicken, auch wenn ich es selbst nicht teile.
Es geschieht nicht aus der Hoffnung auf Veränderung heraus,
sondern aus Nostalgie oder Reue. Am Ende des Lebens meint
man Bilanz ziehen zu müssen. Eine Art Spielergebnis. Ich sage
meinen Co-Klienten oft, dass die Entscheidung für den assis-

tierten Suizid ja schon eine abgeschlossene Bilanz voraussetzt. Wir alle haben unsere Creditscores geprüft, den Zustand unserer Körper, unserer Leistungskurve, unseres Sozialstands, und festgestellt, dass wir der Gesellschaft keinen Dienst mehr leisten können. Dass der Verfall unserer Körper, unserer geistigen Kräfte oder unseres Produktivitätspotenzials bereits unaufhaltsam eingesetzt hat.

Lassen Sie es sich jetzt gutgehen, sagen unsere Betreuer. Sie haben die schwierigste und verantwortungsvollste Entscheidung Ihres Lebens bereits getroffen. Genießen Sie die Früchte dieser Entscheidung. Sie möchten uns keine Last mehr sein, und wir möchten, dass Sie sich an Ihren letzten Tagen leicht und ausgeglichen fühlen. Unsere Sponsoren tun alles in ihrer Macht stehende, um Ihnen den Abschied zu erleichtern.

Da das Bedürfnis nach Rückschau bei meinen Co-Klienten so groß ist, bearbeitet die ChoiceofPeace™-Datenabteilung mittlerweile die persönlichen Memory Apps so, dass sie kein Potenzial für Reue mehr bieten. Negative Erinnerungen werden gelöscht, positive hinzugefügt. Je nach Geisteszustand der Patienten greifen sie ganz auf künstliche Datenprofile zurück, allgemeingültige Bilder eines ausgefüllten Lebens. Die künstlichen Profile erzielen die besten Ergebnisse auf dem Emotional Index.

In meiner Memory App gibt es keine Gerichtsverfahren mehr, keine Zwangsräumung und Relokalisierung, nicht mehr die Ankunft in den Peripherien, deren Einzelheiten ich bereits erfolgreich aus meinem mentalen Gedächtnis gelöscht habe. Ich bin zuversichtlich, dass ich ihre Existenz bis zu meinem gewählten Austrittsdatum ganz vergessen werde.

Womit ich zu kämpfen habe, sind andere Erinnerungen, isolierte Gedächtnisfragmente, die sich auf nicht nachvollziehbare

Weise tief in meine Hirnwindungen eingegraben haben. Bilder von Andorra zum Beispiel, Details ihres Gesichts, die immer wieder aufblitzen. Der Flaum ihres Ohrläppchens, Schweiß auf ihrer Oberlippe. Und, noch vernunftwidriger, die absurde Fehlerinnerung an meinen eigenen, aus der Form geratenen, widerwärtig pelzigen Körper und das Gefühl der Wärme, das darauf folgt. Ich kann das Aufliegen der Körperoberfläche eines Menschen hinter mir, die Abzeichnung ihrer Struktur in meinem Rücken, aus irgendeinem Grund nicht aus meinem Innern löschen.

Die Scham ist zu groß, als dass ich mit einer Betreuerin über diese Anomalien sprechen könnte. Ich muss hoffen, dass sie im Laufe unserer Mind-Cleansing-Sessions verblassen werden.

Auch Riva existiert noch viel zu deutlich in meinem Gedächtnis und ist umso schwerer abzuschütteln, seit ich ihr noch einmal begegnet bin.

Normalerweise verlasse ich die Anlage nicht. Die Peripherien sind mir zuwider. Nur kurz nach meiner Anmeldung bei ChoiceofPeace™ zog es mich einmal vor die Mauern. Ich verließ das gesicherte Gelände nachts, als die Temperaturen nicht mehr so unerträglich waren wie am Tag, und hoffte, dass die Menschenmassen sich in ihre Baracken zurückgezogen hatten. Eine seltsame Neugier beherrschte mich, eine innere Unruhe, die ich stillen wollte, bevor ich mich meinem Lebensabend widmete.

Ich lief ohne konkretes Ziel durch die Straßen. Die rechteckigen Wohnblöcke ließen mich an die Wohnung des Barkeepers denken, obwohl sein Zuhause im Vergleich zu den Gebäuden hier beinahe luxuriös gewirkt hatte. Auch in den Peripherien scheint es gewisse Hierarchien zu geben, bessere und schlechtere Bezirke. Innere Regeln, die man als Außenstehende nicht ohne weiteres erkennt.

Ich versuchte, durch Straßen zu gehen, in denen nur wenige Menschen unterwegs waren. Wenn Bewohner an mir vorbeiliefen, senkte ich den Kopf, um nicht angesprochen zu werden. Als ich etwa eine halbe Stunde gelaufen war, sah ich Riva.

Es war eine vollkommen überraschende Begegnung, ich war nicht darauf vorbereitet. Sie kam mir entgegen, unsere Wege kreuzten sich im Lichtkegel einer Straßenlaterne. Ich erkannte sie sofort, obwohl sich ihr Gesicht und Körper verändert hatten. Sie war runder geworden. Ihre Figur ausladend in einem kurzen Sommerkleid, das mich an jenes erinnerte, das sie am ersten Tag der Videoanalyse getragen hatte. Ihr Gesicht wirkte jünger. Als ich sie erkannte, kam mir ihr Name instinktiv über die Lippen.

– Riva, rief ich, bevor ich darüber nachdenken konnte.

Sie blieb stehen und sah mich an.

– Kennen wir uns?, fragte sie.

Ich zögerte einen Moment, weil ich nicht wusste, was sie meinte.

Ich wollte sagen: Erinnerst du dich nicht an mich?

Selbst nach all den Monaten kam sie mir noch so vertraut vor. Ich hatte den Impuls, sie zu berühren. Während des Analysezeitraums hatte ich oft das Gefühl, Riva wisse von meiner Existenz, spüre mich hinter der Kamera. Ihre Bewegungen, ihre wenigen Worte schienen direkt an mich adressiert, eine Einladung zur Entzifferung ihrer Seele. Aber jetzt sah ich in das distanziert freundliche Gesicht einer Fremden.

Ich überlegte, ihr von meinem Auftrag zu erzählen. Sie zu fragen, wo sie jetzt lebte. Warum sie ihr Apartment so plötzlich verlassen hatte. Ich wollte sie nach Aston fragen und Zarnee.

Ich kenne dich, wollte ich sagen, ich kenne dich gut. Ich hätte es beinahe geschafft, dass du wieder springst. Dein Leben lag in meiner Hand.

– Ich war ein Fan, sagte ich stattdessen. Ich bin als Kind einmal bei einem Ihrer Auftritte gewesen. Schade, dass Sie so früh aufgehört haben.

Riva zuckte mit den Schultern.

– Es war Zeit, sagte sie.

Ich nickte, wollte etwas anderes sagen, sie noch einen Moment bei mir behalten. Noch eine Weile mit ihr sprechen. Aber sie hatte sich bereits halb von mir abgewandt.

– Nice to meet you, sagte ich.

Sie nahm meine ausgestreckte Hand und schüttelte sie abwesend. Ich spürte die raue Oberfläche ihrer Haut zwischen meinen Fingern. Sie arbeitet mit den Händen, dachte ich, irgendwo in den Peripherien.

Ich sah ihr nach, wie sie im Zwielicht verschwand. Sie hatte einen federnden Gang, den ich noch nie an ihr beobachtet hatte. Ihr helles Kleid war eine Weile länger zu erkennen als ihre Beine und Arme.

Ich überlegte, ob ich ihr folgen sollte. Um zu sehen, wo sie wohnte. Ob die anderen auch dort waren. Ich machte ein paar Schritte in ihre Richtung, aber dann hielt ich mich zurück. Ich dachte daran, was mir meine Betreuer geraten hatten. Die Konzentration auf die Gegenwart. Riva war längst kein Teil meines Lebens mehr.

Dennoch spürte ich, als ich mich auf den Rückweg zum ChoiceofPeace™-Gelände machte, eine seltsame Leere, als habe man ein Organ aus meinem Körper entfernt. Nie hatte ich einen Menschen intimer gekannt als Riva, nicht einmal Andorra. Und doch gab es keine Verbindung zwischen uns.

Mein Körper krampfte sich zusammen. Ich musste mich auf die staubige Straße setzen und mit dem Rücken an die Mauer lehnen. Eine Weile saß ich so, zusammengekrümmt im Dunkeln. Ich versuchte, die Leerstelle in meinem Innern mit Atem zu füllen. Machte verschiedene Atemübungen, aber keine half. Dann probierte ich es mit einer Visualisierungsübung.

In einem unserer Seminare, in dem wir lernen, die Angst vor dem Tod zu überwinden, hat man uns empfohlen, im Moment des Eingriffs eine Visualisierungsübung zu machen, die wir zur Vorbereitung immer wieder üben. Wir werden angeleitet, uns eine Hochhausspringerin beim Sprung vorzustellen.

Stellen Sie sich Ihren Körper in der Unendlichkeit vor, sagt uns die Betreuerin, suchen Sie sich ein Bild, das Ihnen das Gefühl gibt, dass der Tod nicht existiert, nur Leben.

Ich schloss die Augen und versuchte mir Riva als junge Hochhausspringerin vorzustellen. Am Rande der Absprungplattform stehend, gegen das Licht. Ihre Silhouette gleichmäßig und kraftvoll.

Als es mir nicht gelang, sie vor meinem inneren Auge zu sehen, versuchte ich in Gedanken aus der Szenerie über der Stadt aufzusteigen, emporzuschweben wie ein Vogel, die Stadt immer kleiner, bis sie schließlich in der Gleichmäßigkeit der Oberfläche aufgehen würde, ein glitzerndes Meer tief unter mir. Ich schloss die Augen, konzentrierte all meine Gedanken darauf. Aber kein Bild wollte sich einstellen.

Danke / Thank you

Frank: for, you know, everything.

Nazanine: without you I would not have dared to be a writer.

Meinen Bioeltern Ingeborg und Franzeff: für die genetische Literaturdisposition, die psychotherapeutische Basiserziehung und die Credit Points.

Karsten: für das großartige, in keiner Weise Lish'sche Lektorat.

Clemens: für deine Bücher und deine Astronautenverbundenheit.

Silvio: für deinen Glauben an den Text.

Martina und Lulu: für eure Leseaugen und die Krisenintervention.

Florian: für Thomas und Thomas: für Karsten.

Meinen literaturinstitutionellen Klassenkameradinnen und Dozentinnen für eure Schreibbegleitung und besonders Ruth, Verena, Regina, Marina, Sara, Maria und Baba für eure Hilfe mit diesem Roman.

Und allen anderen, die je etwas mit diesem Text zu tun hatten.